U0905246

钓鱼的男孩

THE FISHERMEN

奇戈希·奥比奥玛——著
吴晓真——译

CNS PUBLISHING & MEDIA 中南出版传媒
湖南文艺出版社 HUNAN LITERATURE AND ART PUBLISHING HOUSE
博集天卷 CS-BOOKY

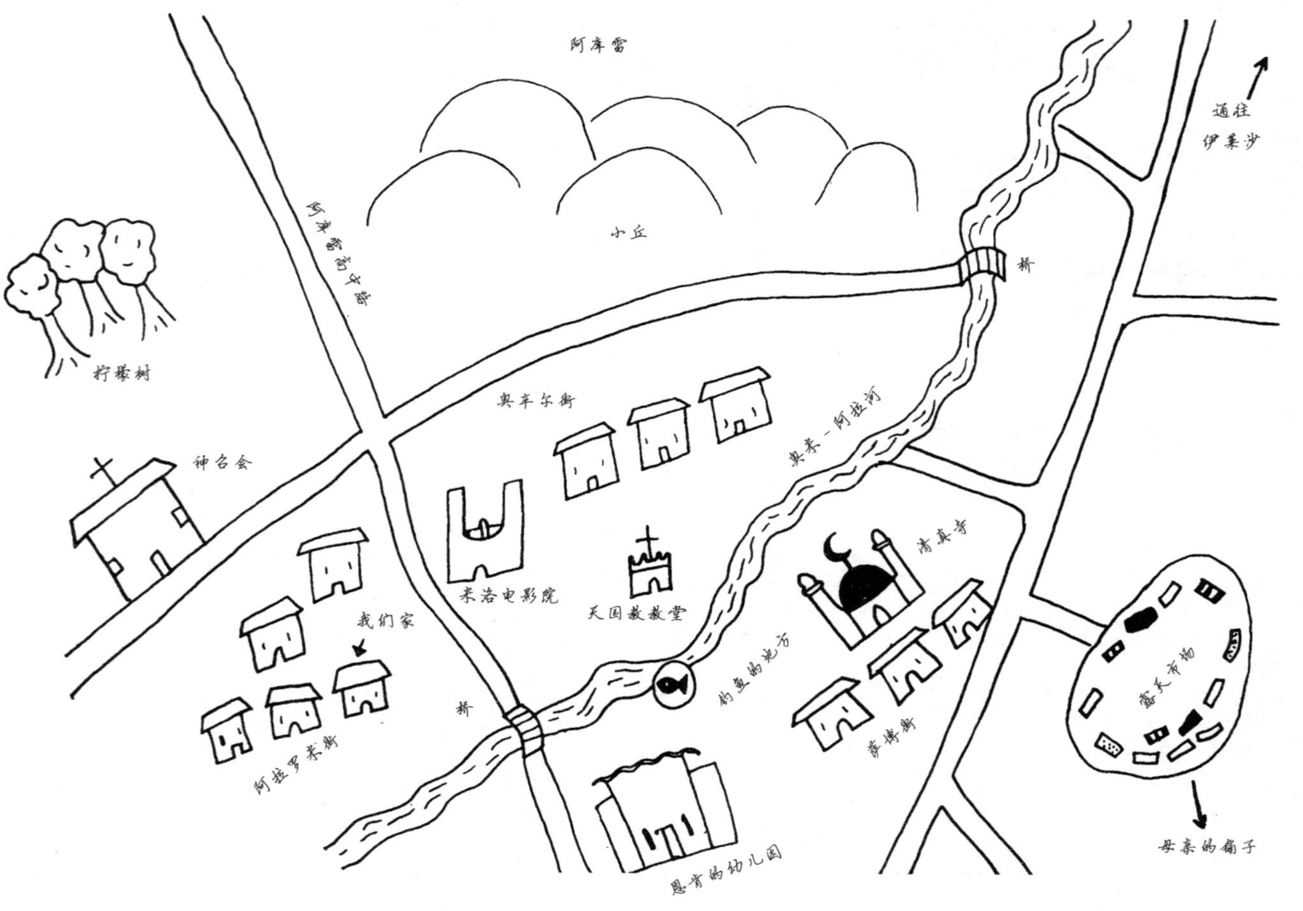
阿库雷
通往
伊莱沙
小丘
阿库雷高中路
桥
柠檬树
奥辛尔街
奥苏－阿拉河
神召会
米洛电影院
天国教教堂
清真寺
我们家
钓鱼的地方
露天市场
桥
萨博街
阿拉罗米街
恩肯的幼儿园
母亲的铺子

谨以此书献给

我的兄弟们（和姊妹们）
“我们这一队”

一人行，不成溃败。

——伊博族谚语

那疯汉闯进了我们的家宅
亵渎我们的圣地
叫嚣他掌握着世间唯一的真理
用铁器胁迫我们的祭司屈服
啊！对，还有孩子们
曾经行走在我们先辈墓地上的孩子们
都将疯魔上身
他们将长出蜥蜴的尖牙
他们将在我们眼前相互吞噬
而依照古老的律令
不许阻止！

——马齐兹·库内内

目录 | *Contents*

钓鱼兄弟帮

我们是钓鱼兄弟帮。

我们几个迷上了钓鱼。那是一九九六年一月，我们的父亲因为工作调动离开了阿库雷，而我们从出生开始就没离开过这个尼日利亚西部城市。上一年十一月的第一个星期，父亲供职的尼日利亚中央银行突然把他调到阿库雷以北一千公里外的约拉。我还记得父亲怀揣调动通知回家的那个晚上，那是一个星期五。当晚和星期六一整天，他和母亲一直像神殿里的祭司那样小声谈论着。星期天早上，母亲出现在我们眼前，她的样子全变了。她的步态像落水的老鼠，在家里走动的时候眼帘低垂。那天她没上教堂，而是一脸阴郁地在家为父亲洗熨出一摞衣物。他们俩什么都没对我们说，我们也没问。我的几个哥哥——伊肯纳、波贾、奥班比——和我已经学乖了：要是我们家的两大心室——我们的父亲和母亲——不吭声，就像人体的心室只让血液流入不让流出那样，我们乱戳可能会让家里血流满地。每逢这种时候，我们会避开放在客厅八柱架上的电视机，躲在自己的房间里学习或者假装学习，忧心忡忡，但什么也不问，默默地感受外面的形势。

黄昏来临时，母亲的自言自语透露了一些零散的信息，就像羽毛丰盈的鸟儿抖动身体落下几根旧羽："什么样的工作会让一个男人丢下他的孩子们不管？就算我有七只手，这么些孩子我怎么照顾得过来？"

这些呓语般的问题貌似不针对任何人，但显然是说给父亲听的。他独自坐在客厅的躺椅上，脸藏在他最爱读的《卫报》后面，边读边听母亲抱怨。尽管听到了母亲说的每一个字，他也只会把那些不直接针对他的话——他经常称之为"懦夫之语"——当作耳旁风。他会泰然自若地读报，不时蹦出一句对报纸内容的斥责或赞赏："如果世上真有正义这玩意儿，阿巴查应该很快死翘翘，让他的巫婆老婆哭个够。""哇，费拉神了！天哪！""应该砸了鲁本·阿巴蒂的饭碗！"——这些话都是为了让人觉得母亲的哀叹徒劳无功，她的抱怨没人关注。

那晚上床之前，伊肯纳猜测说，父亲大概要调动工作了。他快满十五岁了，很多事我们都依靠他来解读。波贾比他小一岁，要是没对这种情况发表高见就会觉得自己不够聪明。他说我们经常担心的事儿要成真了，父亲要出国去“西方世界”了。奥班比十一岁，比我大两岁。他没啥看法。我也没有。但我们并没有等多久。

答案第二天早晨就揭晓了。身穿褐色 T 恤的父亲突然来到我和奥班比的卧室，把眼镜搁在桌子上。通常这意味着我们得听好了。“从今天开始，我会住在约拉。我不希望你们几个给你们母亲惹麻烦。”说这些话时他的脸有些扭曲。每当他想让我们心生恐惧就会摆出这张脸。他语速很慢，嗓音比平时深沉洪亮，他吐出的每个字都钉进我们脑海中的横梁九寸深。要是我们以后不听话，他只要说一句“我告诉过你们”，就能让我们回想起他训诫我们时的每一个细节。

“我会定期给她打电话。如果我听到任何坏消息，”他竖起食指以示强调，“任何过分的行为，必有回报。”

说到“回报”这个他专门用来强调警告或者对恶劣行为的惩罚的词时，他十分用力，额头两侧的青筋都凸出来了。此词一出，训诫告终。他从胸袋里掏出两张二十奈拉[①]的纸币，放在我们的书桌上。

“给你们俩的。”他说，然后就出去了。

奥班比和我坐在床上。没等我们回过神来，就听到母亲在屋外

① 尼日利亚法定货币名称。

提高了嗓门对他说话，就好像他已经走远了。

“埃姆，要记得家里这些半大小子。”她说。

“我会的。”

在她的絮叨中，父亲发动了他那辆标致504。一听到发动机的声音，奥班比和我立刻冲出房间，但车子已经出了院门。他走了。

每当我想起我们的故事，想到从那天早晨开始，我们这从未分离过的一家人分开了，我真希望——即便过了二十年也是如此——他不曾离开，不曾收到那封调动通知。在那个通知到来之前，一切井然有序：父亲每天早晨出门上班，在露天市场摆摊卖生鲜食品的母亲照料我和我的五个兄弟姐妹。我们跟阿库雷大多数人家的孩子一样，得去上学。万物都顺其自然。我们很少回想过去。时光的流逝算不了什么。旱季的每一天，天空都飘浮着满载一团团灰尘的云朵，太阳很晚才下山。雨季的时候，好像有一只手在天空涂抹着朦胧的图案，大雨倾盆，雷电交加，一下就是六个月。因为这不变的、有序的节奏，没有哪一天特别值得回想。当下和可见的未来才重要。有时，未来的片段会在我眼前闪现，像火车机车沿着希望的铁轨驶来，煤在炉膛里熊熊燃烧，汽笛声如象鸣般响亮。有时，这些片段会在我的梦境中浮现，抑或混在我脑海中嗡嗡飞过的幻想中——我将成为飞行员，或者是尼日利亚总统，或者是大富翁，买得起直升机——因为未来在我们手中。未来是一块空白的画布，什么都有可能。然而，父亲调去约拉这件事改变了一切：时间、季节和过去变得重要了，我们对过去的渴望甚至超过了当下和未来。

从那天早晨起，他就住到了约拉。以前，放在绿色桌子上的电话机主要用来接父亲自幼结识的朋友巴约先生从加拿大打来的电话。现在，它成了我们和父亲之间唯一的纽带。母亲焦躁不安地等着他打电话过来，还在她房间的日历上标出父亲打电话的日子。要是哪天他没按约定打来，母亲在等待中——经常是一直等到深夜——耗尽了耐心，就会解开她裹身衣褶边的结，取出里面那张皱巴巴的纸，一遍又一遍地拨打她匆忙记下的电话号码，直到父亲接听为止。如果那时我们还醒着，我们会挤在她身边听父亲的声音，敦促她给父亲施压，让他把我们接到约拉去。但父亲总是断然拒绝。他一再重申，约拉局势不稳，经常发生大规模暴力事件，而且常常是针对我们伊博人的。我们还是不断要求，直到一九九六年三月血腥的宗派暴乱爆发。那一次，终于拿起听筒后，父亲在零星枪声的伴奏下告诉我们他是怎么从攻击他所在地区的暴徒手中死里逃生的，以及同他的寓所隔街相望的一户人家是怎么被屠杀的。“他们杀小孩就像杀鸡！”他特别强调了“小孩”。我们但凡还有脑子，就再也不敢提搬家的事。事情就是这样。

父亲每隔一个周末开着他的标志 504 轿车回来一次，路上要花十五个小时，到家时总是风尘仆仆，精疲力竭。我们盼望着那些星期六。家门口一响起喇叭声，我们就会冲出去开门，急着想知道他又给我们带来了什么点心或礼物。后来，我们慢慢习惯了几个星期才能看到他一次。在此期间，事情发生了变化。他原本身材魁梧，沉着稳重，如今却逐渐萎缩干瘪。他原本奉行镇静、服从、学习和雷打不动的午睡，我们已习惯成自然，如今这套规矩却逐渐废弛了。以前我们觉得他眼神锐利，能看到我们背着他犯下的最细小的错误，现在他的眼睛却覆上了一层薄雾。到了第三个月头上，他那经常挥舞警示之鞭的长长的手臂突然像疲惫的树枝一样折断了。然后我们就脱了缰。

我们抛下书本，开始探索我们熟悉的世界之外那个神圣的世界。我们奓着胆子去了市立足球场。我们那条街上的大多数男孩每天下午都在那儿踢球。但他们像狼群一样排外。我们只认识他们当中的卡约德，他就住在离我们家几条街的地方，但这些男孩熟悉我们家，叫得出我们父母的名字，还常常用毒舌招待我们。尽管伊肯纳是个控球高手，奥班比是守门神将，他们还是管我们叫"菜鸟"。他们还经常开玩笑说，我们的父亲"阿格伍先生"是在尼日利亚中央银行上班的富人，而我们是特权阶层。他们给父亲起了个奇特的外号：奥尼尔老爹。后者是一部备受追捧的约鲁巴肥皂剧里的主人公，有六位妻子、二十一个孩子。他们用这个外号来嘲笑父亲，因为他觉得孩子多多益善，在我们那个区算是出了名。在约鲁巴语里，奥尼尔老爹还有"螳螂"的意思。那可是一种瘦巴巴的丑陋的绿色昆虫。我们受不了这样的侮辱。起先，伊肯纳觉得我们人太少，寡不敌众，就按照基督徒孩子惯常的做法一再乞求他们不要侮辱我们的父母，因为我们的父母没有做过任何伤害他们的事，但他们无动于衷。终于，一天晚上，伊肯纳再也忍受不了那个外号，一头撞向其中一个男孩。那男孩瞬间踢中了伊肯纳的肚子，居高临下地朝他压过去。有那么一小会儿，他们俩缠在一起，双脚在沙地上踢出一个不大规则的圆。但最后，那男孩甩脱了伊肯纳，还朝他脸上撒了几把土。其他孩子欢呼着把那男孩扛了起来，他们的声音汇成一曲胜利的欢歌，其间夹杂着对我们的嘘声。那天晚上，我们垂头丧气地回了家，以后再没去过那儿。

这之后，我们不再喜欢去外面玩。在我的建议下，我们一起去求母亲，让她说服父亲把没收掉的游戏机还给我们，好让我们玩《致命格斗》。一年前，父亲没收了游戏机，还把它藏了起来，因为考试经常名列全班第一的波贾带回来一张成绩单，上面用红笔写着第二十四名和老师的警告："下次还有可能这样。"伊肯纳的成绩单也不妙，在四十个人里排名第十六，他的老师布基夫人还给父亲写了一封信。父亲把那封信读了出来。在他的咆哮声中我只听清了"天哪！天哪！"，就像诗歌中的叠句。他宣布没收游戏机，永久阻断那些能让我们兴奋到眩晕、尖叫和嘶吼的画面。想想吧，画外音一声令下："干掉他！"战胜的灵魂就狠命收拾那战败的灵魂，要么把他踢到半空中，要么把他砍得血肉横飞。然后，屏幕上会炸开火红的"死亡"字样。有一次，奥班比撒尿撒到一半从厕所里冲出来，因为他想跟着游戏里那个美国口音的画外音一起吼叫："一招致命！"结果尿滴在了地毯上，招来母亲好一顿教训。

父亲不同意。我们转而寻找体育活动消磨放学后的时光，反正他也鞭长莫及。我们把邻近的朋友们召集起来，在我们院子后面的空地上踢足球。卡约德来了，在市立足球场踢球的那群狼孩里，我们只认识他。他那雌雄莫辨的脸上总是挂着温和的微笑。我们的邻居伊巴夫和他的表兄弟图比—— 一个我们已经扯破了嗓子他还在问“不好意思，你刚才说什么”的半聋男孩——也加入了。图比的耳朵大得出奇，简直不像是他身体的一部分。我们叫他“伊莱蒂·伊奥若”，意思是长着兔耳朵的人，他也很少生气——也许是因为我们常常耳语，而他有时听不见。我们身穿廉价球衣和用印刷体写着自己球场绰号的T恤衫，在场地上来回奔跑。我们发疯似的踢球，常常把球射到邻近的院子里，然后就得去捡球，结果往往捡不回来。有好多次，我们跑到球落地的地方，正赶上看见邻居把球戳破。我们恳求他们把球还给我们，但他们毫不留情，因为我们的球要么砸到了人，要么砸坏了东西。有一次，我们的球飞过邻居的院墙，正中一位残疾人的脑袋，害得他从椅子上摔了下来。还有一次，我们的球砸碎了玻璃窗。

每次他们毁掉一个球，我们就得凑钱买新的，只有卡约德不出钱，因为他是镇上日益增多的赤贫人口中的一员，连一个考包[①]都拿不出来。他常常穿着破破烂烂的短裤，跟他上了年纪的父母一起住在通往我们学校的那条路的转弯处一幢烂尾的两层楼里。他父母

① 尼日利亚辅币名。

是信众寥寥的耶稣使徒会（Christ Apostolic Church）的精神领袖。因为出不起钱，他为每一个球祈祷，乞求上帝别让它越界，好让我们踢得久一点儿。

有一天，我们买了一只漂亮的印有一九九六年亚特兰大奥运会标志的白色足球。卡约德的祈祷一结束，我们就踢了起来。但还没踢满一个钟头，波贾就踢歪了。球落进了一位医生的院子里，砸碎了那幢豪宅的一扇玻璃窗，惊起了睡在屋顶上的两只鸽子。我们在远处等着，以便有人追出来的时候可以溜之大吉。等了好一会儿，伊肯纳和波贾开始往豪宅方向移动，卡约德则跪下乞求上帝的帮助。我们的密使刚走进那个院子，似乎早就守在那里的医生猛扑过来，吓得我们没命地逃。那天晚上，我们气喘吁吁、满头大汗地跑回家，心里明白我们不能再踢球了。

接下来那个星期，伊肯纳放学回来，迫不及待地宣布了他的新点子：我们去钓鱼。那是一月底。我之所以记得是因为一九九六年一月十八日是波贾的十四岁生日。那个周末，我们没吃平常的晚饭，而是用自家烘焙的蛋糕和软饮料为他庆祝了生日。每逢他过生日的那个月，他和伊肯纳会短暂同岁，因为伊肯纳比他早一年出生，生日是二月十日。伊肯纳的同学所罗门跟他描述了钓鱼的乐趣。据他转述，所罗门说钓鱼既刺激又有回报，因为可以卖鱼换钱。伊肯纳还想到，如果我们去钓鱼，说不定能弄到一条“悠悠鲷”。以前，我们家电视机旁边摆着个鱼缸，里面有一条异常美丽的合齿鲷。它的身体五彩斑斓——棕色、深紫、浅紫，甚至还有淡绿色。父亲给它起名“悠悠鲷”，因为奥班比怎么也发不好“合齿鲷”这个学名的音，听上去更像“悠悠鲷”。后来，伊肯纳和波贾觉得鱼儿生活在“脏水”里太可怜，就给鱼缸换上了干净的饮用水，结果发现鱼儿再也不从那些亮晶晶的卵石和珊瑚中间游出来了。于是，父亲移走了鱼缸。

听所罗门提过钓鱼的事之后，伊肯纳就发誓要弄一条新的“悠悠鲷”回来。第二天，他和波贾去了所罗门家，回来之后开始滔滔不绝地讲这种鱼那种鱼。所罗门带他俩去了个地方，买回来两根带钩的钓竿。伊肯纳把钓竿放在他们房间的桌上，向我们解释用法。长长的钓竿是木头做的，一端连着根细线。细线的末梢坠着铁钩。伊肯纳说，在铁钩上装好鱼饵——蚯蚓、蟑螂、食物碎屑等，就可以放长线钓大鱼啦。从次日开始，整个星期，他俩每天一放学就奔向从我们那个区边上流过的奥米－阿拉河。为此，他们要走过一条很长的蜿蜒曲折的小路，中间会经过我们院子后面那片空地，那里每逢雨季就其臭无比，会有很多猪聚集在那儿。所罗门和我们街上的其他男孩也会去。回来的时候，他们的罐子里装满了鱼。奥班比和我看到他们钓来的彩色小鱼，大感兴趣，但一开始他们不让我们加入。后来有一天，伊肯纳对奥班比和我说：“跟我们走，我们教你们钓鱼！”于是我们就跟去了。

这以后，我们每天放学后都去河边。所罗门、伊肯纳和波贾带队，附近的孩子们跟着。三个大孩子常常把带钩钓竿裹在破布或旧裹身衣里，不让人看见。我们几个——卡约德、伊巴夫、图比、奥班比和我——提着各种用具，从塞着钓鱼服的帆布背包、装着当鱼饵用的蚯蚓和死蟑螂的尼龙袋到用来装抓来的鱼和蝌蚪的空饮料罐，不一而足。我们一起走向河边，在长满带刺的野荨麻的小径上穿行。野荨麻打在我们光光的腿上，留下白森森的印子。鞭笞我们小腿的野荨麻是我们这个地区最常见的草，在约鲁巴语里有个奇特的名字，叫"埃桑"，意思是"报应"或"报复"。我们排成一列穿过这种长草。一摆脱它们，我们就发疯似的冲向河边。年纪大点儿的几个，像所罗门、伊肯纳和波贾，会换上脏兮兮的钓鱼服，然后贴着河边站好，甩出钓线，让上好饵的鱼钩沉入水中。虽然他们表现得像很久以前那些对河流了如指掌的渔人，但多数情况下只能钓到巴掌大小的胡瓜鱼，有时能钓到不太容易上钩的棕色鳕鱼，罗非鱼就更罕见了。剩下的人则用饮料罐捞蝌蚪。我可喜欢蝌蚪了。它们的身体滑溜溜的，脑袋奇大，几乎说不上什么形状，就像迷你版的鲸。我心怀敬畏地看着它们悬在水面以下，我的手指头因为不断刮擦它们身体表面那层灰亮的黏液而变得黑乎乎的。有时候，我们会捞到珊瑚或埋身河中已久的节肢动物的空壳。我们搜罗过长着涡状壳的蜗牛、某种动物的牙齿——因为波贾十分肯定地说那是恐龙的牙齿，还把它们带回了家，所以我们都相信它们来自遥远的过去——眼镜蛇在岸边蜕下的皮，以及其他任何我们能找到的有趣的东西。

我们只抓到过一条大到能卖钱的鱼。我常常想起那一天。所罗门钓上来的这条鱼比我们以前在奥米－阿拉河里见到过的所有鱼都大。伊肯纳和他一起去了附近的菜市场，半个多小时后就回到了河边，挣了十五奈拉。我们兄弟几个分到六奈拉，回家时兴高采烈。从那以后，我们越发热衷钓鱼，夜深了还不肯睡，忙着讨论钓鱼的事。

我们兴致勃勃地钓鱼，就好像每天都有忠实的观众聚集在河边看我们，为我们喝彩。河水散发出水藻的气味，飞虫每到晚上就在河岸附近成团盘旋。河岸另一头，虬结的树枝探入水中，令人恶心的藻类和树叶滞留不去，像地图上几个陷入困境的国家。这些我们都不在乎。我们每天都带着生锈的罐子、死昆虫、蠕动的蚯蚓，穿着破破烂烂的旧衣裳去钓鱼，因为钓鱼虽然有难度，收获也不多，但实在让人快活。

如今，回顾过去——身为人父的我比以前更爱回顾过去了——我意识到，我们的生活和我们的世界就是在某次河边之行时发生了改变。因为在那儿，在我们组成钓鱼兄弟帮的那条河边，时间有了意义。

大河

奥米－阿拉河是条可怕的河。

阿库雷的居民早就把它抛到了脑后，就像儿女遗弃了母亲。先民们当年可是仰仗它捕鱼维生，汲取清洁的饮用水。它蜿蜒流过阿库雷，将其揽在怀中。如同许多类似的非洲河流，奥米－阿拉河一度被人奉为神祇。人们为它建起庙宇，乞求住在河中的莱莫亚、奥沙、美人鱼或是其他精怪神灵，为他们说情、指点迷津。欧洲殖民者的到来改变了一切。他们带来了《圣经》，抢走了奥米－阿拉河的信徒。后来，原住民们大多改信基督教，开始把奥米－阿拉河视作邪恶之地。摇篮被玷污了。

大河滋生了无数黑暗的谣言。有一则谣言声称，有人在河岸举行各种偶像崇拜仪式。证据就是散落在河面及两岸的尸体、动物残躯和其他祭品。一九九五年年初，有人在河里发现了一具重要部位惨遭肢解的女尸。市议会因此宣布，在晚六点到早六点之间，任何人不得靠近河边。大河被遗弃了。年复一年，丑闻不断叠加，大河的名声越来越坏，人们只要提到它就带着鄙视。雪上加霜的是，我国一个臭名昭著的教派就驻扎在河边。这个教派被称为天国教（Celestial Church），或者白衣教。它的教徒崇拜水中精灵，不着鞋履。我们都知道，父母要是发现我们去河边，一定会狠狠地惩罚我们。但我们压根儿不在意。直到有一天，我们的邻居，一个头顶装油炸花生仁的托盘、在城里走街串巷叫卖的女小贩，在通往河边的小径上截住了我们，并且告诉了母亲。那是二月底，我们已经钓了将近六个月的鱼。就在那一天，所罗门钓到了一条大鱼。大鱼拼命扭动身体，想摆脱滴水的鱼钩。我们全都跳了起来，齐声唱起所罗门发明的渔人之歌。我们总在最惊心动魄的时刻唱它，比如说鱼儿垂死挣扎的时刻。

这首歌改编自一首有名的小曲。阿库雷当时最有名的肥皂剧叫《终极力量》，里面的主人公伊沙乌鲁牧师的妻子因为与人通奸被驱逐出教会，后来又被召回。重返教会时，她唱了这首小曲。虽说是所罗门最早想到了这个主意，但我们所有人几乎都参与了歌词的改编。例如，在波贾的建议下，我们把“我们抓到了你”改成了“渔人们抓到了你”。她在歌中赞颂上帝赐予她力量，帮她抵制撒旦的诱惑，我们则炫耀自己牢牢抓住上钩的鱼儿，不让它逃脱。因为这首歌很带劲，我们有时在家或在学校也会哼唱。

跳吧，尽情地跳，
挣扎吧，尽管挣扎。
我们抓到了你。
你逃不掉了。
我们是不是抓到了你?
你怎么也逃不掉了。
我们，渔人们，抓到了你。
我们，渔人们，
抓到了你。你逃不掉了！

所罗门钓到大鱼的那天晚上，我们的歌声如此嘹亮，结果引来了一位天国教的祭司。他光脚走路，像幽灵一样悄无声息。我们去河边的时候，发现了这座天国教的教堂，立马把它圈进了我们的冒险目标。教堂的主殿不大，蓝漆剥落，桃花心木的窗子大开着。我们就从那儿偷看，还模仿教徒们的癫狂举止和舞姿。只有伊肯纳认为这是对一个宗教团体的神圣仪式的不敬。那位年迈的祭司走过来的时候，我离小路最近，也最先看到他。站在河对面的波贾一看到他，赶快扔下钓竿，攀上河岸。我们钓鱼的河段被两岸茂盛的灌木丛遮挡着，街上的行人根本看不见。只有走到相邻那条街，穿过灌木丛里一条踩出来的小径，才能看到水面。那老人就走在这条小径上。走近后，他在我们徒手挖出来的浅坑里发现了两个饮料罐，饮料罐周围蚊蝇嗡嗡，于是停下脚步，弯腰端详，然后一边摇头一边移开视线。

“这是什么？”他说的是约鲁巴语，但口音比较奇特，“你们为什么像酒鬼一样吵闹？你们难道不知道对面有神的殿堂吗？”他指向教堂，身体朝着小径，“你们难道不敬神吗？嗯？”

以往的教养告诉我们，即使有充分的理由，也不能在大人指责我们的时候回嘴。于是，所罗门没有正面回答他的问题，而是道了歉。

“对不起，老人家。”他一边说话一边搓手，“我们会克制，不会大声嚷嚷了。”

“你们在这样的水里钓什么？”老人不睬所罗门，而是指着颜色转为暗灰的河水抛出下一个问题，“蝌蚪、胡瓜鱼，还是别的？你们为什么不回家？”他的眼睛一眨一眨，把我们都审视了一遍。伊巴夫想笑，最终忍住了，但伊肯纳还是低声呵斥他“傻瓜”。太晚了。

“你以为这很好笑？”老人瞪着伊巴夫，“好吧，我为你们的父母伤心。我敢肯定，他们不知道你们来了这里。要是他们发现了，一定会很难过。难道你们没听说政府下令不许人来这儿吗？哦，这一代的小孩子怎么了！”他面带惊讶，又把我们扫视了一遍，然后说：“不管你们走不走，别再那么大声了。听见了吗？”

这位祭司长叹一声，摇着头转身离去。我们笑成了一团。他白袍飘飘，却又瘦骨嶙峋，像个穿着大人衣服的小孩，太好笑了。他看似可怕，却连鱼和蝌蚪都怕（因为他盯着鱼看的时候满眼恐惧），太好笑了。他满嘴臭气（虽然我们站得离他太远，根本没闻到），太好笑了。

“这人就像传说中的女疯子伊娅·奥洛德。”卡约德说。他手里那个马口铁罐头盒有点儿倾斜，他用手捂着罐口，不让里面的鱼和蝌蚪漏出来。他似乎没意识到自己在流鼻涕，听任那乳白的分泌物挂在鼻孔下面。“那女人整天在城里跳舞——大多数时候跳的是马科萨舞。前几天，她被赶出了奥亚－奥巴的露天大市场，听说是因为她蹲在市场中心当众拉屎，就在一个肉摊旁边。”

我们都笑了。波贾笑得发抖，最后双手扶膝，气喘吁吁，一副精疲力竭的样子。然后我们才注意到，在靠近对岸的水里，枯萎的埃桑草俯向河面的地方，从那位祭司打断我们后就没再出声的伊肯纳站了起来。我们看着他解开湿短裤的扣子，脱下滴水的钓鱼服，开始擦干身体。

“艾克，你干啥呢？”所罗门说。

“我要回家了，”伊肯纳一句话就打发了他，似乎等人问这个问题已经等得不耐烦了，“我想回家学习去。我是学生，不是渔人。”

“现在？”所罗门问，“是不是太早了点儿？我们还——”

所罗门没把话说完；他明白过来了。之前一个星期，伊肯纳就开始对钓鱼不感兴趣了。当天也是，我们好说歹说才把他拉到河边来。所以等他说出“我想回家学习去。我是学生，不是渔人”时，我们谁都不再质疑。波贾、奥班比和我从来不做伊肯纳不赞成的事，所以我们别无选择，也开始换衣服准备回家。奥班比把钓竿包在我们从母亲的旧箱子里偷来的破旧裹身衣里。我捡起地上的罐头盒和塑料袋，里面剩下的虫子蠕动着，挣扎着，正慢慢死去。

“你们这就走？”卡约德追问。我们则忙着跟上伊肯纳。他好像不太愿意等我们这几个弟弟。

“为什么你们现在都要走？”所罗门说，“是因为刚才那个祭司，还是因为那天你遇到了阿布鲁？难道那时候我没叫你别等？难道我没叫你别听他的话？难道我没告诉过你他只是个邪恶的疯子？”

我们谁都不回答，谁都不转头看他，只是埋头往前走。伊肯纳走在最前面，手里拿着装着他的钓鱼短裤的黑色塑料袋。他把带钩的钓竿留在了河岸上，而波贾又把它捡了回来，包在他带的那件裹身衣里。

“让他们去吧，”我听到伊巴夫在我们后面说，“我们不需要他们；我们自己也能钓鱼。”

他们开始取笑我们，但很快我们就走远了，听不到了。我们一言不发地在小径上穿行。我一路都在纳闷伊肯纳究竟怎么了。有时候，我搞不懂他的举止或决定，多半会向奥班比求教。上个星期遇到阿布鲁之后，就是所罗门刚才提到的那回，奥班比给我讲了个故事来解释伊肯纳为什么会突然改变。我还没回味完这个故事，就听见波贾猛地喊道："老天，伊肯纳，看，伊亚波妈妈！"原来他看到我们那个走街串巷卖油炸花生仁的邻居挨着早前来过河边的祭司坐在教堂前的长凳上。但他报警报晚了，那女人已经看到我们了。

我们从她面前走过，脸色平静如囚犯。"啊，啊，艾克，"她朝我们高声叫道，"你们到这儿来干什么？"

"啥也没干。"伊肯纳一边回答一边加快了脚步。

她站了起来，身材壮硕如母老虎，手臂高举，似乎随时会扑向我们。

"你手上拿着什么？伊肯纳，伊肯纳！我在跟你说话哪。"

伊肯纳不睬她，脚步匆匆。我们有样学样。在一个院子后头，我们抄了小路。那里有棵香蕉树，上面有根枝条被暴风雨折断了，垂下来的样子像海豚圆钝的嘴部。一到那儿，伊肯纳就转身面向我们说道："你们都看到了吧？你们看到犯傻的后果了吧？我难道没说过，不要再傻乎乎地去河边，可你们谁听进去了？"他把双手交叠在头顶，"你们等着瞧吧。她一定会向妈妈告密的。想打赌吗？"他拍了下额头，"赌不赌？"

我们谁都不回答。"看到了吧？"他说，"你们的眼珠子总算有用了，是吧？等着瞧吧。"

我们继续往前。他的话在我的耳边不断回响，我忧心忡忡，觉得那女人一定会向妈妈告发这件事。她是妈妈的朋友。她丈夫参加非洲联盟部队，在塞拉利昂战死了，抚恤金被他的家人分走了一半。她的两个儿子跟伊肯纳差不多大，营养不良。她家的情况实在艰难，母亲时不时得拉她一把。作为回报，伊亚波妈妈一定会给母亲敲警钟，告诉她我们居然到河边那种危险的地方去玩。我们害怕极了。

第二天放学后，我们没去河边，而是待在各自的房间里等母亲回来。所罗门和其他孩子以为我们会去，所以还是去了河边，但等了一会儿之后，有点儿怀疑我们不会来了，于是就来找我们。伊肯纳告诫他们，尤其是所罗门，最好不要再去钓鱼了。可所罗门不听。伊肯纳把自己那根带钩钓竿送给了他。所罗门嘲笑了他，然后神色轻松地走了，好似伊肯纳列举的那些如阴影般笼罩在奥米－阿拉河上空的危险丝毫没影响到他。伊肯纳摇着头，看着这些在劫难逃的男孩走远了。

那天下午，母亲收摊回家的时间比平时早。我们马上意识到，我们的邻居告发了我们。母亲受到了打击，因为她和我们同住在一个屋檐下，却被蒙在鼓里。的确，我们瞒了她好久。我们把鱼和蝌蚪藏在伊肯纳和波贾房间的双层床下，因为我们也知道关于奥米－

阿拉河的神秘传说。长着藻类的河水的味道，甚至死鱼的恶心味儿都没有让我们露出马脚，因为我们钓到的鱼过于弱小，很少有能活过一天的。即使我们把它们养在装了河水的饮料罐里，它们照样很快就死了。每天放学回家，我们都会发现伊肯纳和波贾的房间充斥着死鱼和死蝌蚪的臭味，于是赶快把它们连马口铁罐头盒一起扔到院墙外面的垃圾堆上。我们还挺伤心的，因为空罐头盒来之不易。

钓鱼时弄的大小伤口也被我们瞒住了。伊肯纳和波贾对妈妈耍了个花招。有一次，她责问伊肯纳，为什么听见奥班比在厕所里唱渔人之歌就揍他。奥班比赶紧替他打掩护，声称自己活该，谁叫自己喊伊肯纳“猪头”。

事实上，伊肯纳揍他是因为觉得他蠢，居然在母亲在家的时候唱这首歌，一个不小心就把我们全给暴露了。揍完之后，他还警告说，如果再犯，就再也别想去河边。挨打事小，反正打得也不重，但这个警告让奥班比哭出了声。在我们开始冒险的第二个星期，波贾在河边被螃蟹夹伤了大脚趾，血弄脏了凉鞋，但我们对母亲撒谎说他是在踢球的时候受的伤。其实蟹钳是所罗门用手从波贾的脚趾肉里拔出来的。当时，他叫我们所有人，除了伊肯纳，都转过头别看。伊肯纳看到波贾血流不止，生怕他会失血死去。所罗门跟他拍胸脯说绝对不会。伊肯纳还是愤怒地把螃蟹砸了个稀巴烂，诅咒了这个胆敢伤害波贾的家伙一千回。母亲很难过。她被我们骗了这么久——六个星期，不过我们又撒了一次谎，跟她说只有三个星期——

一点儿都不知道我们钓鱼的事。

那天晚上，母亲在家里走来走去，脚步和心情一样沉重。她没给我们做晚饭。

“你们不配在这个家里吃饭。”她从厨房踱到她的房间，再踱回去，双手发抖，情绪低落，“去吃你们从那条危险的河里抓来的鱼好了。撑死你们！”

她关好厨房门，上了锁，以防我们在她上床后去偷吃。她太震惊了，所以，感觉受伤时就自言自语的毛病又犯了。那天晚上，她一直絮叨到很晚。她说的每一个字、发出的每一个声音都像毒药渗入骨头一样渗透到我们的脑海里。

“我会跟埃姆说的。我相信，他一听说你们做的事，就会丢下一切赶回家。我了解他。我了解埃姆。你们。等着。瞧。”她打了个响指。接着，我们听见她拿裹身衣的边缘擤鼻涕。“你们以为，要是你们出了事，你们谁在河里淹死了，我就活不下去了？我不会因为你们自找苦吃就不想活了。绝不会。‘戏笑父亲，藐视而不听从母亲的，他的眼睛必为谷中的乌鸦啄出来，为鹰雏所吃。’”

《箴言》中的这段话——《圣经》中我所知的最可怕的一段话——被母亲用来做了那晚的结语。现在回想起来，我觉得一定是她用伊博语说这段话时恶狠狠的语气让它有了诅咒的意味，其他话她都是用英语说的。她和父亲日常同我们交流时用的是伊博语；我们几个孩子之间则说阿库雷当地的方言约鲁巴语。英语虽然是尼日利亚的官方语言，但只有陌生人或不是你家亲友的人才会用英语跟你很正式地说话。如果你和你的朋友或亲戚中有一方切换到英语，那你们的关系很有可能会产生裂痕。因此，我们的父母很少说英语，除非觉得有必要用言辞来让我们惊慌失措，比如那天晚上。我们的父母将这一招使得炉火纯青。这一回，母亲也吓到我们了，因为“淹死”“一切”“活”和“危险”这些字眼从她嘴里蹦出来的时候，她特别加重了语气，放缓了语速，倾注了感情，表达了指控。它们在我们耳边回响，一直折磨我们到深夜。

老鹰

父亲是只老鹰。

这威猛的大鸟把它的巢筑在众生之上，像国王守卫宝座那样在空中盘旋，看护它的小鹰们。我们家——他在伊肯纳出生那年买下的带三间卧室的平房——是他建的巢，他用铁拳统治的领地。所以人人都认为，要是他没离开阿库雷，我们家就不会岌岌可危，降临在我们头上的厄运根本不会发生。

父亲与众不同。当其他人都开始接受节育这个福音时，他的梦想却是生一屋子的孩子，凭一己之力造出一族人来，因为他是奶奶的独生子，从小渴望兄弟姐妹的陪伴。二十世纪九十年代尼日利亚经济不好的时候，这个梦想让他备受讥讽，但他像打蚊子一样把那些侮辱的言辞一巴掌拍扁。他为我们勾画了未来——梦想的蓝图。伊肯纳会成为医生。不过后来，由于伊肯纳很小就迷上了飞机，而埃努古、马库尔迪和奥尼查都有航空学校，父亲就把他的未来改成了飞行员。波贾会当律师，奥班比当医生。虽然我想从事跟动物打交道的工作，当兽医，在森林里工作或者在动物园照料动物都行，但父亲决定让我当教授。小弟戴维在父亲调去约拉的时候还不满三岁，但他的未来也定下来了——他将成为工程师。至于一岁大的妹妹恩肯，父亲没替她选职业，他说女人不需要。

即便我们打一开始就知道捕鱼不在父亲的蓝图上，钓鱼时我们愣是没想起来。那天晚上，母亲威胁说要把我们钓鱼的事告诉父亲，我们才开始担心，而且对父亲的愤怒的恐惧愈演愈烈。母亲相信我们去钓鱼是恶灵上身，所以应该用鞭打来驱邪。她知道我们宁可看着太阳掉到地上，把我们烧死，也不愿承受父亲打屁股发"回报"的痛苦。她还说，我们不应该忘记父亲是什么样的人。他要是鞋子湿了，宁可光脚踩地也不肯趿拉另一只鞋。

第二天是个星期六，她带着戴维和恩肯去市场，我们在家里忙着毁尸灭迹。波贾把他的带钩钓竿和我们的备用竿搬到后院母亲种西红柿的菜园里，藏在墙边那堆一九七四年建房时剩下的生锈的屋顶波纹板下面。伊肯纳把他的钓竿折断后扔到了我们院墙后面的垃圾堆里。

那个星期六，父亲回来了。这时距离我们钓鱼被抓已经过去了整整五天。星期五晚上，我在祈祷时恳求上帝感化父亲，别让他用鞭子抽我们。但奥班比和我觉得这样的祈祷分量还不够，于是双双跪在地上，由奥班比再次祈祷："主耶稣，如果您爱我们——伊肯纳、波贾、本和我，请您别让父亲回来。让他待在约拉吧，求您了，耶稣。请听我说：您知道他用鞭子抽我们会有多狠吗？您知道吗？主耶稣，他的鞭子是牛皮做的，牛皮是从那个烤肉的《古兰经》学者那里买来的，抽人可痛了！主耶稣，如果您让他回来抽我们，我们就不上主日学校了，也永远不去教堂唱诗鼓掌赞颂您了！阿门！"

"阿门！"我应和道。

那天下午父亲到家时，按老规矩先在门口按喇叭，然后在其他人的惊喜欢呼中把车子开进院子。我们兄弟几个没有出去迎接他。伊肯纳建议我们在房间里装睡——要是我们若无其事地出去欢迎父亲回家，他只会更生气。于是我们全都躲在伊肯纳的房间里，竖耳倾听父亲的一举一动，等着母亲告状的那一刻到来。母亲讲起故事来很有耐心。每次父亲回来，她都会挨着他坐在客厅的长沙发上，详细通报他不在的这段时间家里的情况——家里缺什么了，怎么补足的，她向谁借了钱；我们在学校的成绩；还有教会里的事。她会特别提醒他注意我们有哪些不听话的举动，让她难以忍受或需要他出手惩罚。

记得有一回，她花了两个晚上跟他讲我们教会里某人生了个几磅重的孩子。她还讲了之前那个星期天，教会的执事不小心在祭台上放了个屁，很不幸被麦克风放大了音量。我最爱听她讲有个盗贼在我们区受到私刑惩罚的事：小偷逃，人们追，朝他扔石头，结果把他砸倒了。众人一拥而上，把一个轮胎套在了他的脖子上。对于他们怎么一眨眼就找来了汽油，又立马把人给点着了，她感到不可思议。当她描述了火焰如何吞噬小偷，如何在他毛发最多的部位——尤其是私处——烧得最欢时，我和父亲都听得入了神。她描述了小偷全身着火的时候火焰如何像万花筒般飞快地变化，小偷的惨叫多么让人心惊胆战。她讲得绘声绘色，导致这个着火的人的意象在我脑海里久久不去。伊肯纳说过，要是母亲上过学，她会是一个伟大的历史学家。他说得对，因为母亲几乎不会漏掉父亲不在时发生的任何事情的任何细节。她什么都会告诉他。

这一回，他们先扯了些闲话：父亲的工作；他对“腐败的当局”导致奈拉越来越不值钱的看法。虽然我和我的兄弟们一直很想掌握父亲掌握的那类词汇，但有时候我们也会恨它，有的时候又觉得缺不了它。比如说讨论政治，就没法用伊博语，因为有些词伊博语里找不到——“当局”就是其中之一。中央银行每况愈下。那天他提到最多的是尼日利亚第一任总统纳姆迪·阿齐克韦，他住进了埃努古一家医院，生命垂危。父亲爱他，视他为导师，昵称他为“齐克”。父亲态度激烈。他感叹国内卫生设施落后，咒骂独裁者阿巴查，抱怨伊博人在尼日利亚被边缘化。接着，他开始指责英国人统一尼日利亚的做法造就了一个怪物，直到母亲端来饭食。他吃饭的时候，母亲接过了话题，问他知不知道，幼儿园的老师都爱恩肯？他说：“真的吗？”母亲详细汇报了迄今为止小恩肯在幼儿园的经历。父亲想知道阿库雷的皇帝奥巴怎么样了，母亲于是说起了奥巴跟我们州军政府长官之间的争斗——阿库雷是我们州的首府。她一路唠叨，就在我们谁都想不到的时候，她忽然说：“迪姆，我跟你说件事。”

“我洗耳恭听。”父亲答道。

“迪姆，你的儿子们，伊肯纳、波贾、奥班比和本杰明，干了大坏事，最坏、最不可思议的坏事。”

“他们干了什么？”父亲问话时，银餐具在盘子上刮出刺耳的声音。

“嘿，好吧，迪姆。你认识伊亚波妈妈吧？优素福的老婆，卖花生的。”

“当然认识。直接说他们干了什么吧，我的朋友。”他叫道。父亲要是被谁惹恼了，就会称那人为“我的朋友”。

“嗯哼，那女人正在卖花生给奥米－阿拉河边天国教的老祭司，一帮男孩从河边沿着小路走过来。她立马就认出了他们，想叫住他们，但他们谁都不睬她。她跟老祭司说她认识这些男孩，结果老祭司告诉她，他们已经在河边钓了很久的鱼，他警告过几次，但他们不听。你知道更悲剧的是什么吗？”母亲拍了一下手，向父亲预告答案即将揭晓，“伊亚波妈妈认出这帮男孩就是你的儿子们：伊肯纳、波贾、奥班比和本杰明。”

有那么一会儿，他们俩谁都没说话。父亲的目光从地板徐徐移向天花板，接下来是窗帘，然后是房间里的其他物品，好像在请它们证实他刚刚听到的可鄙的事。我的目光则从门边挂着的波贾的足球服移向柜子，然后是墙上贴着的单张日历。我们管它叫 M.K.O 日历，因为这上面既有我们四个的照片，还有竞选过尼日利亚总统的 M.K.O. 阿比奥拉。我瞄到黄色旧地毯上有一只小颚被压扁的死蟑螂，大概是我们在盛怒之下打死的。这让我想起我们曾经大费周章地翻找被父亲藏起来的视频游戏。要是找到了，我们就不会去钓鱼了。那天，母亲带着几个小的出去了，我们趁机把父母的房间翻了个遍，但还是没找到游戏。它不在父亲的柜子里，也不在房间里多得数不清的抽屉里。后来，我们把父亲的旧金属箱搬了下来。听父亲说，这是奶奶在一九六六年他第一次离开祖居的村庄去拉各斯的时候给他买的。伊肯纳觉得游戏应该是藏在那里面。于是，我们把那个重得像棺材一样的铁箱子搬到了伊肯纳和波贾的房间。波贾耐心地试了每一把钥匙，一阵嘎吱声之后，箱盖猛地打开了。之前搬箱子的时候，有一只蟑螂从里面溜了出来，爬上生锈的金属表面，然后飞走了。伊肯纳一打开箱子，这种褐色的昆虫就蜂拥而出。眨眼间，一只蟑螂蹦上了百叶窗，另一只沿着衣橱从上往下爬，还有一只钻进了奥班比的跑鞋。我们发出一阵惊叫。接下来的大概半小时里，蟑螂四处乱窜，我们追上了就往死里踩。后来，我们把箱子搬出去，清扫了房间。忙完之后，奥班比倒在床上。我看见他脚底黏着蟑螂的碎块：一截蟑螂屁股、一个眼睛凸出的被踩扁的蟑螂头，还有翅膀碎片。他的脚指头中间也有。那黄色的糊糊应该是从蟑螂胸腔里挤出来的。他的左脚下面倒着一只完整的蟑螂，身体被压得像纸一样薄，翅膀并拢。

我那硬币般转个不停的脑子在父亲异常平静地开口说话时停止了转动。父亲说："好吧，阿达库，你坐在那里告诉我，她千真万确看到我的儿子们——伊肯纳、波贾、奥班比、本杰明——在那条河边出没，那条政府下了宵禁令的危险大河，甚至有大人在那儿失踪过的那条河？"

"没错，迪姆，她看到了你的儿子们。"母亲用英语回答，因为父亲突然说起了英语，还把"失踪"一词的最后一个音节拔高，以示强调。

"天哪！"父亲连着说了好几遍。他语速很快，把"天"字拆成了两个音节，听起来像"踢——安"，就像敲击金属表面时发出的声音。

"他怎么啦？"奥班比吓得快哭了。

"闭嘴！"伊肯纳低吼道，"我有没有警告过你们，叫你们别去钓鱼？可你们只听所罗门的。现在怕了吧。"

在他说话的同时，父亲又问了一遍："你是说真的，她看见了我的儿子们？"母亲答道："是的。"

“天哪！”父亲叫得更响了。

“他们都在里面，”母亲说，“你自己去问他们。一想到他们是用你给的零花钱买的渔具，钓钩、钓线和沉子，我就更加难过。”

母亲强调“你给的零花钱”，刺痛了父亲。他肯定已经像被戳到的虫子一样蜷缩起来了。

“他们钓了多久鱼？”他问。母亲支吾了一下，因为她不想受责备，但父亲厉声说：“我是不是在和又聋又哑的人说话？”

“三个星期。”她屈服了，声音里透出一股挫败感。

“老天啊！阿达库。三个星期。就在你眼皮底下？”

那其实是个谎言。我们之所以告诉母亲只钓了三个星期，是希望能把罪过降到最低。即便如此，父亲仍是怒火中烧。

“伊肯纳！”他咆哮道，“伊——肯纳！”

伊肯纳自打母亲开始向父亲告状起就坐在地上。这时他跳了起来，朝门口走去，然后又停住了，倒退几步，摸了摸屁股。他未雨绸缪，穿了两条短裤，但他和我们几个都心知肚明，父亲一定会把我们剥光了揍一顿。他抬头应道：“父亲！”

“滚出来！”

伊肯纳涨红了脸，雀斑越发明显。他迈步往前，接着，好像面前突然升起了一道看不见的屏障，他站住了，最后还是奔了出去。

“在我数到三之前，”父亲嚷道，“你们所有人都给我滚出来。马上！”

我们立马蹿出房间，站在伊肯纳后面充当背景墙。

“你们都听见你们母亲跟我说了什么吧，”父亲前额上暴出一长串青筋，“她说的是真的吗？”

“是真的，父亲大人。”伊肯纳回答。

“那么，真是这样？”父亲死死盯着伊肯纳沮丧的脸。

我们还没来得及回答，他已经怒气冲冲地进了自己房间。我注意到戴维坐在沙发上，手里拿着一包饼干，正傻盯着我们几个，等着看我们挨揍。父亲带着两根牛皮鞭出来了，一根挂在肩上，另一根抓在手里。他把刚才吃饭用的小桌子推到房间当中。母亲刚刚收走了上面的餐具，用抹布擦过它。她把裹身衣的上半身拉紧了些，静等父亲的怒火漫过警戒线。

“你们每个人都给我在桌子上趴好，”父亲说，“你们都是赤条条地来到这个罪孽深重的世界上，现在也得赤条条地接受回报。我流汗吃苦，就是为了送你们去上学，接受西方教育，做个文明人，你们却宁可做渔人。渔——人！”他翻来覆去嚷嚷着这个词，好似中了诅咒。嚷嚷了无数次之后，他命令伊肯纳在桌上趴好。

一顿痛打。父亲命令我们边挨鞭子边数数。伊肯纳和波贾褪下短裤趴在桌上，一个挨了二十下，另一个挨了十五下。奥班比和我各领了八鞭。母亲想干预，但父亲警告说，要是她敢拦，就连她一起揍，她只好作罢。看父亲愤怒的样子，揍她的话好像不是说着玩的。不管我们怎么尖叫哭泣，也不管母亲怎么恳求，父亲手下毫不留情。他一直在抱怨我们辜负了他的辛劳，嘴里不断地吐出“渔人”二字，直到最后收手，把鞭子甩到肩上，回了自己房间，留下我们捧着屁股哀号不已。

回报之夜是个残酷的夜晚。我和哥哥们一样，虽然很饿，还是抵制住了炸火鸡和炸芭蕉香味的诱惑，不肯吃晚饭。母亲很少做炸芭蕉。她明知我们出于骄傲不会吃饭，仍旧做了这么香的东西，分明是想让我们再受一回惩罚。事实上，我们家已经好久没吃过炸芭蕉了。大概一年前，奥班比和我从冰箱里偷炸芭蕉片吃，谎称看见老鼠吃了，于是母亲决定再也不做这道菜。我知道母亲在厨房里给我们留了四盘炸芭蕉，我好想溜出去拿一盘啊。但我不能，因为我不能背叛哥哥们。我们说好了要绝食抗议。饥肠辘辘，挨过打的地方痛得更厉害了。我一直哭到深夜才迷迷糊糊地睡着。

第二天早上，母亲把我拍醒了：“本，醒醒；你父亲找你呢，本。”

我身上每个关节都火辣辣的。屁股也肿了。不过，我还是舒了一口气，因为我们的绝食抗议进行不下去了。以前，我们受过重罚之后都会对父母怨气冲天，总有一段时间不跟他们碰面，也不吃东西，作为报复，最好能逼得他们道个歉，抚慰一下我们。但这回不行了，因为父亲要召见我们。

为了下床，我得先爬到床脚，然后顺着梯子小心翼翼地往下爬。我的屁股针扎般疼痛。到了客厅，光线还很暗。前一天晚上就停电了。照明靠的是摆在客厅中间的桌子上的煤油灯。波贾最后一个坐下。他进来的时候有点儿跛，每走一步都龇牙咧嘴。我们都坐下后，父亲双手托腮盯着我们看了好久。母亲坐在我们对面，离我只有一臂之遥。她解开腋窝下固定裹身衣的结，掀起了胸罩。恩肯的小手立刻就抓住了她那饱满涨奶的乳房，小嘴像动物扑食一样贪婪地覆上那又圆又挺的黑色乳头。父亲似乎对那颗乳头产生了兴趣，一直在看它。等乳头被遮住了，他摘下眼镜，放在桌上。每当他摘掉眼镜，他同波贾和我的相似之处——黝黑的肌肤和蚕豆形状的脑袋——就变得更为明显。伊肯纳和奥班比的皮肤像母亲，是蚁丘的颜色。

“你们都给我听好了，”父亲用英语说，“你们的所作所为伤透了我的心。原因很多。首先，我调动工作前告诉过你们，别给你们的母亲惹麻烦。可你们做了什么？你们给她，还有我，惹了天大的麻烦。”他逐个审视我们。

“听着，你们做的事很恶劣。恶劣。受西方教育的孩子怎么会有这么野蛮的行径？”那时我还不认识“行径”这个英语单词，但因为父亲音调很高，所以我知道它一定是个严厉的词。“第二，你们的冒险把你们的母亲和我吓坏了。我可没有送你们去那样的地方上学。那一团死气的河边可没有书读。虽然我一直告诫你们要好好读书，但你们的眼睛里已经没有书了。”接着，他皱紧眉头，以令人敬畏的姿势举起手臂，“在此我警告你们，我的朋友们，你们谁学习成绩不好，我就送谁回村里去种地，或者去凿棕榈酒[①]。”

“但愿不会这样！”母亲回应道，她在头顶打了个响指，为的是驱散父亲不祥的言辞，“我的孩子不会这样的。”

父亲恼怒地瞥了她一眼。“是啊，但愿不会。”他学着她温柔的语调，“阿达库，怎么不会？他们在你的眼皮底下钓了六个星期的鱼，六个星期。”他一边摇头一边逐个弯下六根手指，“听好了，我的朋友。从现在开始，你得监督他们念书。你听到了吗？而且你的收摊时间不再是七点，而是五点；周六不许出摊。我不能让这些孩子在你眼皮底下滑向深渊。”

“听到了。”母亲用伊博语回答，嘴里还啧啧有声。

“总之，”父亲继续训话，眼睛紧盯着坐成半圆的我们，“别想着赶时髦。努力做个好孩子。谁都不喜欢打自己的孩子。没有人喜欢。”

父亲常用“赶时髦”这个说法。慢慢地我们也懂他的意思了，就是无谓的纵容。他本来还想讲话，但天花板上的吊扇突然转了起来，打断了他。时断时续的电力供应又恢复了。母亲开了电灯，把煤油灯的灯芯摇下来。在这当口，我的视线落在了灯光映照下的年历上：现在已经是三月了，可年历才翻到二月那一页。那一页的配

---

① 棕榈酒是非洲特产。在棕榈树上凿个洞，插根管子，将乳白色汁液引入容器，盖上，放几个小时就成棕榈酒了。

图是一只展翅飞翔的老鹰。老鹰的腿伸得直直的，爪子收紧，两只凸起的蓝眼珠凝视着照相机镜头。它的雄姿占据了整个画面，山水沦为背景，好似世界由它主宰，由它创造——它就是身披羽翼的神祇。恐惧攫住了我的心。我怕有什么会在瞬间改变，搅乱那悠长的静谧。我害怕那凝住不动的翅膀会突然开始扇动。我害怕它凸起的眼睛会眨动，腿会腾挪。我害怕，当老鹰飞走，离开它从二月二日伊肯纳把年历翻到这一页起就被围困其中的那方天空，这个世界和它里面的一切会天翻地覆。

“另一方面，我希望你们知道，你们是做了错事，但同时这也再次说明你们有冒险的勇气。冒险精神是男人的精神。所以，从现在开始，我希望你们能把这种精神用在更有意义的事情上。我希望你们成为另一种渔人。”

我们几个交换了一下吃惊的眼光。伊肯纳例外。他一直盯着地板。这回挨鞭子，他受的打击最大，主要是因为父亲不知道他曾经试图阻止我们钓鱼，反而觉得最该怪他，因而对他下手最重。“我希望你们能成为美好梦想的捕猎者，不屈不挠，直到捕获最大的梦想。我希望你们成为世界主宰，成为令人生畏的、无可阻挡的渔人。”

我大吃一惊。我还以为他憎恶“渔人”这个词。困惑中我把目光投向了奥班比。父亲说什么他都点头应和。他的眉眼染上了笑意。

“好孩子，”父亲咕哝着，大大的笑容抚平了他因为生气而紧皱的脸庞，“听着，这就是我一直教你们的。坏事里头常常蕴含着好事。我告诉你们，你们可以成为另一种渔人。不是在奥米－阿拉这种脏水潭里钓鱼的渔人，而是知识的渔人，聪明能干的人，在生活的江河湖海里探索并取得成功的人：医生、飞行员、教授、律师。嗯？”

他再次环视我们：“我希望我的孩子们是那样的渔人。接下来，你们可愿意背一首圣歌？”

奥班比和我赶紧点头。他瞥了一眼那两个盯着地板的人。

“波贾，你呢？”

“愿意。”波贾不情不愿地嘟哝了一声。

“艾克？”

“愿意。”伊肯纳过了好久才回答。

“很好。你们大家一起说‘世界——主宰’。”

“世界——主宰。”我们跟着说道。

“令人生畏的。令人——生畏——的。令人生畏的。”

“无可阻挡的。”

“探宝的渔人。”

父亲的笑声低沉而嘶哑。他调整了一下领带，凝视着我们。他声调变高了，举起的拳头扯高了领带。他吼了起来：“我们是渔人！”

“我们是渔人！”我们把嗓门放到最大。我们的情绪这么快、这么轻易就被调动起来了，这让我们自己都感到惊讶。

“钓钩、钓线和沉子在我们身前。”

我们鹦鹉学舌，他听出有人把“身前”说成了“身甜”，就让我们单独发“身前”的音，直到我们都发对了才继续。在纠正我们之前，他感叹说，全怪我们整天讲约鲁巴语，不讲英语——“西方教育”的语言，才会连这个词都不会念。

“我们无可阻挡。”他继续吟诵，我们复述。

“我们令人生畏。”

“我们是世界主宰。”

“我们绝不会失败。”

“好儿子。”他说。我们的声音像泥沙沉淀一样越来越小。“新出炉的渔人们愿意拥抱我吗？”

父亲神奇地化憎恶为激赏，让我们的脑子有点儿转不过弯来。我们一个接一个站起来，把头埋进他敞开的衣襟里。在我们拥抱他的几秒钟里，他拍拍我们的脑袋，送上亲吻。这个仪式重复了好几遍。之后，他拿起公文包，取出一叠崭新的二十奈拉钞票，上面捆着盖有尼日利亚中央银行印章的纸带，给伊肯纳和波贾各发了四张，给奥班比和我各发了两张。在房间里熟睡的戴维也有一张。恩肯也有。

“我的话不能忘哦。”

我们全都点了头。他迈步离去，但又想起了什么，转身走向伊肯纳。他用双手按住伊肯纳的肩膀：“艾克，你知道我为什么打你打得最重吗？”

伊肯纳仍旧盯着地板，就像那上面在放电影一样。他含糊地答道：“知道。”

“为什么？”父亲问。

“因为我是大哥，他们的领头人。”

“很好，记住这一点。从今往后，不管你要做什么，先看看他们。你做什么，他们就会做什么；你去哪里，他们也会去哪里。你们总是抱成团，这一点值得表扬。所以，伊肯纳，别把你的弟弟们带歪了。”

“是，爸爸。”伊肯纳回答道。

“带个好头。”

“是，爸爸。”

“做个好榜样。”

伊肯纳犹豫了一小会儿才低声说：“是，爸爸。”

“要记住，掉进贮水池的椰子得好好洗过才能吃。我的意思是说，如果你做错了，我必须纠正你。”

我们的父母总是觉得有必要跟我们解释一下此类有隐含意义的表达，因为我们有时候只顾字面意思。没办法，这是他们从小学的语言，我们的母语伊博语就是这样构造的。虽然伊博语里也有“小心点儿”这样直白的告诫，但他们总爱说“用舌头舔舔你有几颗牙齿”。有一次，父亲用这句话教训了犯了错误的奥班比，结果发现奥班比真的用舌头舔了一遍上颚，腮帮子凹进去，口水顺着下巴往下流。他忍不住大笑起来。正因如此，我们的父母在生气的时候会改用英语，因为一生气就顾不得给我们解释了。即使说英语，父亲也爱用大词和成语。伊肯纳告诉我们，他小时候，我还没出生那会儿，父亲曾经语气严肃地让他“拿时间来”[①]。他乖乖地爬上餐桌，从墙上取下了挂钟。

“我听见了，父亲大人。”

“你已经被纠正过了。”父亲说。

伊肯纳点点头。父亲要他做出承诺。这种情况我从来没见识过。我看得出来，连伊肯纳都吃了一惊。因为父亲一直要求孩子们顺从，从不征求我们的同意或允诺。伊肯纳说了“我承诺”之后，父亲转身走了出去。我们跟在后面，目送他的车子在尘土飞扬的马路上越开越远，为他的再次离去感到难过。

① 原文为take time，意思是“从容些”。

蟒蛇

伊肯纳是条蟒蛇。

一条盘踞在树上、睥睨同类的野生巨蛇。伊肯纳在挨了鞭子之后变成了一条巨蟒。鞭打改变了他。我所认识的伊肯纳脱胎换骨了：新的他善变、暴躁，安静不下来。他的蜕变早在挨鞭子之前就悄悄地开始了，但表象等到受罚之后才显现出来。他开始做以前我们从没想到他会做的事情，第一件就是伤害一个大人。

那天早上，父亲启程去约拉差不多一个小时后，母亲带着弟弟妹妹去了教堂，伊肯纳把波贾、奥班比和我召集到他的房间，宣布我们得惩罚告密的伊娅·伊亚波。我们借口挨打后身体不适没去教堂，围坐在他房间的床上听他说话。

“我一定要拿回我那一磅肉。你们必须跟着我，因为是你们惹的祸，”他说，“要是你们听了我的话，她根本不可能教唆父亲把我揍得这么狠。看看，你们自己看看——”

他转身拽下短裤。奥班比闭上了眼睛，但我没有。我看到他红肿的屁股上鞭痕累累，就像拿撒勒的耶稣背上的鞭痕——有长有短，还有的相互交错形成了猩红的 ×，有的格外醒目，就像身被厄运的人的掌纹。

“全怪你们和那个白痴女人。所以，你们都给我好好想一想，该怎么惩罚她。”伊肯纳打了个响指，“今天就得惩罚她。这样她才能明白，多管闲事是要付出代价的。”

就在他说话的时候，窗户后面传来了山羊的叫声。咩咩咩咩咩咩！

波贾恼了。“又是那只神经病山羊，又是它！”他叫着站起来。

“坐下，”伊肯纳大声说，“让它去。在妈妈从教堂回来前，先给我出出主意。”

“好吧，”波贾重新坐下，“你们都知道伊娅·伊亚波养了好多母鸡吧？”他面朝山羊叫声传来的窗户坐了一会儿，显然还在想着那头山羊，同时嘴上说道：“真的，她养了好多母鸡。”

“大多数是公鸡。”我插了一句，因为我想让他明白，公鸡才会打鸣，母鸡不会。

波贾嘲讽地看了我一眼，叹了口气说："你说得对，但是你非得告诉我们鸡的性别吗？我告诉过你多少次了，别因为你傻乎乎地喜欢动物就在重要场合——"

伊肯纳斥责他："哦，波贾，你什么时候才能分清主次呢？现在的主要问题是出主意。傻山羊咩咩叫你生气，本跟你分辩公鸡母鸡你又骂他。这不浪费时间吗？"

"好吧，我建议我们抓一只鸡，杀掉做炸鸡吃。"

"这可真叫致命伤害！"伊肯纳一边感叹一边做出快要吐了的表情，"但我觉得吃那女人的鸡不合适。我们怎么炸鸡啊？妈妈立马就能闻出我们在家里炸过东西了。她会怀疑我们偷鸡，而偷东西会让我们挨更多鞭子。我们谁也不想再挨鞭子了。"

伊肯纳从来不会不假思索地否决波贾出的主意。他们互相尊重。我很少看见他们争论，虽说他俩回答我的问题时总是只有一个"对"或"错"。这回也不例外，波贾频频点头表示同意。接着，奥班比建议我们扔石头到那女人的院子里，最好能砸到她或者她的某个儿子，然后在他们追出院子之前逃走。

"错。"波贾说，"她的儿子个个身材高大，总是吃不饱，穿得破破烂烂的，肱二头肌壮得像阿诺德·施瓦辛格。万一被他们抓到了，挨一顿揍，怎么办？"他比画了一下他们肌肉隆起的手臂。

"他们会比父亲下手还狠。"伊肯纳指出。

"是啊，"波贾说，"我们想想就够了。"

伊肯纳点头同意。只剩下我还没出过主意。

“本，你说呢？”波贾问。

我倒吸一口气，心跳加速。每当哥哥们催促我做决定而不是替我做决定的时候，我总是信心不足。我的脑子还在盘算，但嘴巴已经在自说自话了：“我有主意了。”

“那就说出来！”伊肯纳命令道。

“好，艾克，好。我建议我们抓一只公鸡，然后，”我紧盯着他的脸，“然后——”

“怎么样？”伊肯纳说。他们像端详奇迹一样专注地看着我。

“斩首。”我把话说完了。

我的话音刚落，伊肯纳就叫了起来：“这才是真正的致命伤害！”波贾猛地睁大了眼睛，鼓起掌来。

哥哥们夸奖我出了个好主意，我的灵感来自开学时我们的约鲁巴语老师在班上讲的一个民间故事。故事里有个邪恶的男孩，他砍下了他们国家所有公鸡和母鸡的头。我们跑出自家院子，找了一条自以为隐秘的通向那女人家的小路，穿过低矮的灌木丛，路过一家木匠铺。木匠铺里的人正在锯木头，锉床发出的噪声震耳欲聋。我们只好捂住耳朵。伊娅·伊亚波这个女人住在一所小小的平房里，平房的外观跟我们家一样：一个小小的门廊，两个装了百叶窗和窗纱的窗户，墙上挂着电表箱，装了一扇防风门。不过，她家的院墙不是用砖头水泥砌的，而是用泥土垒的，有的地方因为长期日晒而开裂了，上面还有各种污渍。一根电线从院子里的树枝间穿过，连到院外一根高高的电线杆上。

我们侧耳倾听里面的人声，但伊肯纳和波贾很快判断院子里没人。伊肯纳一声令下，奥班比踩着伊肯纳的肩膀翻过了院墙。下一个是波贾。我和伊肯纳留在原地放哨。没过多久，公鸡咕咕叫和乱拍翅膀的声音就离我们越来越近，两个哥哥的脚步声紧随其后。追逐了几圈之后，我们听到波贾说“稳住，稳住，别放手”。之前我们在奥米－阿拉河边钓鱼时，鱼钩会缠在一块儿。那时我们也会说“稳住，稳住，别放手”。

伊肯纳闻声攀上院墙，想看看他们是不是已经抓到了鸡，但很快又滑了下来，只好隔墙回应波贾。“别放手，别放手。”他把一只脚尖探进墙上的一个洞里，屁股从裤腰上面露了出来。墙上的土屑剥落如雨。一只脚站稳后，他伸手攀住墙，用力一撑。一只小蜥蜴从他的手背后爬出来，惊慌地跑远了。它那彩色的身躯平滑而有光泽。伊肯纳的上半身探进了院子，下半身还在院墙外。他从波贾手中接过公鸡，叫道：“好兄弟！好兄弟！”

我们回到自家院子，径直去了后院的花园。后院有半个足球场那么大，三面围着水泥砖墙，其中两堵墙分别把我们家同伊巴夫家和阿巴提家分隔开来。第三堵墙正对着我们的平房，墙后是个垃圾填埋场，里面住着一大群猪。一株木瓜树从那边墙头探过来，一株看不出年纪的橘子树立在墙和院子里的水井之间，离水井大概有五十米远，雨季格外枝繁叶茂。水井是地上开的一个大洞，洞口砌了水泥井栏。井栏上有个金属盖。父亲在旱季时会用挂锁把盖子锁上，以防阿库雷其他水井干涸后有人溜进我们院子来打水。在后院另一边，挨着伊巴夫家的地方，妈妈开了一小块地，种西红柿、玉米和秋葵。

波贾把失去抵抗力的公鸡放在我们选定的地方，拿起奥班比从厨房取来的刀。伊肯纳和他一起把鸡摁住，毫不理会鸡叫得有多响。我们的视线紧随波贾手中的刀。令人惊讶的是，波贾的动作颇为从容，轻轻一划就割破了公鸡皱巴巴的脖子，好像他已经不是第一次干这事儿，好像他注定要再干一次。公鸡抽搐着，拼命挣扎，但被我们牢牢控制住了。我抬头看见伊巴夫的祖父坐在隔壁那栋能俯瞰我们院子的二层楼顶层宽大的阳台上。这个矮小的老头儿几年前出了事故，从那以后就不说话了，整天只是静静地坐着，任我们嘲弄。

波贾割下了公鸡的头，鲜血从鸡的身体里喷涌而出。我再次回头去看那个哑巴老头儿。有那么一会儿，他看上去像个现身示警的天使。到底警示些什么，太远了，听不见。我没看到鸡头掉进伊肯纳在地上挖出的小洞，但我看到鸡的身体剧烈扑腾，血柱四射，翅膀扇起尘土。我的哥哥们把它按得更紧，直到它渐渐不动了。接着，波贾提着无头鸡尸，我们簇拥着他，身后洒下一串血迹。为数不多的几个旁观者面露异色，我们则泰然自若。波贾把死公鸡掷过院墙。

鸡尸冲向空中，鲜血四溅。等它从我们的视野里消失，我们的报复就算完满了。

然而，伊肯纳令人恐惧的蜕变并非始于此时，在父亲有关回报的告诫之前很久就有了端倪，比邻居抓到我们在河边钓鱼还要早。最早的迹象是他试图让我们讨厌钓鱼，不过没成功，因为那时候我们打心眼儿里热爱钓鱼。他徒劳地向我们揭示我们从未观察到的大河的阴暗面。就在我们被邻居抓到的前几天，他还抱怨说，河边的灌木丛里满是排泄物。虽然我们从来没看见过有人在灌木丛里大小便，也没闻到过他煞费苦心向我们描述的气味，但波贾、奥班比和我都没跟他争论。他一度声称奥米－阿拉河里的鱼都受了污染，不许我们把鱼带进他的房间。从那以后，我们就把鱼放在我和奥班比的房间里。他甚至抱怨说，他在钓鱼的时候看到过骷髅在水面下浮沉。他还指责所罗门带坏了我们。他的语气就好似这些都是他新近领悟到的无可否认的真理，但我们对于钓鱼的热情就像瓶子里冻住的液体，消融起来没那么容易。倒不是说我们有鱼钓就满足了；我们都有不满意的地方。波贾嫌这条河太小，里面只有“没用的”鱼。让奥班比感到困扰的是，晚上水下没有光线，鱼儿们怎么活动。他很纳闷，当夜色像毯子一样盖住河面的时候，鱼怎么还能游来游去——它们既没有电又没有灯笼。我讨厌那些脆弱的胡瓜鱼和蝌蚪，就算抓上来养在河水里还是死得那么快！这种脆弱有时候让我欲哭无泪。邻居抓到我们钓鱼的第二天，所罗门来敲我们家的门。伊肯纳一开始坚持不去河边，但看到我们，他的弟弟们，不管不顾地要去，也跟了过来，从波贾那里拿走了钓竿。所罗门和我们几个还为他喝彩，赞扬他是最勇敢的"渔人"。

伊肯纳的心魔很有耐心，在我们密谋并执行对伊娅·伊亚波的报复的时候蛰伏不出，等候时机。直到有一天，伊肯纳宣布同奥班比和我脱离关系，只跟波贾好，它才完全掌控了他。伊肯纳和波贾不让我们进他们的房间，挨鞭子一星期之后他们新发现的足球场也不许我们跟着去。奥班比和我很想有他们做伴，每晚都徒劳地等他们回家，期盼我们之间悄然消逝的亲密能够恢复。然而，时间一天天过去，伊肯纳似乎把我们像咳痰一样咳出去了。

就在那段时间，伊肯纳和波贾同隔壁阿巴提先生家的一个孩子对上了。阿巴提家有一辆快要散架的卡车，车身涂得花里胡哨，上面写着"生于阿根廷，长于阿根廷"，因此得了个诨名叫"阿根廷"。因为太老旧，每次发动都会发出震耳欲聋的噪声，响彻整个街区，吵醒清晨还在睡梦中的邻居们。抱怨、吵架的事已经发生了好几次。有一次吵起来的时候，一位女邻居丢了只鞋子过来，阿巴提先生的脑袋被鞋跟砸起个大包，好久都没消掉。从那以后，阿巴提先生每次发动卡车前都会派一个孩子去通知邻居们。那孩子会在每个邻居的家门或院门上敲几下，通报说"爸爸要发动阿根廷了哦"，然后跑向下一家。那天早上，伊肯纳——他的脾气变得越来越暴躁，越来越好斗——指责阿巴提家的老大是个“讨厌鬼”，然后同他打了起来。父亲常用“讨厌鬼”形容发出不必要噪声的人。

同一天晚些时候，我们放学回家，吃了饭。他和波贾去踢球，奥班比和我伤心地留在家里。半小时后，他们回来了，我们连一个电视节目都还没看完——这个节目讲的是一个人是怎么解决家庭纠纷的。他们快步进了自己房间。我看到伊肯纳满脸尘土，上嘴唇肿了，后背印着绰号“奥科查”和10号字样的球衣上血迹斑斑。他们一关上门，奥班比和我就跑进我们的房间，将耳朵贴在墙上，想弄清楚发生了什么。一开始，我们只听到壁橱门开开关关，接着是他们在旧地毯上走动的声音。过了好一会儿我们才听到说话声。“要不是我觉得，如果我加入，内森和塞贡也会加入，他们的人就会比我们多，我早就加入战团了。”这是波贾在说话，他还没说完，“要是我知道他们不会加入，要是我知道就好了。”

这段剖白之后，是脚踩过地毯的声音。然后波贾说：“可他没有真的打败你，那只癞蛤蟆，他只是运气好，”他顿了顿，好像在搜索恰当的字眼，“才把你……弄成了这样。”

“你没有为我而战，”伊肯纳突然叫道，“没有！你袖手旁观。别抵赖了。”

“我本来可以——”波贾顿了顿，又开口打破了沉默。

“你什么也没做！”伊肯纳嚷道，“你袖手旁观！”

他的嗓门太大，连待在自己房间的母亲也听到了；那天恩肯拉肚子，母亲没出去摆摊。她匆忙起身，人字拖在地板上弄出一串啪嗒声，接着，她敲响了他们的房门。

“怎么回事？你们干吗那么大声？”

“妈妈，我们想睡觉。”波贾说。

“你们不开门，是想睡觉喽？”她问。没有人回答。她又说：“刚才你们在吵什么？”

“没什么。”伊肯纳不耐烦地说。

“最好没什么，”母亲说，“最好没事。”

她的人字拖再次有节奏地拍打着地板。她回房去了。

第二天放学后，伊肯纳和波贾没有出去玩，而是待在自己房间里。奥班比想借此机会同他们搭上话。电视里正好在播伊肯纳特别喜欢的一个节目。他想用这个节目把他俩引到客厅来。自从邻居抓到我们在奥米－阿拉河边钓鱼，他们俩再也没看过电视。奥班比非常怀念我们一起看着最喜欢的节目——约鲁巴语肥皂剧《阿巴拉·奥韦》和澳大利亚电视剧《丛林袋鼠斯基比》——笑成一团的日子。每次播这些节目的时候，奥班比都想招呼他们，但又怕惹怒他们。不过这一天，他决定孤注一掷，也因为《丛林袋鼠斯基比》是伊肯纳的最爱。他先是伸长脖子透过钥匙孔偷窥他们的房间，然后画了一个十字，嘴唇无声地翕动，看唇形是在咕哝“圣父、圣子与圣灵”。接着，他在客厅里一边踱步一边唱起了主题曲：

> 斯基比，斯基比，丛林袋鼠斯基比。
> 斯基比，斯基比，我们的好朋友斯基比。

在两个哥哥不理我们的黑暗日子里，奥班比多次跟我说，他想结束这种分裂，但我总是警告他，别惹恼他们。之前每次他有这样的打算，都被我劝阻了。这次，他一开口唱那首歌，我就开始替他担心。“别，奥贝，他们会揍你的。”我打手势叫他住口。

我的恳求就像突然在皮肤上掐一下那样没激起多少反应。他愣了一下，迟疑地看了我一眼，似乎不确定刚才听到了什么，甩甩头又唱了起来：“斯基比，斯基比，丛林袋鼠斯基比——”

随着哥哥们房间的门把手开始转动，他的歌声停了下来。伊肯纳走出房间，坐在我身旁的沙发上。奥班比呆呆地站在墙角，头上是个镜框，里面嵌着一张一九八一年拍的照片。照片上，我们的奶奶内妮抱着刚出世的伊肯纳。他维持着那个姿势站了很久，像被钉在了墙上一样。伊肯纳坐下后，波贾也跟着出来了。

袋鼠斯基比刚跟一条响尾蛇打了一架。每次蛇吐出芯子攻击它，它都会一蹦老高。这会儿，袋鼠正在舔爪子。

“哦，我最讨厌这傻帽舔爪子了！”伊肯纳恼怒地说。

“它刚跟一条蛇打了一架，”奥班比说，“你们应该早点儿出来看——”

“谁问你了？”伊肯纳咆哮着跳了起来，“我说，谁问你了？”

他一怒之下踢中了恩肯的塑料学步车。学步车撞到了放着电视机、录像机和电话的大搁架。一个镜框向后摔下了橱柜，里面嵌着父亲刚入职尼日利亚中央银行时拍的照片，玻璃碎了一地。

“谁问你了？”伊肯纳无视父亲珍视的照片的命运，第三次问道。他按下电视机上的一个红色按钮，把电视机关了。

“好了，你们都给我滚进房间去！”他大声说。

奥班比和我喘着气跑进我们的房间。从客厅传来伊肯纳的声音：“波贾，你干吗还待在那儿？我说了，你们都给我滚进房间去。”

“什么？艾克？我也要进去吗？”波贾吃惊地问。

“对，我说了，你们都给我滚进房间去，所有人！”

一片寂静中，波贾拖着脚走进了房间，门砰的一声关上了。客厅里只剩下伊肯纳。他打开电视机，坐下来看节目——独自一人。

我相信，伊肯纳和波贾之间的裂痕就是从这一刻开始的——之前他俩可是亲密无间。它改变了我们的人生轨迹。从此，怒火在脑海中燃烧，虚空炸裂开来。他们俩不再讲话。波贾像堕落天使般降临到与他们隔绝已久的奥班比和我身边。

在伊肯纳蜕变的早期，我们都希望那只攥住他心灵的手能很快松开。然而，日子一天天过去，伊肯纳和我们越来越疏远。大约一个星期后，他跟波贾吵了起来，还动了拳头。当时，奥班比和我待在我们房间，因为每当伊肯纳走进客厅，我们就会避开。但波贾往往不挪窝。一定是这点激怒了伊肯纳，他俩才会吵起来。我听到他们在客厅大打出手，相互咒骂。那是一个星期六。母亲星期六不再出摊，当时在小睡。她被惊醒后立即跑进了客厅。之前她刚给哭闹的恩肯喂过奶，只是胡乱用裹身衣裹着她从胸脯到膝盖的部位。母亲先是高声命令他们住手，见他们置若罔闻，就插到两人中间，把他们往两边推，但波贾仍拽着伊肯纳的T恤不放。伊肯纳拼命想挣脱，他猛地拉了一下波贾的胳膊，结果不小心扯掉了母亲的裹身衣，她整个上身直到内裤都露在了外面。

"噢！"母亲叫了起来，"你想遭天谴吗？看看你做了什么——你扯掉了我的衣服。你知道这意味着什么吗——看见赤身裸体的我？你知道这是亵渎吗？"她把裹身衣重新裹好，"我会把你们干的好事一件一件说给埃姆听。你们别担心。"

她朝他们俩打了个响指。他俩这下分开了，呼呼地喘着粗气。

“现在告诉我，伊肯纳，他对你做什么了？你们干吗打架？”

伊肯纳把他的T恤丢在一边，嘴里发出嘘嘘声。我惊呆了。在伊博文化里，对长辈发出嘘嘘声是一种不可容忍的冒犯。

“伊肯纳？”

“哦，妈妈。”伊肯纳说。

“你刚才对我嘘了？”母亲本来说的是英语，此时双手捂胸，又用伊博语重复了一遍。

伊肯纳没回答。他后退几步，从之前坐的沙发上拿起T恤，走进自己房间，狠狠地摔上房门，客厅的百叶窗都被震动了。这粗鲁的行径让母亲张口结舌。她死盯着那扇房门，怒火中烧。要是没注意到波贾的嘴唇裂开了，她接下来肯定会闯进去教训伊肯纳。波贾正在用衬衫擦嘴唇，衬衫上沾有猩红的小点。

“是他干的？”母亲问。

波贾点点头。他的眼睛红红的，泪珠在眼眶里打转，但他忍住了，因为一旦让眼泪流下来，就证明他被打败了。哥哥们也好，我也好，打架的时候很少哭，即便挨了很重的拳脚或者被打中了特别怕痛的部位。我们总是拼命忍住眼泪，走到别人都看不见的地方才哭出来，有时候还会放声大哭。

“回答我，”母亲提高了声调，“你聋了吗？”

“是的，妈妈，是他干的。”

“谁？伊肯纳干的？”

波贾点点头，眼睛盯着手上的脏衬衫。母亲走近他，伸手想触摸一下他受伤的嘴唇，波贾痛得缩了一下。她后退了一步，视线没有离开波贾的嘴唇。

“你说是伊肯纳干的？”她又问了一遍，好像没听见波贾的回答。

“是的，妈妈。”波贾说。

她再次整理了一下裹身衣，快步走向伊肯纳的房间，一边砰砰敲门一边命令伊肯纳开门。里面没有动静。她大声威胁，话语中夹杂着啧啧声，以示决心。“伊肯纳，给我开门，否则我会让你看清楚谁是你母亲，你是从谁身上掉下来的肉。”

由于她的威胁中夹杂了啧啧声，门很快就打开了。她扑向伊肯纳，又打又骂。伊肯纳挑衅的态度很不寻常。每挨一下打，他都会出声抗议，甚至威胁要打回去。这让妈妈更生气，下手更不留情。他毫无顾忌地大叫，抱怨妈妈只恨他却不骂挑起争端的波贾。最后，他把她推倒在地，跑了出去。母亲在后面追赶，裹身衣又松脱了。等她跑进客厅，他已经不见了。她像之前一样把裹身衣往上拉，好遮住胸部。“天哪，地哪，我发誓，”她用食指尖触碰舌头，“伊肯纳，在你父亲回来之前，这家里没有东西给你吃。我不在乎你吃什么，就是不许你在家里吃东西。”她哽咽了，“这家里没有东西给你吃。在埃姆回来之前，不许你吃家里的东西。”

她这话不只是说给聚集在客厅里的我们听的，也是说给外人听的。邻居们说不定正在蜥蜴不时出没的院墙外面听得起劲呢。伊肯纳已经没了踪影。他大概是走到街对面，沿着土路往北去了萨博。萨博是城里的一个区，那里有古老的小山丘，山丘周围有三所学校、一家快塌了的电影院和一个巨大的清真寺。每天拂晓，清真寺里的宣礼员都会用功率强劲的扩音器召唤人们起来祷告。那天他没有回家。至于那晚他睡在哪里，他从未透露过。

母亲整夜都在家里踱步，焦急地等待伊肯纳敲响防风门。到了半夜，出于安全考虑，她不得不锁上门——那时候阿库雷常有持械抢劫的事发生。她怀揣钥匙坐在门边继续等。我们都被她赶去睡觉了，只有波贾还留在客厅，因为他怕伊肯纳，不敢进房间。奥班比和我睡不着，躺在床上听母亲的动静。那天晚上，她出去过好多次，每次都以为听到了院门的响动，但每次都是一个人回来。她根本坐不住。后来下起了大雨。她给父亲打电话，但始终无人接听。我试图想象父亲坐在危险的约拉的新家里戴着眼镜读《卫报》或《论坛报》。电话线路的杂音破坏了我的想象。母亲也因此挂了电话。

我不知道自己是什么时候睡着的，但我很快就发现我和哥哥们在我们靠近乌穆阿希亚的老家阿马诺村踢球。我们二对二。踢球的地方在河边。波贾飞起一脚把球踢到了一座人行桥上。这座桥一度是过河的唯一途径。尼日利亚内战期间，比夫拉士兵们炸掉了交通干道上的大桥，草草建了这座桥，以便在尼日利亚军队入侵之时他们自己能过河。这座隐藏在丛林中的小桥是用木板条搭建的，板条和板条之间由生锈的金属环和粗绳子连接。桥上没有栏杆，过桥的人全靠自己稳住。桥下的河床岩石嶙峋。这些岩石是丛林中的丘陵的延伸段，只有在水面下才看得清。伊肯纳不假思索地跑上桥，转眼就到了桥中间。但等他捡起球，他突然意识到自己有危险。他惊恐地凝视着脚下的河水，脑海中浮现出自己跌下桥去，在岩石上摔得血肉模糊的场景，不由得叫了起来："救命！救命！"我们和他一样害怕，叫道："伊肯纳，回来，回来。"他听从了我们的恳求，张开双臂，听任足球坠下去，像一个蹚过泥潭的人一样小心翼翼地朝我们走来。他的身体摇摇晃晃，那些久经风霜的板条嘎吱作响。突然，桥断成了两段。伊肯纳慌乱地叫着"救命"，随着断木头、金属环一起掉了下去。我被吓醒了，听到妈妈正在责备伊肯纳，因为他不顾生命危险在外过夜，弄得身上全湿了，还生了病。我听说，一个人在生气的时候，心脏不会充满活力地跳动，而是会像气球一样鼓起来，直到最终泄气。我哥哥就是这样。那天早上，我一听见他的声音就立刻奔到客厅。他浑身湿透，一脸无助和病容。

伊肯纳同我们日渐疏远。我很少见到他。他在家里的存在感极弱，因为他很少走动。他发出的声音不外乎故意高声咳嗽，或者把晶体管收音机的音量调到很大，直到没出门的母亲叫他小声点儿。有时候我会看到他短暂出门，往往步履匆匆，我都来不及看到他的正脸。那个星期快结束的时候，他从房间里出来看电视上播的足球赛，我们总算见面了。前一天晚上，戴维生病了，把晚饭都吐了出来。所以这天母亲没去市场摆摊，而是留在家里照顾他。我们放学回家后，母亲还在房间里看护戴维，哥哥们和我看球赛。伊肯纳无法抵制球赛的诱惑，但因为母亲在家又不能把我们赶走，所以只好高踞餐桌之上，不声不响，像头鹿。快到中场休息的时候，母亲拿着一张十奈拉的钞票走进客厅说："你们俩帮我给戴维买点儿药。"虽然她没点名，但显然这话是对伊肯纳和波贾说的；他俩最大，所以经常去外边跑腿。有那么一会儿，他俩谁也不挪窝。母亲呆住了。

"妈妈，你只有我一个孩子吗？"伊肯纳一边回答一边揉搓着下巴。之前奥班比告诉我，他发现伊肯纳的下巴上长胡子了。虽然我没注意到，但我信了。伊肯纳刚满十五岁。在我眼里，他已经成年，当然会长胡子。然而，一想到他长大了就会同我们分离，去上大学或者离家独立，我心里就充满了恐惧。不过，这种想法当时还只是隐隐约约的。就像电视里的杂技演员，刚刚惊险起跳就有人按了暂停键，于是他就停在了半空中，无法完成那一跳。

"什么？"母亲问。

"你不能派其他人去吗？为什么总是我？我累了，哪儿也不想去。"

"不管你高不高兴，你和波贾得去买药。听到了吗？"

伊肯纳垂下眼睑想了好一会儿才摇着头说："好吧。如果你坚持要我去，我就去，但我要一个人去。”

他站起来准备接过钞票，但母亲把钞票收了回去，攥进拳头里。这下轮到伊肯纳吃惊了。他后退了一步。“你不给我钱了？不要我去了？”他问道。

“等等。我问你。你弟弟哪儿惹你了？我要听真话。”

“没事！”伊肯纳叫道，“没事，妈妈，我很好。把钱给我，我这就去。”

“我没在说你，而是在说你和你弟弟的关系。看看波贾的嘴唇。”她指着波贾嘴唇上快要愈合的伤口，“看看你对他做了什么；他可是你的亲弟弟——”

“把钱给我，让我走！”伊肯纳吼叫着伸出手。

母亲丝毫未受干扰，他吼叫的时候她继续说话，结果两人的话全混在了一起。“你弟弟给我和你钱喝的是让我一样的奶走！”

“把钱给我，让我走！”伊肯纳的声音拔得更高，母亲每多说一个字，他的愤怒就加重一分。母亲发出轻轻的啧啧声，不断摇头。

“把钱给我。我要一个人去，”伊肯纳控制住了音量，“求你了，请把钱给我。”

“小心雷击你的嘴，伊肯纳！老天！你什么时候开始不听我的话了，嗯，伊肯纳？”

“我对你做什么？”伊肯纳使劲跺脚，吼叫着抗议道，“为什么要这样？你为什么老是挑我的刺？你这女人，我对你做什么了？

为什么就不能让我一个人待着？”

围坐在客厅里的我们跟母亲一样惊呆了。他竟然敢叫母亲“你这女人”。

“伊肯纳，这还是你吗？”她用食指指着他，压低声音说，“学着公鸡扑扇翅膀的鸭子？这还是你吗？”就在她说这些的时候，伊肯纳朝门口走去。母亲看着他推开门走出去，打了个响指，提高嗓门说：“你等着。等你父亲打电话回来，我会告诉他你变成什么样了。别担心，只是让他回来。”

伊肯纳嘘了一声，猛地冲出院子，门在他身后哐啷一声关上了。这种大逆不道的行为在我们家史无前例。恰在此时，有人按响了汽车喇叭，而且发疯似的按个不停，好像是在将刚才发生的一幕广而告之。喇叭声消失后，我的脑袋里还在嗡嗡作响，伊肯纳的公然反抗在我的意识里更严重了。母亲跌坐在沙发上，震惊和愤怒让她透不过气来。她绝望地自言自语，双手抱在胸前。

“他头上长东西了。伊肯纳头上长角了。”

她的绝望触动了我。她惯于触摸的身体部位似乎突然长出了尖角，手指一碰上去就会流血。

“妈妈。”奥班比叫她。

“嗯，纳姆——我的父亲。”她回答说。

“把钱给我吧，”奥班比说，“我可以去买药，本可以和我一起去。我不怕。”

她抬头看他，点了点头，眼中有笑意闪过。

“谢谢你，奥贝。”她说，“天黑了，还是波贾和你一起去吧。你们俩都要小心。”

“我也去。”我说着站了起来，伸手拿衣服。

“不，本，”母亲说，“留下来陪我。两个人够了。”

在我们的生活四分五裂之后，我时常想起这句“两个人就够了”。它预言了几个星期后降临在我们家的噩运。我坐在母亲和奥班比旁边，琢磨着伊肯纳的巨大变化。以前我从没见过他对母亲如此无礼，因为他深爱她。在我们几个里面，他长得最像她。他的肤色同她一样，是热带蚁丘的颜色。我们这边，对已婚妇女的称呼通常跟她们的第一个孩子的名字挂钩，所以母亲被人称为“艾克妈妈”或者“阿达库”。伊肯纳独享了最早的母爱。我们几个要到几年后才会陆续睡上他睡过的小床。当年装着他用的药和婴儿用品的篮子也传给了我们。过去，他总是跟母亲站在一边，哪怕要对抗的人是父亲。有时候，我们不听母亲的话，没等母亲出手，他已经在惩罚我们了。正是他和母亲之间的伙伴关系让父亲深信，即使他不在，我们几个孩子也不会长歪。父亲右手第四个指头上有个小疤，是伊肯纳咬的。多年以前，我还没出生，父亲有一次在盛怒之下打了母亲。伊肯纳扑过去咬了他的手指头。他自然没法再动手了。

变形

伊肯纳在经历变形。

时间一天天过去，他的人生在改变。他把自己和我们隔绝开来。然而，他虽然拒人于千里之外，却开始在家里做出一些令人震惊的事，这些事对我们的人生影响深远。跟母亲吵架之后那个星期一开始，就发生了这样一件事。那天要开家长会，所以我们提早放学。伊肯纳一个人待在房间里，波贾、奥班比和我在我们的房间里打牌。那天特别热，我们裸着上身坐在地毯上。木质百叶窗用一块小石头支着，一格格张得大大的，好让空气进来。隔壁房门打开又关上。波贾说："艾克出去了。"

过了一小会儿，我们又听见客厅防风门的开关声。我们已经两天没跟伊肯纳碰面了，因为他很少在家，就算在家也是待在房间里。只要他在，我们，包括本来跟他睡一间房的波贾，都不敢进去。上次打架后，波贾一直对伊肯纳敬而远之，因为母亲要求他离伊肯纳远点儿，直到父亲回来驱除他身上的恶灵为止。这样一来，波贾多数时间都和我们待在一起，只有像此刻这样确定伊肯纳不在房间的时候才进去。他迅速起身去拿几件急需的东西，奥班比和我坐着等他回来，好接着打牌。他刚出房门，奥班比和我就听见他叫道："莫格比！"在约鲁巴语里这表示悲叹。我们赶快跑出去。波贾连声叫道："M.K.O. 日历！ M.K.O. 日历！"

"怎么了？怎么了？"奥班比和我一边跑向他们的房间一边问道。然后，我们看到了。

我们珍视的 M.K.O. 日历被一丝不苟地撕成了碎片。一开始，我不敢相信自己的眼睛，于是瞥了一眼原本挂着日历的那面墙。墙上有一个方块比别处更干净，更平滑，更亮，边上原来贴胶带的地方残留着污渍。这情形让我害怕。我想不通，M.K.O. 日历可是一份特别的日历。拿到这份日历一直是我们最大的成就。我们常常满怀骄傲地跟别人讲它是怎么来的。那是一九九三年三月中旬，总统大选如火如荼。一天早上，我们刚进校门，集合铃就有气无力地响了。我们赶快汇入嘻嘻哈哈的人流，同其他学生一起在操场上按班级排队站好。我在学前班，奥班比在一年级，波贾在四年级，伊肯纳在五年级——靠近围栏的倒数第二个年级。队一站好，晨会就开始了。学生们齐声合唱晨间赞美诗，念主祷文，再唱尼日利亚国歌。之后，训导主任劳伦斯先生走上讲台，打开大大的学生名册，对着麦克风开始点名。他点到哪个学生的名字，那个学生就得高声回应“到，先生！”，并同时举手。他要把全校四百名学生都点一遍。等点到四年级，他读出了名册上的第一个名字“波贾诺尼米欧科普·艾尔弗雷德·阿格伍”，学生们立刻哄堂大笑。

“你们的父亲都该死！”波贾大叫，双手高举，手指张开，做出诅咒的手势。

笑声瞬间凝固了。学生们默默地站着，没有人动，除了几声短促的低语，也没有人讲话。即使是令人生畏的劳伦斯先生，我所认识的唯一一个揍人比父亲还下得去手、手里永远握着鞭子的人，也暂时失语，站在那儿一动不动。那天早上来学校前，波贾就不高兴。前一晚他尿床了，醒来后父亲让他把床垫搬出去晒晒，让他好生尴尬。劳伦斯先生点到他的名字时他的反应可能与此有关；劳伦斯先生是约鲁巴族的，每次念波贾的伊博语全名时都很费力，常常惹得学生们发笑。波贾知道劳伦斯先生有这个缺陷，习惯了后者在不同情绪主导下对他名字的各种读法，从极为刺耳的“波贾诺诺克伍”到笑死人的“波贾诺路库”都有。波贾常常回忆起那些读法，有时甚至自吹自擂，他可是个令人生畏的家伙，他的名字不是随便哪个人都能读得出来的，就像神的名字一样。他常常因此乐得不行，从没抱怨过。

女校长走上讲台。目瞪口呆的劳伦斯先生下去了。她从他手里接过麦克风。麦克风发出长长的尖叫。

“谁这么放肆，在以主的名义建立的卓越的奥莫塔尤基督教学前班暨小学说出这样的话来？”女校长说。

我怕极了。严惩还在眼前。波贾会受罪的——也许他会被拉到讲台上挨藤条，或者会被罚去“劳动”，清扫整个校园，或者在校门口的灌木丛里徒手拔野草。我想对上奥班比的视线，因为他跟我站在同一排，我俩中间只隔两个人，可他一直在看波贾。

“我问是谁？”女校长再次咆哮道。

“是我，女士。”一个熟悉的声音答道。

“你是谁？”她的声音降低了些。

“波贾。”

女校长顿了顿，接着她那清脆的嗓音又透过麦克风传来：“过来。”波贾向讲台走去。伊肯纳跑上前去，挡在他前面，大声说：“不行，女士，这不公平！他做了什么？什么？如果你要惩罚他，你也必须惩罚所有笑他的人。他们为什么要笑他、嘲弄他？”

有那么一会儿，跟随在这些大胆言辞之后的寂静，伊肯纳和波贾的公然反抗，触及了灵魂。女校长手抖了，麦克风跌落在地上，发出一声巨响。她捡起麦克风，放在讲台上，后退了一步。

“事实上，”伊肯纳的声音再次响起，盖过了朝群山飞去的鸟儿们的啾鸣，“这不公平。我们宁可退学也不接受不公正的惩罚。我弟弟和我都会退学。现在就退。外面还有更好的学校，我们能接受更好的西方教育；爸爸不会再付高昂的学费给你们。”

我清晰地记得，当时劳伦斯先生犹犹豫豫地挪动步子去拿长藤条，女校长用一个手势阻止了他。其实，就算她让他拿了藤条，他也追不上伊肯纳和波贾。他们俩穿行在队列中，学生们自动为他们让出路来。这些学生跟老师们一样惊呆了。然后，两个哥哥拽着我和奥班比的手跑出了学校。

我们不能直接回家，因为妈妈刚生下戴维，需要休养。伊肯纳说，如果我们出校门不到一个钟头就回家，她会担心的。我们走在一条断头路上。路边基本上是空荡荡的草地，上面立着告示牌，牌子上写着这是某人的私产，不得擅入。在一栋没盖完的房子前，我们停下了脚步。散落在地的砖块和塌陷的沙堆上满是狗屎。我们走进去，在一块铺了石板、上面有屋顶的地方坐下来。奥班比说，房子落成后，这里大概是客厅。“你们应该看看校长女儿的脸色。”波贾说。我们嘲笑老师和同学，热烈地谈论我们之前的举动，那些场景经过夸张修饰，已经变得像电影一样。

过了约三十分钟，我们的注意力突然被远处传来的噪声吸引过去了。一辆贝德福德卡车正缓缓朝我们驶来。车身贴满了 M.K.O. 阿比奥拉的肖像海报。他是社会民主党推举的总统候选人。卡车上站满了人，热热闹闹地唱着一首那段时间经常在国家电视台播放的歌曲：这首歌把M.K.O.称为“选定的人”。那些人又是唱歌，又是打鼓，还有两个男人穿着印有M.K.O.相片的白色T恤在吹小号。沿街住家、棚屋和商店里的人都跑出来看热闹。还有些人站在窗子后面看。在卡车行驶过程中，有人从车上下来发海报。伊肯纳跑上前去，我们几个留在后头。他们给了伊肯纳一张海报。海报不大，上面印着M.K.O的笑脸。一匹白马站在他身边。海报右边自上而下配了一行文字：“希望93：跟贫穷说再见。”

“咱们跟着他们去看M.K.O.怎么样？”波贾突然说，“要是他选上了，我们就可以跟人夸耀说见过尼日利亚总统！”

“嗯——没错。可要是我们穿着校服跟他们走，”伊肯纳分析道，“他们大概会叫我们走开。他们知道现在还早，学校不可能放学的。”

“如果真叫我们走开，可以告诉他们，我们就是因为想见到他们才从学校里跑出来的。”波贾回答。

“对，对，”伊肯纳表示同意，“他们会更加尊敬我们。”

“我们远远跟着，顺着街角走，怎么样？”波贾说。伊肯纳点头表示赞同。波贾受到鼓舞，继续往下说：“这样一来，我们既可以不惹麻烦，又能见到M.K.O.”

这个主意获得了大家的认可。我们顺着街角走，绕过一个大教堂和一个北方人聚居区。大屠宰场所在的那条巷子的转弯处弥漫着一股刺鼻的气味。我们经过时，听见了屠夫们在案板上剁肉的声音，以及挨挨挤挤的主顾们同屠夫们嗡嗡的说话声。屠宰场大门外，两个男人跪在一张毡毯上祈祷。第三个男人站在离他们几米远的地方，从手持的小塑料壶里倒水行洗礼。我们穿过马路，途经我们住的街区，看见一男一女站在我们家院门外一起看那女人手里拿的书。我们加快脚步，四下打量有没有邻居在附近，但街上空无一人。我们经过一个柚木做支架、锌皮做屋顶的小教堂。教堂的一面墙上画了一幅精美的耶稣像。耶稣的荆冠上笼罩着光环。血从他胸口的洞里滴落，又被嶙峋的肋骨接住。一条蜥蜴竖着尾巴从血滴间穿过，肮脏的躯干遮住了被刺穿的胸膛。路旁的商店都开着门，门上挂着衣服，门前摆着快散架的桌子，桌子上挨挨挤挤地堆着西红柿、罐装饮料、一包包玉米片、一听听牛奶和其他各种东西。教堂正对面是个宽阔的市场。游行队伍穿过人流、摊位和店铺之间的小道，卡车隆隆驶过，吸引着市场里人们的目光。从市场上方往下看，拥堵的人群像蛆虫一样蠕动。走着走着，奥班比的凉鞋坏了。有个穿着大头鞋的男人踩住了他凉鞋的系带，他猛地一拽，结果把系带拽断了。只剩前面一块的凉鞋顿时变成了人字拖。他只好趿拉着鞋子走。我们离开市场，沿着转盘路下坡。

刚走上转盘路，奥班比就停下来，一手捂在耳后，叫道："听，快听！"

"听什么？"伊肯纳说。

这时，我听到了类似车队的声音，越来越近，越来越响。

"听！"奥班比言简意赅。他仰头看着天空，突然叫起来："直升器！直升器！”[①]

“直升机。”波贾说话带着鼻音，那是因为他的眼睛盯着天上。

一架直升机映入我们的眼帘。它缓缓下降到两层楼高的空中。机身喷的是尼日利亚国旗的绿白两色，正中有个椭圆，里面是一匹扬蹄欲奔的白马。两个手持小旗的男人坐在直升机的门槛上。他们背后隐约可见一个穿警服的人和一个身着亮蓝色约鲁巴传统服装阿格巴达的人。“M.K.O. 阿比奥拉！”惊叫声在整个街区此起彼伏。路上的车辆按起了喇叭，摩托车的轰鸣声震耳欲聋，远处闻声而来的人群迅速膨胀。

“M.K.O.！”伊肯纳狂吼，呼吸急促，“M.K.O. 就在直升机里！”

他拽着我的手，我们一起朝直升机最有可能降落的地点跑去。停机坪紧贴着一栋宏伟的大楼。大楼周围环绕着笔直的树木和九英尺高的铁丝网，显然是某个有势力的政客的私产。这地方比我们想象的要近得多。让我们吃惊的是，除了站在门口迎接 M.K.O. 的随从和一名酋长外，我们是最先抵达现场的人。我们本来在唱 M.K.O. 的一首竞选歌曲，但一到那儿就不唱了，只顾着看直升机怎么降落，飞速旋转的螺旋桨怎么扬起漫天灰尘，遮住从直升机里走出来的 M.K.O. 和他妻子库迪拉特的身影。等到尘埃落定，我们看到 M.K.O. 和妻子都穿着亮闪闪的传统服装。围观者越来越多，

① 奥班比把 helicopter（直升机）拼成了 helicot。

穿制服和便服的保安们组成人墙把他们挡在外头。人群里传来惊叹声、喝彩声和呼唤 M.K.O. 名字的声音，M.K.O. 酋长向他们挥手示意。伊肯纳唱起了一首被篡改过的教会歌曲。我们经常把歌词里的“上帝”换成“妈妈”，来安抚发火的母亲。此时，伊肯纳又用“M.K.O.”替代了“妈妈”。我们跟上他的节拍，用最大的嗓门齐声唱道：

M.K.O.，你的美难以描画。
你的神奇为言语所不及。
万千生灵你最美，
前所未见，闻所未闻。
谁能触及你的无尽智慧？
谁能测量你深广的爱？
M.K.O.，你的美难以描画。
我的王已戴上王冠。

唱到第二遍的时候，M.K.O. 示意随从把我们带到他跟前。我们欣喜若狂地跑过去，站在他面前。从近处看，他的脸圆圆的，头上小下大，笑起来神态慈祥。他不再只是存在于电视屏幕和报纸上的人，而是活生生的人，跟父亲、波贾，甚至伊巴夫或我的同学一样的普通人。这种顿悟让我突然有些害怕。我不唱了，垂下眼睑，目光从他笑容灿烂的脸庞转移到他擦得锃亮的鞋子上。鞋子一侧镶着个金属浮雕头像，很像波贾最喜欢的电影《诸神之战》里的美杜莎。事后，我跟伊肯纳提起这个头像。他跟我说，他替父亲擦皮鞋的时候也看见过。这是鞋子的品牌，他发不准音，就一个字母一个字母地拼给我听：V–e–r–s–a–c–e[①]。

“你们叫什么名字？”M.K.O. 问。

“我叫伊肯纳·阿格伍，”伊肯纳说，“他们是我的弟弟：本杰明、波贾和奥班比。”

“啊，本杰明，”阿比奥拉酋长的笑容更灿烂了，“我祖父也叫这个名字。”

M.K.O. 的妻子跟他穿一样的长袍，拿着一个亮闪闪的手袋。她朝我弯下腰，像抚摸毛茸茸的狗狗一样摸我的脑袋。我头发短，能感觉到有金属轻轻刮过头皮。她的手拿开后，我注意到她几乎每个手指上都戴着戒指，刚才刮我头皮的就是其中一个。这时，已经有很多人聚集在附近，高呼他的竞选口号：“希望 93！希望 93！”M.K.O. 向人群举手致意，变换着语调一遍又一遍地说着约鲁巴语里表示“这些”的词 awon，让他们安静下来听他说话。

呼喊声慢慢消退，人群安静下来。M.K.O. 挥舞着拳头，用约鲁巴语大声说道：“这些孩子说 M.K.O. 的美难以描画。”

人群回以欢呼声。有人把手放进嘴里，打了个呼哨。在等待人群安静下来的过程中，他一直看着我们。然后，他改用英语继续演讲。

---

① 中文译作“范思哲”。

“在我迄今为止的从政生涯中，从来没有人对我说过这样的话，连我的妻子们也没说过——”人们哈哈大笑，再次打断了他。“真的，没有人告诉过我，我的美难以描画。”

他拍拍我的肩膀。人群中再次爆发欢呼声。

“他们说我的神奇为言语所不及。”

掌声排山倒海，口哨声也更响了。

“我对他们来说前所未见，闻所未闻。”

人群再次骚动起来。等他们平静下来，M.K.O. 把嗓门扯到最高：“尼日利亚联邦共和国前所未见！”

人群沸腾了，过了好久才平息下来。M.K.O. 又开口了，不过不是对大家，而是对我们几个。

“为我做件事。你们几个都过来，”他用食指在我们头顶画了个圈，“跟我合个影，用在竞选上。”

我们都点了头。伊肯纳说：“遵命，先生。”

“哦，站到我旁边来。”

他示意一个穿着紧身褐色西装、打着红色领带的强壮随从上前。那人附在他耳边低声说了些什么，我只捕捉到了“相机”这两个字。不一会儿，一个穿着蓝衬衫、打着领带的时髦男人过来了，脖子上挂着相机，黑色吊带上满是 NIKON 字样。M.K.O. 转向站在他身旁的东道主，那位期待得到他关注的政客，同他握手。几个随从尽力挡住拥上来的人群。M.K.O. 转向我们：“准备好了吗？”

“好了，先生。”我们齐声回答。

“好，”他说，“我站中间，你们俩，”他朝伊肯纳和我做了个手势，“站到这儿来。”我们俩站在他右边，奥班比和波贾站在他左边。“好，好。”他咕哝着。

摄影师单膝跪地，把相机对准我们。闪光灯在我们眼前闪了一下。M.K.O. 鼓起掌来，人群也跟着鼓掌欢呼。

“谢谢你们，本杰明、奥班比、伊肯纳——”每提到一个名字，M.K.O. 都会用手指指着他。轮到波贾时，他迷糊了，波贾只好自己报上名来。M.K.O. 重复了一遍，发音有点儿含糊：“波 – 贾。”

“哇！”M.K.O. 笑着惊叹道，“它听起来像莫 – 贾（约鲁巴语，意为“我打过架”）。你打过架吗？”

波贾摇摇头。

“好，”M.K.O. 喃喃低语，“永远别打。”他晃着手指，“打架不好。你们在哪所学校上学？”

“阿库雷的奥莫塔尤基督教学前班暨小学。”我按学校里训练出来的语调平静地回答。

“好啊，本。”M.K.O. 说。他抬头看向人群：“女士们，先生们，这一家四个男孩现在将领取 M.K.O. 阿比奥拉竞选委员会颁发的奖学金。”

人们再次鼓掌。他把手伸进阿格巴达的大侧袋里，掏出一把奈拉，递给伊肯纳：“拿着。”他说着把一个随从拉过来。“这是理查德，他会送你们回家，面见你们的父母。他还会记下你们的名字和地址。”

“谢谢您，先生！”我们齐声喊道，但他似乎没听见。他已经在随从和东道主的簇拥下往大房子走去，一路走一路朝人群挥手致意。

我们跟着那个随从上了停在马路对面的黑色奔驰，他开车送我们回家。从那以后，我们开始以“M.K.O. 四男孩”为豪。在一次学校晨会上，我们四个被叫上讲台，接受大家的鼓掌祝贺。在这之前，女校长似乎已经忘记并原谅了导致我们偶遇 M.K.O 的那件事。她做了一个长篇演说，告诫我们一定要给别人留下好印象——要做“学校的亲善大使”。然后她宣布，我们的父亲阿格伍先生不必再为我们支付学费了。掌声更响了。

除了这些显而易见的好处——我们在本区内外的知名度、父亲经济负担的减轻和喜悦——M.K.O. 日历还有更深远的意义。它是我们的徽章，证明我们同一个几乎每个西尼日利亚人都相信会成为总统的人有某种联系。这份日历蕴含着对未来的美好期许，因为我们觉得自己是希望 93 的孩子，是 M.K.O. 的盟友。伊肯纳认为，一旦 M.K.O. 当上总统，我们就可以去首都阿布贾，亮一下日历就可以通行无阻。他还深信，M.K.O. 会让我们担任要职，说不定哪天还会让我们中的一个当上尼日利亚总统。我们对此深信不疑，对日历寄予厚望。现在，日历被伊肯纳毁了。

伊肯纳的变形愈演愈烈，开始威胁到我们平静的生活。母亲绝望之下，尝试了各种对策。她质询过，祈祷过，警告过，但都无济于事。我们日渐意识到，过去的好哥哥伊肯纳被装进一个密封的瓶子里扔进了大海。这份特别的日历被毁掉的那一天，母亲震惊得说不出话来。那天晚上，她从市场回来，坐在烧焦的碎纸片中间啜泣了好久的波贾把烧剩下的东西放在一张纸上递给她看："妈妈，M.K.O. 日历变成这样了。"

母亲一开始还不信，走进他们房间，看过光秃秃的墙面后才打开手里的纸。她在背靠嗡嗡响的冰箱的椅子上坐下来。我们都清楚，这个日历我们只有两份。另一份被父亲高高兴兴地送给了我们学校的女校长。M.K.O. 阿比奥拉酋长的随从在我们学校设立奖学金后，校长就把那份日历挂在她的办公室里。

"伊肯纳怎么了？"她说，"这难道不是他宁死都要保卫的日历吗？为了它不是还打过奥班比吗？"她嘴里一遍遍地吐出"图非亚"一词。这个伊博语词意为"天谴"。她还在头顶打响指——这是一个迷信的动作，意在驱逐她在伊肯纳行为中看到的恶灵。伊肯纳的确为了这份日历打过奥班比，因为奥班比在它上面打死了一只蚊子，蚊子的血迹留在 M.K.O. 的左眼上，擦也擦不掉。

她坐在那里苦思伊肯纳到底怎么了。她之所以忧心忡忡，是因为直到最近，伊肯纳都是我们敬爱的大哥，事事走在我们前面，为我们打开通向世界的每一扇大门。他高举熊熊火把指引我们，保护我们，领导我们。虽说他有时会惩罚奥班比和我，也会跟波贾在某些事情上意见不合，但如果有外人惹了我们，他会立马变身巡行的雄狮。接触不到他、看不到他的日子会是怎样，我想都没想过。可现在，这样的日子正在成为现实。而且，随着时间的推移，他似乎开始有意识地伤害我们。

那天晚上，看过光秃秃的墙面后，母亲什么都没说。晚饭她只做了埃巴[①]，热了前一天晚上煮好的奥布诺[②]汤。我们吃完饭后，她进了自己房间。我以为她睡了，没想到半夜她进了我和奥班比的房间。

“醒醒，醒醒。”她一边叫一边拍我们。

我吓得尖叫起来。我睁开眼睛，黑暗中只看得到两只眼睛一眨一眨。

“是我。”母亲说，“听到了吗？是我。”

“听到了，妈妈。”我说。

“嘘，轻点儿，别吵醒恩肯。”

我点点头。尽管叫得没我那么大声，奥班比也点点头。

“我想问你们俩一点儿事。”母亲低声说，“你们都醒了吗？”

---

① 西非常见主食，以木薯粉为原料。

② 一种非洲坚果。

她又拍了拍我的腿。我一惊之下大叫:“醒了！”奥班比也一样。

“嗯哼。”母亲咕哝道。她看起来像是祈祷了好久，或者哭了好久，或者一边哭一边祈祷。前不久，准确说来就是伊肯纳拒绝去药房之前，我问过奥班比，母亲已经不是小孩子了，为什么还那么爱哭。奥班比回答说，他也不知道，但他认为女人比较爱哭。

“听着，”母亲在我们床上坐下，“我要你们俩告诉我，伊肯纳和波贾为什么闹得这么僵。我相信你们知道，所以，告诉我吧，快点儿，快点儿。”

“我不知道，妈妈。”我说。

“不，你知道，”她反驳，“一定发生过什么事——打架啦，吵嘴了，只是我不知道；一定有事。好好想。”

我点点头，开始想，努力想弄明白她到底要什么。

“奥班比。”母亲在一室寂静中叫道。

“妈妈。”

“告诉我，你们的母亲，你们的两个哥哥为什么会闹翻。”这回她改用英语。虽然她的裹身衣没有松脱，她还是在胸前打了个结，这是她焦虑时的习惯性动作。“他们打过架吗？”

“没有。”奥班比回答。

“真的吗，本？”

“真的，妈妈。”

“他们吵过嘴吗？”母亲又改回了伊博语。

我们都回答“没有”。但奥班比的回答比我迟得多。

“那到底是怎么回事？”她顿了顿，又问，“告诉我，噢，我的王子们，奥班比伊圭和阿齐克韦，请告诉我。”她恳求道。每当她想从我们这儿套话时，她就会祭出这种让我们的心都要化了的爱称。她会授予奥班比王室头衔，“伊圭”是尼日利亚人对国王的称呼，让我跟尼日利亚第一任原住民总统纳姆迪·阿齐克韦同名。这两个名字一叫出来，奥班比就拿眼睛瞪我。这表明他本来不想说，但在妈妈的乞求下，他打算说了。因此，母亲只要再重复一遍这两个爱称，奥班比就会忍不住说出来，因为她已经赢了。她和父亲对我们的心思了如指掌。他们知道怎样深入我们的内心，他们的问话方式让我们觉得他们很可能已经知道答案，只不过需要我们证实一下。

“妈妈，这要从我们在奥米－阿拉河边遇到阿布鲁那天说起。”在母亲重复了一遍那两个爱称后，奥班比招了。

“啊？疯子阿布鲁？”母亲跳了起来，惊恐地叫道。

奥班比似乎没料到母亲会是这种反应。他大概害怕了，垂下眼帘看着光溜溜的床垫，不作声。这可是我们发誓要保守的秘密。伊肯纳一开始同我们疏远，波贾就警告过我们绝对不能把这事透露给任何人。“你们俩都看到了这事对伊肯纳的影响，”当时他说，“所以，给我把嘴巴闭牢了。”我们都同意他的说法，发誓删除这部分记忆。

“我问你，”母亲说，“他们遇到了哪个阿布鲁？那个疯子吗？”

“是的，”奥班比低声答道，飞快地扫了一眼我们房间同哥哥们房间的隔墙，生怕他们听见他泄密了。

“天哪！”母亲叫道。然后她缓缓坐回床上，双手搁在头顶。她以这种古怪的姿势坐了好一会儿，不说话，只是磨着牙，嘴里啧啧有声。“好了，”她突然说，“立刻告诉我，你们遇到他后发生了什么事？你听到了吗，奥班比？我说过了，现在再说最后一遍，告诉我在河边发生了什么事。”

这回奥班比犹豫的时间有点儿长。他很怕讲这个故事。可是太晚了，他刚才那句话已经泄露了部分真相，母亲已经迫不及待了。她像看见猛禽朝自己的羊群扑过来的驯鹰人一样，双脚在山上牢牢站定，随时准备战斗。即使奥班比想抵制她，也有心无力。

那是邻居抓到我们之前一个多星期的时候，哥哥们和我，还有其他男孩，钓完鱼准备回家，走在奥米－阿拉河边的沙路上时遇到了阿布鲁。当时我们正在讨论那天抓到的两条罗非鱼（伊肯纳非要说其中一条是合齿鲷）。走到杧果树和天国教教堂所在的空地时，卡约德大叫：“看，树下有个死人！死人！死人！”

我们立刻扭头看向那个地方，果然有个男人躺在杧果树下的落叶上，脑后枕着一根带着叶子的小树枝。他周围散落着许多大小、颜色（黄的、绿的、红的）和腐烂程度不同的杧果。有的被压扁了，有的被鸟啄过后烂了。那男人的脚底板就那么伸在我们眼前，丑陋不堪，就像运动员的脚，筋腱纵横交错，组成了一张繁复的地图。每根筋腱上还沾着枯叶。

“那不是死人；他在哼那个小调呢，”伊肯纳平静地说，“他一定是个疯子，疯子就是这样的。”

虽然我以前没听过那个小调，但一经伊肯纳提醒我就听到了。

“伊肯纳说得对，”所罗门说，“这是阿布鲁，能看到幻觉的疯子。”然后，他打了个响指，“我讨厌这人。”

“啊！”伊肯纳叫道，“就是他吗？”

“是他——阿布鲁。”所罗门说。

“我都没认出来。”伊肯纳说。

我打量着这个疯子。伊肯纳和所罗门都知道他，但我不记得什么时候见过他。阿库雷的街道上游荡着许多疯子、流浪汉和乞丐，全都平淡无奇，而眼前这个不但有独特的身份，还有名字，一个大家似乎都知道的名字，这令我感到奇怪。就在我们端详他的时候，他举起双手，让它们古怪地杵在空中纹丝不动，那种庄严感让我立刻心生敬畏。

“看！”波贾说。

这时，阿布鲁坐了起来，他好像被钉在了那儿，眼睛直勾勾地看着远方。

“别管他。咱们走吧，”所罗门说，“别跟他讲话，我们走，别管他——”

“不，不，我们应该吓一吓他，”已经迈步向那个疯子走去的波贾建议，“我们不能啥也不做，会很好玩的。听着，咱们可以吓他一跳，然后——”

“不！”所罗门激烈地反对，“你疯了吗？你难道不知道这人很邪门儿？你难道没听说过他？”

所罗门还没说完，那疯子突然发出一阵大笑。波贾怕了，赶快往后一跳，跟我们站到了一起。这时，阿布鲁像杂技演员一样灵巧地跳起来，双手贴着身体两侧，双腿并拢，直直向后倒去，恢复了最初的睡姿。这身体可真够柔韧的。我们不由得鼓起掌来并发出喝彩声。

“他是个巨人——超人！”卡约德叫道。我们都笑了。

我们忘了回家。现在，夜幕缓缓落下，我们的母亲很快就要找我们了。这个古怪的男人让我既兴奋又着迷。我把手在嘴边拢成喇叭状，说：“他就像狮子！”

“你把什么都跟动物比，本，”伊肯纳摇着头说，好像这个比方让他不快，“他跟什么都不像，听到了吗？他就是个疯子——疯子。”

我忘乎所以、全神贯注地观察这个神奇的生物，直到脑海里充满有关他的细节。他从头到脚都脏污不堪。刚才他敏捷地跳起来的时候，有些秽物随着他的身体移动，另一些则散落在地上。他下巴上有块刚愈合的伤疤，背上黏着的烂杧果正在往下滴水。他嘴唇干裂，乱蓬蓬的头发像植物的卷须一样伸展，跟拉斯特法里教徒[①]差不多。他的牙齿几乎全黑了，让我想起表演吐火的吉卜赛人和马戏团演员。这些人的牙齿大概会被烧焦吧？躺在我们面前的这个人，除了一块从肩部松松垮垮垂到腰部的破布，身上寸缕不着。他的私处毛发浓密，阴茎青筋暴露，像条裤腰带一样软塌塌地垂着。他的双腿遍布虬结曲张的静脉。

卡约德捡起一个杧果，朝阿布鲁扔去。那疯子像是料到了这一招，伸手接住了。他把杧果拿得离鼻子远远的，好像受不了那刺鼻的气味，然后缓缓地站了起来。伴随着一声刺耳的尖叫，他把杧果抛得又高又远，也许会一直飞到三十公里外的市中心。我们全都惊呆了。

我们就那么目瞪口呆地看着他，直到所罗门往前走了一步，说："看到了吗？现在你们信我说的了吧？普通人能做到吗？"他指着杧果飞去的方向，"这个人邪门得很。咱们回家吧。别管他。你们没听说他是怎样杀死自己哥哥的吗？还有比杀死自己兄弟的人更邪恶的吗？"他像大人训小孩时那样用手扯着自己的耳垂，"我们现在就回家吧！"

"他说得对。"伊肯纳想了想说，"我们是该回家了。看，天都黑了。"

---

① 西印度群岛的前埃塞俄比亚皇帝海尔·塞拉西的狂热崇拜者，鼓吹黑人民族主义，多留长发辫。

我们刚迈开步子，阿布鲁就哈哈大笑。“别睬他。”所罗门挥手催促我们。别人都开始向前走，只剩我迈不动步子。我突然觉得很害怕。按照所罗门的说法，这是个危险人物，说不定会扑过来杀死我们。我转过头，看到他真的跟在后面。我更害怕了。

“快跑，”我叫起来，“他要杀死我们！”

“不，他杀不死我们，”伊肯纳说着迅速转身面对那个疯子，“他看得到我们都带着武器。”

“什么武器？”波贾问。

“我们的钓竿。”伊肯纳不耐烦地回答，“如果他敢靠近，我们就用鱼钩撕烂他的肉，跟我们杀鱼一样。然后把他扔到河里去。”

那疯子好像被吓住了，停下脚步，站在那里一动不动，双手遮脸，发出奇怪的声音。我们继续往前走出好远，突然听到有人大声叫伊肯纳的名字。我们吃惊地停下了脚步。

“伊可纳。”那人又叫了一声，是约鲁巴口音，“伊”字拖得特别长，“肯”字的鼻音被吞掉了，听上去像“伊可纳”。

我们困惑地环顾四周，想找到那个喊伊肯纳的人，但我们只看到了阿布鲁。这时，他站在离我们几米远的地方，双手抱胸。

“伊可纳。”阿布鲁又大声说了一遍，开始朝我们挪动步子。

“别听阿布鲁的预言。很危险的。”所罗门朝我们嚷嚷，约鲁巴语里夹杂着他老家奥约州的方言的鼻音，“回家吧，赶紧回家。”他推着伊肯纳往前走。

“听阿布鲁的预言很晦气的，艾克。快走！”

“对，艾克，”卡约德说，“他听恶魔的，我们可是基督徒。”

我们都在等伊肯纳。他正盯着那疯子，看也不看我们，直接摇着头叫道：“不走！”

“干吗不走？难道你没听说过阿布鲁？”所罗门问。他抓住伊肯纳的巴哈马度假风旧T恤，但伊肯纳挣脱了，所罗门手里只剩一块破布。

“你们走吧，”伊肯纳说，“我不走。他在叫我的名字。他在叫我的名字。他是怎么知道我名字的？他怎么会——怎么会叫出我的名字来？”

“也许他听到我们叫你了。”所罗门的语调跟伊肯纳一样有力。

“不，他没有，”伊肯纳大声说，“他不是从别人那里听来的。”

这时，阿布鲁换了更轻柔的语调叫他：“伊可纳。”接着，他举起手，唱起了一首歌。这歌我在我们街区听别人唱过，但不知道它是从哪里流传过来的，也不知道歌词是什么意思。歌名叫“播撒绿色的人”。

我们听着疯癫狂的歌声，过了一会儿，所罗门甩甩头，捡起自己的钓竿，把从伊肯纳T恤上扯下来的碎布扔到地上，说：“你和你弟弟们待着吧。我走了。”

所罗门扭头走了，卡约德跟了上去。伊巴夫显然犹豫不决，一会儿看向我们，一会儿看向逐渐远去的两人。后来，他也走了，一开始慢吞吞的，走了大约一百米后跑了起来。

当他们三个的身影在我视野里消失时，阿布鲁不唱了，又开始叫伊肯纳的名字。叫了大概有一千遍后，他双眼望向天空，高举双手呼喊道："伊可纳，在你死的那天，你会像鸟一样被人绑起来。"他用手捂住眼睛，表示失明。

"伊可纳，你会变成哑巴。"他用双手堵住耳朵。

"伊可纳，你会变成跛子。"他叉开小腿走路，双手合十做出祈祷的模样。然后，他的左膝碰到右膝，仰面摔倒在尘土里，好像膝盖骨突然断了。

他又说："你会像饥饿的野兽一样舌头伸到嘴巴外面，再也缩不回去。"他伸出舌头，卷向嘴角。

"伊可纳，你会高举双手想抓住空气，但你什么也抓不到。伊可纳，到了那天，你想开口说话，"那疯子张大嘴巴，大口大口地喘着气，"但你什么也说不出来。"

一架飞机飞过来，在轰鸣声中，他的声音听上去像是绝望的呜咽。飞机飞到我们正上方，像蟒蛇一样吞噬了他没说完的话。我们听到的最后一句是："伊可纳，你将在一条红河里游泳，但你永远游不出那条河。你的生命——"然后就听不见了。飞机的轰鸣声和附近小孩们的欢呼声让夜空充斥着不和谐的杂音。阿布鲁狂乱而困惑地抬头看天。然后，他似乎勃然大怒，提高了嗓门，但仍旧被飞机的轰鸣声衬成了耳语。噪声渐渐消退。我们只听到他说："伊可纳，你将像公鸡一样死去。”

阿布鲁不说话了，脸上一副如释重负的表情。接着，他挥舞着一只手，在我们看不见的悬挂在空中的纸或书上用只有他能看见的笔写字。过了一会儿，他似乎写完了，于是唱着歌、拍着手走了。

我们看着他的脊椎随着唱跳的动作前后扭动。充满感情的歌词像随风飘散的尘埃一样落入我们耳中。

风吹过来，
树一定会晃动。
没人能用床单，
遮住月亮的光辉。
哦，万物的主，
我是你的使者。
我乞求你撕破苍天，
赐给我们雨水，
让我播撒的绿色活过来。
我乞求你切分四季，
让我的言语能呼吸，
让它们结出果实。

那疯子唱着歌远去了，歌声渐渐消失，他的肉体和伴随着肉体的一切——附着在树间和地上的他的存在感、气味和影子——也都消失了。他的踪影一消失，我就意识到夜幕已经落下，笼罩着万物，一切都朦朦胧胧。好像一眨眼的工夫，在杧果树上和周围蔓延的埃桑草间筑巢的鸟儿就变成了黑影，飞过眼前也无法觉察。两百米开外的警察局上空飘扬的尼日利亚国旗也变黑了。远山融入了暗黑的天空，叫人看不出它们的分界。

哥哥们和我往家走去，感觉有些受伤，就像被人随随便便揍了一顿。周遭的世界一成不变地运转，并无任何针对我们的不祥征兆。街头人气十足。路边的小贩在桌上摆出了灯笼，点起了蜡烛。人们走来走去，影子投射在地上、墙上、树上和建筑物上，形成一幅幅活灵活现的壁画长卷。一个穿着北方服装的豪萨族男人站在一个蒙着防水油布的木棚后面，翻转着木炭炉上的肉串。木炭炉是用金属盆改装的，上面升起浓浓的黑烟。跟这男人隔着一条阴沟，一条长凳上坐着两个女人，身体前倾，在一个真正的炉子上烤玉米。

离我们家只剩几步路的时候，伊肯纳停下了脚步，我们也只好停下来。他站在我们三个面前。我们只看得清他的轮廓。“刚才飞机飞过的时候，你们有谁听清他说什么了？”他的声音有点儿抖，但不失平和，“阿布鲁一直在说，但我听不见。”

我没听见疯子的话，飞机吸引了我的注意力。从它出现到消失，我一直手搭凉棚盯着它看，希望能瞥见上面的乘客。他们很可能是外国人，正飞往西方某地。波贾和奥班比似乎也没听见，因为他们谁都不作声。伊肯纳转过身正要继续往前走，奥班比开口了：“我听见了。”

“那你还等什么？”伊肯纳咆哮起来。我们三个往后退了几米。

奥班比做好了挨打的准备。

“你聋了吗？”伊肯纳大声说。

我被他的怒气吓坏了，垂着头不去看他，改看泥地上他拉的长长的影子，追踪他的行动。我看到他把手里的什么东西扔到地上，然后，他的影子靠近奥班比，头部先是拉长，然后又缩回原形。等到他的影子不再摇晃，我看见他的双手挥了出去。接下来我听到奥班比手里的罐头盒落地的声音，感觉到有什么东西泼在了我腿上。两条小鱼——其中有一条伊肯纳坚持认为是合齿鲷——从罐头盒里飞了出来，在泥地上扭动。罐头盒滚来滚去，流出更多的水和蝌蚪，鱼身上越发泥泞。最后，罐头盒不动了。有那么一会儿，两个影子都不动。后来，有一只手臂变长了，直伸到街对面。接着是伊肯纳的呼喝：“说出来！”

“你没听见他的话吗？”波贾恶狠狠地说。奥班比一只手护着自己，以防伊肯纳袭击。他其实已经开口了。

“他说——”奥班比有点儿结巴。波贾一说话他就闭嘴，然后重头来过：“他说——他说有个渔人会杀掉你，艾克。”

“什么，一个渔人？”波贾的嗓门很大。

“一个渔人？”伊肯纳重复了一遍。

“是的，一个渔——”奥班比没说完。他在发抖。

“你确定吗？”波贾说。奥班比点点头。波贾又说：“他的原话是什么？”

“他说，伊可纳，你将——”他停住了，嘴唇发抖，目光扫过我们每个人的脸，停在了地面上。他就这样盯着地面继续往下说：“他说，伊肯纳，你将死于渔人之手。”我很难忘记奥班比说完后伊肯纳脸上浮现的阴影。他先是仰望天空，似乎在找寻什么，然后转向疯子消失的方向，但那里只剩一片橘红色的天空。

快到我们家院门口时，伊肯纳转过身来面对着我们，但没有特别盯着某个人。“在他的幻觉里，你们中有一个会杀死我。”他说。

还有很多话涌上他的嘴唇，但最终没有落下来，就好像这些话被拴在从他喉咙里长出来的一根绳子上，被一只看不见的手一拉，就缩回去了。接着，他似乎不确定该说些什么，或是做些什么，不等我们说话——波贾其实就要开口了——就进了院门。我们尾随而入。

疯子

遭天谴者，失神志。

——伊博族谚语

阿布鲁是个疯子。

奥班比说，在一次差点儿要了他的命的事故之后，阿布鲁的脑子化成了血，于是他疯了。奥班比在很多事情上都是我的启蒙者。一天晚上，他给我讲了不知道从哪里听来的阿布鲁传奇。他说，阿布鲁跟我们一样，也有一个哥哥，叫阿巴纳。我们这条街上还有人记得他，说他们两兄弟一起在市里最早的男子高中阿奎那学院上学，身上的白衬衫和白卡其短裤总是一尘不染。奥班比说，阿布鲁爱他的大哥，他俩形影不离。

阿布鲁和他的哥哥没有父亲。他们还小的时候，他们的父亲作为基督徒去以色列朝圣，从此杳无音信。大多数人认为他在耶路撒冷被炸弹炸死了，而跟他们父亲一起去朝圣的一个朋友却说，他跟一个奥地利女人去奥地利定居了。阿布鲁和阿巴纳同他们的母亲，还有一个姐姐，一起生活。他的姐姐十五岁时堕入风尘，去了拉各斯卖笑。

他们的母亲开了一家小饭馆。饭馆是用木头和锌板搭的，八十年代在我们这条街上颇受追捧。奥班比说，连父亲都去那儿吃过几顿饭，当时母亲怀孕，月份大了，不方便做饭。阿布鲁和他哥哥放学后就在饭馆帮忙，等食客走后洗盘子、清理桌子，给客人递牙签，打扫如机修铺一般积着陈年油垢的地板，雨季的时候用拉菲亚树叶编的扇子赶苍蝇。虽然他们尽心尽力，但饭馆利润微薄，供不起他们上好学校。

贫困像手榴弹一样在他们头脑中炸开，留下了绝望的弹片。慢慢地，这两个男孩开始偷东西。有一次，他们拿着刀子和玩具枪洗劫了一个有钱的寡妇的家，抢了一公文包的现金。他们一逃离现场，寡妇就扬声呼救，招来一群人。为了躲开追逐者，阿布鲁试图穿过一条长长的马路，没想到被一辆飞驰的汽车撞倒了。肇事车加大油门逃离了现场。看到这个情形，追他们的人飞快地散开了，只剩下阿巴纳和他受伤的弟弟。他抱起阿布鲁，独自一人把弟弟送到医院。

医生们赶快抢救，但伤害已经造成。奥班比说，阿布鲁的脑细胞跑到了不该去的地方，改变了他的思维结构，让他发了疯。

阿布鲁出院回家后变了个人——他的脑子像新生儿一样一片空白。那段日子里，他整天傻瞪着眼——视而不见但又全神贯注，就好像眼睛是他身上唯一的器官，可以代行其他器官的功能。也可以说，就像其他器官都死了，只有眼睛还活着。后来，随着时间的推移，他的疯病逐渐成形。有时候很安静，但受到刺激就会爆发，就像睡着的老虎。能刺激到他的东西有很多，见到的，听到的，什么都有可能。他第一次发疯，是因为有架飞机从屋顶飞过。当时阿布鲁立马狂叫起来，还撕掉了身上的衣服。要是阿巴纳没有拉住他，他已经跑出去了。阿巴纳扭住他，把他压倒在地，直到他挣扎不动为止。后来，他就那样摊开手脚在地上睡着了。第二次发疯是因为看到他母亲的裸体。当时，他坐在客厅的一把椅子上，看见他母亲裸身进了卫生间。他像见鬼一样从椅子上跳起来，躲到门口，透过钥匙孔偷看她洗澡。里面的场景把他的脑袋搅成了一团糨糊。他掏出挺立的阴茎，开始自慰。等到她快出来的时候，他躲起来悄悄地脱光了衣服。然后，他摸进她的房间，把她扔到床上，强奸了她。

事后，阿布鲁没有下床；他把她像抱妻子一样抱在怀里，她则哀哀哭泣。阿巴纳回来，看到这一切，怒火中烧，用皮带抽打阿布鲁，母亲怎么恳求都没用。阿布鲁吃不住痛，从房间里逃出去，拔下本来就装得不牢的电视天线，冲回房间，把哥哥钉在了墙上。随后，他发出一声可怕的吼叫，冲出了家门。从此，他再也没有清醒过。

发疯后的最初几年，阿布鲁到处游荡，天黑了就随便找个地方睡下，市场、没完工的房子、垃圾堆、露天下水道、汽车下面都睡过。后来，他看中了停在离我们家几米远的地方的一辆废旧卡车。那辆车在一九八五年撞上了电线杆，葬送了一家人。因为这段血腥历史，它被抛弃了。渐渐地，它变成了野仙人掌和象草的王国。看中它后，阿布鲁就忙活起来，赶走了里面聚居的蜘蛛，驱逐了不驯的魂灵，但座椅上的血迹怎么都去不掉。他还清理了碎玻璃，剥掉了被虫蛀过的卡车内饰上的苔藓，消灭了那些无助的蟑螂。然后，他把自己的财物——捡来的垃圾、别人不要的各类物品和任何让他好奇的东西——搬进了卡车。卡车成了他的家。

阿布鲁的疯病有两种表现形式——它们就像双生恶魔，在他脑袋里此消彼长。一般的疯病发作时，他会赤身裸体四处游逛，又脏又臭，满身污秽，身后跟着一大群苍蝇。他会在街头手舞足蹈，从垃圾桶里捡东西吃，大声地自言自语，或者用常人听不懂的语言跟他们看不见的人交流，对着东西尖叫，在街角独舞，用从土里捡的细树枝剔牙，在路边大小便，干一切流浪汉会干的事情。他披头散发，满脸疥疮，皮肤油腻肮脏。他有时还会同一群普通人看不见的幽灵和隐形朋友讲话。这种疯病发作的时候，他到处游走，几乎不眠不休。多数时候，他赤着脚走在土路或者石头路上，一季接一季、一月接一月，一年接一年。他光脚踩在垃圾场上，踩在木板开裂、摇摇晃晃的小桥上，甚至踩在经常散落着铁钉、金属、坏掉的工具、碎玻璃和其他尖锐物品的工业用地上。有一次，两辆车在路上相撞，阿布鲁迷迷瞪瞪地走过事故现场，被一地的碎玻璃扎得血流不止，晕倒在地。警察赶到后把他带走了。许多目击者以为他死了。六天后，他们吃惊地看见他朝自己的卡车走去，疤痕累累的躯干上裹着医院的病号服，静脉曲张的双腿上套着袜子。

发这种疯的时候，阿布鲁什么也不穿，硕大的阴茎就那么肆无忌惮地晃荡着——有时还翘着——好像它是百万富翁的订婚戒指似的。他的阴茎曾是一则在镇上广为流传的丑闻的主角。有一个想孩子想疯了的寡妇曾经诱惑过阿布鲁：一天晚上，她拉着他的手把他带回家，给他洗澡，和他做爱。据说和她在一起的时候，阿布鲁暂时恢复了神志。这桩风流韵事传开之后，人们管那女人叫阿布鲁的老婆。后来她离开了镇上，疯子的症状又添了对女人和性的痴迷。其后不久，流言又起。据说他每夜都光顾"美好房间"汽车旅馆，是几个妓女借着夜幕的掩护把他弄进去的。跟那些谣言一样为人津津乐道的是阿布鲁的公开手淫。所罗门有一次告诉我们，他和另外几个人曾目睹一个疯子在河边的天国教教堂附近的杧果树下手淫，那时我还没听说过阿布鲁，也不懂手淫是什么。后来，所罗门又告诉我们，一九九三年的时候，阿布鲁被抓过现行，当时他紧贴着圣安德鲁大教堂门前的彩色雕像。他大概以为那是个美丽的女人，而且不像其他令他垂涎的女人，听凭他上下其手。旁观者越聚越多，笑声喧天，直到教徒们把他从雕像身上扯开。后来，天主教理事会决定推倒那座被玷污的雕像，在教堂围墙内另置一座。再后来，他们还不放心，又在新雕像外面装了铁门。

此种发疯模式下的阿布鲁虽然会引起轰动，但不会伤人。

阿布鲁的第二种疯法就不同寻常了。它如一阵狂风，能瞬间把正在翻垃圾桶、随着别人听不见的音乐起舞或者正在做其他任何事的阿布鲁带进迷幻世界。不过，他也没有完全脱离这个世界，而是一只脚踩在这边，另一只脚踩在那边，就好像他是两个世界的媒介，一个不请自来的中间人。他的预言是说给这个世界的人听的。他会传唤安静的精灵，扇旺星星之火，扰乱许多人的生活。他一般会在夜幕降临后神游在这两界之间。届时，他化身预言者阿布鲁，四处走动，唱歌、拍手、口吐预言。他会像小偷一样潜入未上锁的小院，为住在那里的某人送上预言。他不分场合地发表预言，连葬礼也打断过。他成了先知、稻草人、神祇，甚至神使。他打破界限，在两界间穿梭，轻松得像穿过一层薄膜。当他遇到预言对象时，他会暂时回归这个世界，以便发表预言。要是对象坐在车里，他会追着车跑，一边大声说出预言。有时，人们会受不了他非得把预言灌进他们耳朵的行为，对他拳脚相加，把诅咒、眼泪和悲叹像丢脏衣服一样丢向他。

他们恨他，是因为他们相信他的舌头底下藏着一本灾难目录。他的舌头像蝎子一样毒。他的预言让人畏惧等待他们的黑暗命运。

起先，谁都不相信他的预言，但他看到的幻象一个又一个成真，于是谁都不敢再说他只是碰巧说中了。他最早也最有名的预言是有一家人会在一场车祸中集体赴死。果不其然，这家人的车在奥沃城附近一头栽进了奥米－阿拉河河面较宽的一段，全家人都淹死了——跟阿布鲁的预言一模一样。还有一个男的，阿布鲁说他会死于"极乐"，几天后他的尸身果然从一家妓院里被抬了出来，是玩妓女的时候死的。这一连串事件铭刻在人们的记忆中，让他们对阿布鲁的预言恐惧不已，视阿布鲁的幻觉为必然，而阿布鲁本人就是命运的宣读人。从此，每当他对某人发表了预言，那人就会相信那就是他的宿命。很多人会想办法逃脱。值得一提的是镇上那家大电影院的老板十五岁的女儿的遭遇。阿布鲁预言说她将来会遭受亲生儿子的强暴。她被自己的凄惨命运吓坏了，选择了自杀，遗书上写道：她宁可死也不愿意直面那样的未来。

久而久之，这个疯子成了镇上居民的噩梦。几乎人人都知晓他每次发表完预言后唱的那首歌，他们很怕听到它。

最让人头痛的是，阿布鲁不但能预见未来，还能窥知过去。他不时撕扯掉虚情假意的面纱，揭穿包裹得严严实实的秘密，后果往往十分严重。有一次，他看到一个女人同她丈夫从自家车里下来，当场揭穿她是个"妓女"。"天哪！"他叫道，还呸了一声，"你还在跟你丈夫的朋友马修睡觉？就在你们的婚床上？你无耻！无耻！"把这两人的婚姻架到火上之后——尽管那女人拼命抵赖，她丈夫还是知晓了她的婚外情，同她离婚了——他不紧不慢地走开了，完全忘了自己刚才做了什么。

尽管如此，阿库雷的居民中间还是有一小部分人喜欢阿布鲁，希望他活下去，因为他也常常帮助人。他曾经预见到一起武装抢劫，于是就在抢劫发生前东奔西走宣告当晚会有四个“戴面罩、穿深色衣服的”男人洗劫那个地方。警察受命守在那条街上。强盗们露面时，警察拦下了他们。就在预言这桩抢劫案前后，他还透露了某个绑架了一个小女孩索要赎金的男子的藏身地点。那小女孩是一个政客的女儿。一天晚上，警察根据阿布鲁的精确指引逮捕了那名男子，救出了小女孩。阿布鲁再次受到赞赏。据说那个政治家送来的礼物塞满了疯子住的卡车。据说，那个政客甚至考虑过送阿布鲁去精神病医院接受治疗，但其他人反对说，要是他不疯了，就没用了。阿布鲁总能逃脱精神病治疗。那次在碎玻璃上光脚走路流了好多血之后，他就被送进了一家精神病院。他在那里质疑医生，声称自己神志清醒，是被非法羁押在那里的。这一招不灵，他就绝食，压力再大也不屈服，连水都不喝。医院里的人怕他绝食死掉，加上他还要求见律师，就让他走了。

驯鹰人

盘旋的圈子越来越大，猎鹰听不见驯鹰人的呼声。

——叶芝

母亲是驯鹰人。

她站在山巅，警惕地巡视着，不让任何邪祟靠近她的孩子。她脑子里分别装着我们的头脑的复制版，所以，我们那些会惹麻烦的念头刚冒头，她就察觉了，就像水手们能从空气里嗅出即将到来的风暴一样。早在父亲离开阿库雷去外地工作之前，她就时不时地偷听我们说话。我们聚在哥哥们的房间里的时候，会派一个人溜到门边，看她是不是站在门外偷听。要是她在，我们会猛地把门拉开，揭穿她。然而，就像驯鹰人对他的鹰了如指掌那样，母亲总能掌握我们的动向。也许她已经感觉到伊肯纳有点儿不对劲，一看到被毁的M.K.O.日历，她就嗅到、看到、感觉到和了解到伊肯纳正在变形。她想知道变形是怎么开始的，所以会哄着奥班比说出遇到阿布鲁的细节。

奥班比没跟母亲讲阿布鲁离开后发生的事，即他告诉我们飞机飞过时阿布鲁说了些什么那一段。即便如此，母亲已是悲痛无比。在奥班比讲述时，她不时用发抖的声音叫道“我的上帝，我的上帝”。奥班比讲完后，她站起身来，咬着嘴唇，坐立不安，显然已经崩溃了。之后，她一言不发地离开了我们的房间，像感冒了似的浑身发抖。奥班比和我留在房间里，想着要是哥哥们知道我们向母亲告了密，会有什么反应。这时，我听见她责问他们为什么把她蒙在鼓里，他们回应了几句。母亲刚离开他们房间，伊肯纳就怒气冲冲地来找我们，质问是哪个白痴泄了密。奥班比辩解说是她逼他说的。他故意说得很大声，好让母亲听见后进来干预。她来了。伊肯纳临走时发誓会趁她不在的时候惩罚我们。

大约一个小时后，母亲看上去好了点儿。她把我们都叫到客厅。她戴着头巾，头巾在脑后打了个结，像鸟尾巴一样支棱着——这说明她一直都在祈祷。

“我去河边的时候，”母亲声音嘶哑，“带着我的瓦罐。我在河边弯下腰汲水。我从河边往回走——”伊肯纳张大嘴巴打了个哈欠，接着叹了口气。母亲被打断了，瞪眼看他，过了一会儿才接着说道：“我走回——我的家，我的家。等我到家，我放下瓦罐，才发现它是空的。”

她环视我们，等着我们领悟她的意思。我开始想象她是怎么头顶瓦罐走到河边的。瓦罐下面一定用裹身衣垫了一圈又一圈。我被这个简单的故事和她的语调吸引住了，有些感动。至于故事的寓意是什么，我根本不在意。我知道在我们做坏事之后母亲讲的故事都是别有深意的。她的言语和思维离不开寓言。

“你们，我的孩子们，”她又开口了，“从我的瓦罐里漏掉了。我本来以为我拥有你们，我的瓦罐里装着你们，我的生命里都是你们”，她张开双手做环抱状，“可我错了。就在我的眼皮底下，你们去了那条河边，钓了好几个星期的鱼。如今，我以为你们安全了，有危险我一定会知道，结果你们还瞒着我一个要命的秘密，比钓鱼的事瞒得更久。”

她摇着头。

“阿布鲁施在你们身上的诅咒一定要清除掉。今晚你们都得去教堂做礼拜。就这样定了，今天谁也不许去别的地方，”母亲说，“一到四点，我们就去教堂。”

戴维和恩肯一起待在母亲房间。这时他咯咯地笑了起来，打破了母亲话音落下后的沉寂。母亲还在打量我们，以确保她的话被听进去了。

她起身朝自己房间走去，这时伊肯纳说了句话，让她脚下一顿，她猛地转过身来。“嗯？”她说，“伊肯纳，你刚才说什么？”

“我说，我今天不会跟你去教堂做什么心灵净化。”伊肯纳回答。接下来他改说伊博语。“要我站在那些会众面前，让他们居高临下地看着我，替我清除什么诅咒，我受不了。”他迅速从沙发上站起来，“我是说，我不去。我身上没有魔鬼。我很好。”

“伊肯纳，你昏头了吗？”母亲说。

“没有，妈妈，我只是不想去。”

“什么？”母亲叫道，“伊肯——纳？”

“真的，妈妈，”他答道，“我就是不想，”他摇摇头，“我就是不想，妈妈，求你了，我什么教堂都不想去。”

自从因为看电视的事跟伊肯纳吵过之后，波贾再没跟他说过话。这时波贾站起来说：“我也不想去，妈妈。我不要净化心灵。没人需要拯救。我不去。”

母亲想开口，但她想说的话像一个爬到梯子顶上却溜下来的人一样溜回了她的喉咙。她吃惊地一会儿看看伊肯纳，一会儿看看波贾。

“伊肯纳、波贾，我们难道什么都没教会你们吗？你们想要让那疯子的预言成真吗？”她张着嘴，唾沫在嘴边形成了一个脆弱的泡泡，等她再次开口时就破掉了。“伊肯纳，看看你都变成什么样了。要是你不相信你的弟弟们会杀你，你会变得这么粗鲁吗？现在，你居然站在这儿，站在我面前，告诉我你不需要祈祷——你不需要净化心灵？这么多年的教养，埃姆和我花了这么多心血，都白费了吗？啊？”

母亲像演员那样高举双手，大声问出最后一个问题。然而，伊肯纳的意志坚定得能撞破铁门。他说：“我只知道我不会去。”波贾的话显然鼓励了他。他朝自己房间走去。他一关上房门，波贾也站起来朝相反方向走去——去我和奥班比的房间。母亲一言不发地倒在沙发上，陷入了纷乱的思绪。她双手抱胸，嘴唇翕动着，好像在无声地念叨什么，提到了伊肯纳的名字。戴维在抛球玩，噼里啪啦地追着球跑，笑着叫着，一个人模仿出整个足球场的观众的动静来。在他的叫声中，奥班比坐到了母亲身边。

“妈妈，本和我会跟你一起去。”他说。

母亲抬头看他，泪水盈眶。

“伊肯纳……和波贾……变成陌生人了。”她哽咽着摇头。奥班比挪近一点儿，伸出瘦长的手臂轻拍她的肩膀。她又说了一遍：“现在变成陌生人了。”

那天去教堂之前，我一直坐在那儿回想这整件事，回想那个预言如何让伊肯纳对他自己和我们做出那些事。我本来已经忘掉见过阿布鲁这回事了。波贾还在事后警告过我和奥班比，不让我们告诉任何人。我曾经问过奥班比，为什么伊肯纳不再爱我们了。他说是因为父亲赏我们的那顿鞭子。我信了。可现在，很显然我想错了。

后来，在等母亲换衣服带我们去教堂的时候，我的目光掠过客厅里的柱架。那根柱子上满是灰尘，柱脚黏着张蜘蛛网。这些都是父亲不在的标志。他在家的时候，我们每星期轮流擦这些架子。他调走后几个星期，我们就不擦了，母亲也拿不出什么有效的强制措施。父亲不在的日子里，房子的周长神奇地变大了，就好像有隐形的建筑工人像撑开纸板屋的墙壁那样把我们的墙往外移了。父亲在家时，哪怕眼睛盯着报纸或书，他的存在本身就足以维持最严格的秩序。用他的话来说，就是让我们“恪守礼仪”。想到两个哥哥拒绝去教堂清除魔咒，我强烈期盼父亲归来。

那天晚上，奥班比和我跟着母亲去了我们的教会：神召会，它横跨通往邮局的那条长马路。母亲一只手抱着戴维，恩肯则用裹身衣绑在她背后。为了防止他们长痱子，母亲在他们脖子上扑了粉，搞得他们像要去参加假面舞会一样闪闪发光。教堂很大，从天花板四角垂下一排排的灯。讲道坛上，一个穿白袍的年轻女郎正在唱《奇异恩典》。她的肤色比我们这边的普通非洲人浅得多，口音也不像本地人。我们侧身走在两排教众之间。他们中的大多数视线一直黏在我身上，弄得我疑心他们在监视我们。母亲走到讲道坛后面牧师和他的妻子以及长老们坐的地方，俯身在牧师耳边低语。我的疑心更重了。歌唱完后，牧师登上讲台。他穿着衬衫，打着领带，肩上挂着吊裤带。

“诸位弟兄。”他嗓音洪亮，一上来就震坏了离我们这排最近的扩音器，我们只好竖起耳朵听教堂另一边的扩音器里传来的声音。“今晚，在布道之前，我刚刚得知，那个被魔鬼附身、自命为先知的阿布鲁，那个给我们镇上的人带来极大伤害的家伙，去过我们亲爱的兄弟詹姆斯·阿格伍家。你们都认识他，就是这位亲爱的姊妹保利娜·阿达库·阿格伍的丈夫。你们有些人知道，他有好几个孩子。我们这位姊妹告诉我，那些孩子被人发现在靠近阿拉巴卡街的奥米－阿拉河边钓鱼。”

教众们吃惊地交头接耳。教堂里一片嗡嗡声。

“阿布鲁去找过这些孩子，向他们撒谎。”柯林斯牧师接着说道，他愤怒地朝麦克风喷出一个又一个字眼，嗓门越来越大，“兄弟们，你们大家都知道，如果预言不是来自上帝，那就是来自——”

“魔鬼！”教众们异口同声。

“对。如果预言来自魔鬼，必须要驳斥。”

“对！”他们齐声说。

“我没听见，”牧师挥舞着拳头朝麦克风吼，“我说了，如果预言来自魔鬼，必须要——”

“驳斥！”教众们的喊声嘹亮得像战斗口号。被带到教堂的小孩子们，包括恩肯，大概是被吓着了，纷纷大哭起来。

“我们准备好驳斥了吗？”

教众们大声应和说准备好了。母亲的声音最响亮，别人都静下来的时候她的声音还在回响。我看着她。她又哭了。

“那就站起来，以主耶稣之名，驳斥那个预言。”

人们一排排跳起来，狂热而又虔诚地祈祷。

母亲治愈她的儿子伊肯纳的努力白费了，因为那个预言像被激怒的野兽一样，已经发了狂，正在摧枯拉朽般捣毁他的神志之屋。它扯下屋里挂的画，推倒墙壁，扫落壁橱里的东西，掀翻桌子，直到伊肯纳的头脑和以往的教养陷入混乱。对我的哥哥伊肯纳来说，阿布鲁预言的横死把世界变成了一个无法逃脱的牢笼，这个牢笼外面什么都没有。

我听说，如果恐惧攫取了一个人的心灵，这个人就会身心俱损。我的哥哥就是这样。恐惧占据他的心灵之后，他失去了很多东西——平和、安乐、和他人的关系、健康，甚至他的信仰。

伊肯纳开始独自一人步行上学，尽管他和波贾同校。他早上七点就起床，不吃早饭，免得与波贾同行。要是午饭或晚饭是甘薯泥之类必须跟弟弟们从一个碗里挖着吃的食物，他就不上桌。这样一来，他日渐消瘦，锁骨和脖子之间出现了深深的凹坑，颧骨也突出来了。再后来，他的眼白变黄了。

母亲注意到了。她责怪他，恳求他，威胁他，但无济于事。快到期末时，七月第一个星期的某天早上，她反锁了家门，要求伊肯纳先吃饭再上学。伊肯纳很着急，因为那天他要考试。他恳求母亲让他去学校：“这难道不是我自己的身体？我吃不吃饭关你什么事？别管我，为什么不让我去？”他崩溃了，呜咽起来。母亲不为所动，直到他同意吃饭为止。他一边咬面包和煎蛋，一边抱怨她和我们所有人。他说家里人都恨他，发誓很快就会离开家，让我们再也见不着。

“你们等着瞧，”他一面用手背擦眼睛一面威胁道，“这一切会很快结束。你们会摆脱我；你们等着瞧。”

“你知道这不是真的，伊肯纳。”母亲回答，“没人恨你；我不恨你，你弟弟们也不恨你。你这样作践自己，是因为你害怕。你自己吓自己。伊肯纳，你选择相信一个疯子的幻觉。这疯子一无是处，甚至不该称之为人。他比——跟什么比好呢？——比鱼，不，比你们从那条河里捞上来的蝌蚪还不如。蝌蚪。前几天，市场上的人都在传，说他看见《古兰经》学者家的牛群在吃草，小牛在喝母牛的奶，他也挤到牛乳头下喝了起来！”母亲呸了一声，以示对男人吮吸奶牛乳房一事的反感。“你怎么能相信一个叼奶牛乳头的人说的话呢？伊肯纳，你在作践自己，明白吗？你不能怪别人。就算你不愿为自己祈祷，我们还是为你祈祷了。你的恐惧毫无道理，就别怪其他人了。”

伊肯纳直直地盯着面前的墙壁，似乎听进去了。有那么一会儿，他好像意识到了自己的荒唐；母亲的话在他备受煎熬的心脏上切开了一个口子，黑色的恐惧之血流了出来。他安静地坐在餐桌前吃完了一顿饭，这可是很久以来第一次。饭后他对母亲嘟囔了一句“谢谢您”。我们在每顿饭后都要对父母表示感激，而伊肯纳已经有好几个星期没这么做了。同样，这几个星期，他一直把用过的餐具丢在饭桌上或留在自己房间。今天则不同。他按照母亲的教导，把餐具拿到厨房清洗干净。然后，他上学去了。

他出门后，刚刷完牙、正在等奥班比用完卫生间的波贾走进客厅，腰上围着他和伊肯纳共用的浴巾。

“我怕他会说到做到，真的离家出走。”他对母亲说。

母亲摇摇头，视线没有离开她正在用抹布擦拭的冰箱。她弯下腰，冰箱门遮住了她大半个人，只露出她的双腿。她说：“他不会的，他能去哪儿？”

“我不知道，”波贾回答，“但我很担心。”

“他不会的。这种恐惧不会持久，会消失的。”母亲的声调听起来很确定。我当时觉得她真心相信自己的判断。

母亲不懈地治疗他，保护他。我记得，某个星期日下午，我们正在吃用棕榈油酱汁腌制过的黑眼豆，伊亚波妈妈来了。我其实已经注意到了外面的动静，但我们一直被父母教导，不要像镇上其他孩子那样爱凑热闹。父亲总是警告我们，外面的人可能带着枪，可能会打起来，我们跑去看热闹，说不定会中枪。我们都乖乖地待在家里。母亲也在家。要是我们跑出去了，母亲会惩罚我们，或者向父亲告状。波贾第二天有两门课要考试——社会科学和历史。他讨厌这两门课，越复习火气越大，开始咒骂书上的历史人物（“一帮死鬼白痴”）。我和奥班比不想打扰他，也不想做他的发泄对象，所以，那女人敲门时，我们跟母亲一起待在客厅。

“啊，伊娅·伊亚波。”她一进来，母亲立即站起来，嘴里叫着她的名字。

“艾克妈妈。”那个因为告密而遭我憎恨的女人回应道。

“来，一起吃。”母亲说。

坐在桌边的恩肯朝那女人张开双臂。她立马把恩肯从椅子上抱了起来。

“怎么了？”母亲说。

“阿德荣珂，”那女人说，“阿德荣珂今天把她丈夫给杀了。”

“哦！”母亲惊叫。

那女人照例跟母亲说约鲁巴语。母亲听得懂，但从不觉得自己精通这门语言，几乎从来不说，总是叫我们替她跟别人用这门语言来交流。“比伊昨天晚上又喝醉了，回到家时光着身子。”伊娅·伊亚波改说蹩脚的英语。她把双手搁在头上，哀伤地扭动着身体。

“求你了，伊娅·伊亚波，镇定，镇定，告诉我怎么回事。”

“她的孩子奥尼拉顿病了。等她丈夫回来，她问他要买药的钱。他打了她，还打孩子。”

“天哪！”母亲倒吸了一口凉气，用双手捂住嘴巴。

“是真的，”伊娅·伊亚波说，“阿德荣珂说他打生病的孩子，还醉醺醺地说要打死为止，所以她就用椅子砸了他的脑袋。”

“噢，噢。”母亲结结巴巴地说。

“那男人死了，”伊娅·伊亚波说，“就这样被打死了。”

伊亚波妈妈坐在地上，头靠着门，摇晃着双腿。母亲惊呆了，双手因为害怕而抱在胸前。奥加·比伊的死讯让我忘记了吞咽刚送进嘴巴的食物，因为我认识这个废物男人。他就像一头山羊，虽然还没疯，但总是喝得醉醺醺的，跟人纠缠不清，步履踉跄。早晨去上学时，我们常常看见他往家走，那时他是清醒的。但到了晚上再看见他的时候，他又醉得站不稳了。

“你知道吗，”伊亚波妈妈一边抹眼睛一边说，“我觉得她杀人的时候脑子不清楚。”

“哦，什么意思？”母亲说。

“要怪那个疯子阿布鲁。阿布鲁跟比伊说，他最宝贝的东西会杀死他。这下好了，他老婆把他给杀了。”

母亲被刺了一下。她的目光扫过我们——波贾、奥班比和我——的脸庞，看到了我们吃惊的表情。有人推开椅子站了起来，但不是在客厅里。他轻轻地推开门，走进客厅。我没有回头，但我知道他是谁。显然，母亲和其他所有在场的人也都知道，那是伊肯纳。

“不，不！”母亲大声说，“伊娅·伊亚波，不要在我家胡说。”

“嗯，你说什么——”

“我告诉你了，别胡说！”母亲嚷嚷起来，“你怎么能相信疯子会预见未来？怎么能？”

“可是艾克妈妈，”那女人喃喃地说，“他们都这么说——”

“不对。”母亲说，“阿德荣珂现在在哪儿？”

“警察局。”

母亲摇摇头。

“他们逮捕了她。”伊娅·伊亚波说。

“来，我们去外面说话。”母亲说。

那女人站了起来。她俩走向门外，恩肯跟在后头。她们走后，伊肯纳站在客厅里，眼神像玩偶一样空洞。然后，他猛地捂住肚子，奔进卫生间，冲着洗脸池干呕。从此他就病了。恐惧夺走了他的健康。那个男人的死讯让他坚信自己无法逃脱阿布鲁的预言。东西还没烧着，烟已经冒出来了。

几天之后的星期六早上，我们围坐在餐桌前吃早饭，吃的是炸甘薯和玉米糊。伊肯纳端着他那份进了房间。之后他突然冲出来，一手捂着肚子，嘴里发出低沉的咕噜声。我们还没反应过来，一摊呕吐物就倾泻在蓝色沙发后面的地板上。我们管那个沙发叫“爸爸的宝座”。伊肯纳本来想去卫生间，但他身不由己地单膝跪地。他呕吐的时候，因为沙发的遮挡，我们只能看见他半个身子。

母亲叫着“伊肯纳，伊肯纳”从厨房里跑出来。她想抱起他，但他不要，说自己没事。事实上，他脸色苍白，一副病容。

“怎么啦，伊肯纳？什么时候开始不舒服的？”母亲等到他停止呕吐之后问道。他不作声。

“伊肯纳，为什么，为什么不回答。为什么？嗯，为什么？”

“我不知道。”他含糊地说道，“请让开，我要去洗洗。”

母亲松开他的手。他朝卫生间走去。波贾说：“我真为你难过，艾克。”我重复了一遍。接着是奥班比。戴维也说了。伊肯纳没有回应，但也没摔门，而是轻轻地合上门，插上插销。

伊肯纳一进屋，波贾就跑去厨房拿来了一把扫帚——用绳子捆在一起的窄窄的拉菲亚树叶——和一个畚箕，手脚麻利地打扫起来。母亲被感动了。“伊肯纳，你一天到晚担心你弟弟会杀你，”她大声说道，这样伊肯纳在用水的时候也能听见，“可你过来看看——”

“不，别，求您别说了——”波贾恳求。

“别拦我，让我告诉他，”母亲说，“伊肯纳，来看看他们，来呀——”波贾反对，他说伊肯纳不愿意听到他正在打扫呕吐物，但母亲坚定不移。

“看看为你哭泣的弟弟们，”她继续说道，“看看他们怎么打扫你吐出来的东西。出来看看‘你的敌人’是怎么关心你的。就算你不要他们关心，他们也一样关心你。”

也许正因为如此，那天伊肯纳在卫生间待了很久，但最终他还是响应母亲的呼唤裹着浴巾出来了。波贾已经扫完了地，还拖了地板，擦掉了溅在墙上和沙发背后的呕吐物。母亲在每个角落都喷洒了“滴露”消毒剂。之后，她还强迫伊肯纳跟她一起去医院。要是伊肯纳不去，她就打电话给父亲。伊肯纳知道父亲非常看重健康，所以就投降了。

没想到，几个小时后母亲一个人回来了。伊肯纳得了伤寒，必须住院接受静脉注射。奥班比和我吓坏了。母亲安慰我们说，他第二天就会出院。

然而，我开始担心伊肯纳的厄运正在逼近。我在学校里闷头不说话，谁惹我我就跟谁打架，结果挨了训导老师的鞭子。这是件稀罕事；因为我不但一向在父母面前很乖，在学校也一直表现很好。我很怕体罚，愿意不惜一切代价避免，但是哥哥的状况日益恶化，让我感到伤心，我对什么都心怀怨恨，尤其是对学校和学校里的一切。我希望哥哥能得到救赎，但这个希望破灭了。我感到害怕。

恶意先是夺走了伊肯纳的健康，接着又夺走了他的信仰。接连三个星期天，他都借口生病没去教堂。还有一个星期天没去，是因为他在医院住了两晚。接下来那个星期天早上，也许是父亲不会回来的消息为他壮了胆——父亲去加纳参加为期三个月的培训课程，他宣称不想去教堂。

“我的耳朵没问题吧，伊肯纳？”母亲说。

“没问题。”伊肯纳肯定地说，“听着，妈妈，我是个科学家，我不再相信上帝的存在了。”

“什么？”母亲叫道，她像踩到了尖刺一样倒退了几步，“伊肯纳，你说什么？”

他犹豫了，眉头皱了起来。

“我刚才问你‘你说什么’，伊肯纳？”

“我说我是个科学家。”他的话里夹着“科学家”这个英文单词，因为伊博语里没有对应的词儿。他话里的挑战意味让人吃惊。

“所以呢？”伊肯纳不说话。她忍不住说道：“把话说完，伊肯纳；把你刚才说的可怕的话说完。”接着，她气冲冲地用一个手指头指着伊肯纳的脸：“伊肯纳，看着我——埃姆和我绝不会容忍我们的孩子变成无神论者。绝不！”

她口中啧啧有声，举起手在头上打响指，希望用这种迷信的举动阻止家里出现无神论者。“所以，伊肯纳，如果你还想做这个家的一分子，如果你还想在家里有饭吃，现在就给我从床上起来，否则你的屁股会肿得只能穿我的裤子。”

这个威胁把伊肯纳吓住了，因为母亲只有在愤怒到极点时才会说出“屁股肿得只能穿我的裤子”这样的话。她从自己房间拿来一条父亲的旧皮带，一头缠在手腕上，另一头垂下来，准备揍他。她以前几乎未这么干过。一看到皮带，伊肯纳就爬了起来，不情愿地去卫生间洗澡，准备上教堂。

做完礼拜后，伊肯纳抢先走出教堂，免得母亲在大庭广众之下挑他的毛病。另外一个原因是，母亲把家里钥匙给了他，让他为我们开院门和房门。她很少做完礼拜就直接回家；她一般会带着两个小的留下来参加女教众会议或者去探望某人。等母亲看不见我们了，伊肯纳立刻加快了脚步。我和两个哥哥默不作声地跟在他身后。出于某种原因，他选了一条比较远的回家路线，得经过伊杰卡街。那条街上的居民都很穷，要么住在廉租房里——大多数连油漆都没上过，要么住在木棚里。在这肮脏的街区，到处都能看见玩耍的小孩。一群小女孩在一个方方的柱廊里跳来跳去。一个不到三岁的小男孩蹲在那里拉大便。黄褐色的大便像绳子一样垂下来，在地上堆成一座黏糊糊的金字塔。金字塔越堆越高，臭不可闻。一群苍蝇在小男孩的屁股附近盘旋。他却神色如常，拿着一根小棍在地上胡乱划拉。我和哥哥们都朝地上吐了口唾沫，然后，完全出于本能，用凉鞋底蹭掉了地上的印子。波贾骂那小男孩和这里的居民："猪，都是猪。"奥班比想把他的唾沫印子蹭得再干净一点儿，于是就落在了我们后头。我们吐了唾沫又蹭掉是因为，按照一种迷信的说法，要是有孕妇踩到了唾沫，吐唾沫的男人就会一辈子阳痿。那时我对阳痿的理解是，那个器官会神奇地消失。

这条街真够脏的。我们的朋友卡约德和他的父母就住在这里一幢烂尾的二层小楼里。里面除了铺过地板，完全是毛坯。粗糙的混凝土块和铁条从阁楼的位置刺向天空。院子里堆满了长了绿苔、没上过漆的木板。砖块的洞眼里，整幢房子的梁架里，有无数在此安家的蜥蜴和石龙子四下乱窜。卡约德有一次告诉我们，他母亲在厨房存放饮用水的桶里发现了一条蜥蜴，已经死了，浮在水面上好几天，直到水都变酸了才被发现。他母亲倒光了桶里的水，死蜥蜴滑落在地上的水洼里，脑袋有正常的两倍大，因为是淹死的，已经开始腐烂。成堆的垃圾几乎侵占了这个街区的每一个角落，还漫上了道路。有些就倒在露天排水沟里，像肿瘤一样堵塞了排水沟；有些像蟒蛇一样缠绕着人行天桥；有些像鸟巢一样堆在路边的报亭之间；有些在地上的小坑里和有人居住的空地上腐烂。陈腐的空气笼罩着整个地区，看不见的恶臭把所有房子连成一体。

阳光正烈，树冠投下巨大的阴影。路边的木棚里，有个女人在炉灶上煎鱼。烟气从炉灶两边升起，飘向我们。我们穿过马路，走在一辆停着的卡车和一户人家的阳台之间。我瞥见那家的褐色沙发上坐着两个男人，他们在打手势。一台立式电风扇缓慢地摇着头。一头母山羊和几只小山羊躲在阳台前面的一张桌子下面，脚下都是黑黑的羊屎豆。

我们来到自家院门前，等着伊肯纳开门。波贾说："今天做礼拜的时候，我看到阿布鲁想溜进教堂，但因为没穿衣服被拦在门外了。"波贾参加了教堂的男童鼓队。队员们轮流打鼓，那天正好轮到他，他就坐在教堂前面靠近圣坛的地方，因此看得到阿布鲁从教堂后门进来。波贾说这话时，伊肯纳正从口袋里往外掏钥匙。钥匙跟线头和碎布头缠在一起，掏不出来，他只好把口袋翻了个底朝天。口袋里面脏兮兮的，有墨水印子，还有细碎的花生衣。这些东西像灰尘一样纷纷落地。他想把钥匙解开，但没成功，就用力一扯，结果把口袋扯破了。他把钥匙塞进锁孔，转动起来。正在这时，波贾说："艾克，我知道你相信那个预言，但你知道我们是上帝的孩子——"

"他是位先知。"伊肯纳简短地回答。

他打开门，从锁孔里拔下钥匙。波贾又说：“是的，但他不是上帝派来的先知。”

“你怎么知道？”伊肯纳发作了，他转身面对波贾，“我问你呢，你怎么知道？”

“他不是，艾克，我确定。”

“你有证据吗？嗯，有证据吗？”

波贾不说话。伊肯纳抬头看天，我们也都顺着他的视线抬头：原来有一只用塑料纸做的风筝在远处的天空中飘荡。

“但是他说的不可能变成事实。”波贾说，“听着，他提到过一条红河。他说你会在一条红河里游泳。河怎么可能是红的？”他双手一摊，表示不可能，眼睛盯着我们，好像在请求我们肯定他说得没错。奥班比点了点头。“他疯了，艾克。他不知道自己在说什么。”

波贾靠近伊肯纳，把手搭在他肩上。他的勇敢出乎我们的意料。“你得相信我，艾克，你得相信我。”他一边说一边摇伊肯纳的肩膀，似乎要把矗立在哥哥心中的恐惧之山推倒。

伊肯纳站在那里，眼睛盯着地面，显然被波贾的话感动了。这是一个充满希望的时刻，我们以前那个哥哥似乎就要回来了。我和波贾一样，也想告诉伊肯纳我不可能杀他，但奥班比抢在了我前头。

“他……说得……对。”奥班比结结巴巴地说，“我们谁都不会杀你。我们不是，艾克，我们不是真正的渔人。他说有个渔人会杀了你，艾克，但我们不是真正的渔人。”

伊肯纳抬头看着奥班比，一脸不知所措。眼泪在他眼眶里打转。轮到我了。

“我们杀不了你，艾克，你很强壮，而且个子比我们大。”我觉得自己一定得说些什么，还得尽力显得镇静一些。不知道从哪来的勇气，我居然握着他的手说：“艾克哥哥，你说我们恨你，可这不是真的。我们喜欢你，超过喜欢其他任何人。”

我的喉咙有点儿发热，我尽量保持镇静：“我们喜欢你，甚至超过喜欢爸爸和妈妈。”

我往后退了退，看到波贾在点头。有那么一会儿，伊肯纳看起来很茫然。我们的话似乎产生了影响，因为我们的视线和他的视线相遇了。这是许多个星期以来第一次。他眼睛里布满了血丝，脸色苍白，但他的表情难以描述，非常陌生——我当时的记忆里可没有那样的表情。现在，每当想起他，这张脸就会浮现在我的脑海里。

我们满怀期待地等着他做些什么。他好像被精灵拍了下，惊醒过来，转身急匆匆地进了自己房间，从里面大声说：“从现在开始，谁都不许打搅我。你们管好自己的事，别烦我。我警告你们，别烦我！”

恐惧摧毁了伊肯纳的快乐、健康和信仰，又把魔手伸向了他和别人的关系。论起和他亲近的程度，没人比得上我们几个。看起来，他内心已经挣扎了很久，现在就想快点儿了断。他开始用各种手段伤害我们，好像等不及预言实现。在我们试图说服他两天后，我们早上醒来，发现伊肯纳撕掉了我们的宝贵财富：一份登有我们照片的一九九三年六月十五日发行的《阿库雷先驱报》。伊肯纳的全身像出现在头版上，标题是“少年英雄带领弟弟们脱离险境”。波贾、奥班比和我的合影被放在伊肯纳照片上方、《阿库雷先驱报》报头下方的一个长方形小框里。这张报纸是无价之宝，是我们的荣誉勋章，比 M.K.O. 日历的地位还要崇高。有一段时间，伊肯纳为了保住它敢去杀人。那篇报道讲述了他是怎样在一场两败俱伤的政治暴动中护住了我们。那场暴动影响深远，整个儿改变了阿库雷居民的生活。

那个具有历史意义的日子离我们见到 M.K.O. 不到两个月。当时我们都在学校。猛然间，学校外面汽车喇叭响个不停。我们班上的学生大多只有六岁，根本不知道阿库雷乃至整个尼日利亚已经陷入了动荡。我知道很久以前打过仗——父亲常常在讲别的事情时提到这事。他要是用到了“战前”这个短语，接下来的话往往跟打仗一点儿关系都没有，有时会用“这一切都因为打仗而中断了”来收尾。有时，他训斥我们太懒或者意志不坚定，就会讲起他十岁时的壮举。战争期间，尼日利亚军队入侵他们村子，他们全家都逃进了巨大的奥布迪森林。在那里，他得寻找食物，打猎，照顾和保护他的母亲和妹妹们。只有这种时候，他会真的说些发生在“战争期间”的事。他有时也会用到“战后”这个短语，紧跟其后的句子跟打仗还是一点儿关系都没有。

学校外面的骚乱和车喇叭声刚传来的时候，我们的老师就不见了。她一走，教室就空了，同学们跑着哭着找妈妈。我们学校是栋三层楼。学前班在底层，其他年级从低到高分布在二楼和三楼。从我们教室的窗口，我看到外面的汽车乱哄哄的——有的车门敞开，有的正在开走，有的停在那儿。我坐在教室里等父亲像别的父亲那样来接我。但他没来，反倒是波贾出现在教室门口，叫着我的名字。我回应后拿起书包和水杯。

“来，咱们回家。”他说着跳上课桌，朝我走过来。

“哎呀，咱们等爸爸过来吧。”我环顾四周。

“爸爸不会来了。”他说着在嘴唇前面竖起食指，叫我安静。

他拉着我的手，带我离开教室。我们在木头桌椅间穿行，这些桌椅在动乱开始前排得整整齐齐，现在已经乱了套。在一张翻倒的椅子下面，一个男孩的保温饭盒摔破了，里面盛的黄米饭和鱼散落在地板上。外面的世界似乎被锯为两半，我们正摇摇晃晃地走在裂口边缘。我挣脱了波贾的手。我想回教室去等父亲。

“你在干什么呀，傻瓜！”波贾叫道，“暴动了，他们在杀人。咱们快回家吧！”

“我们应该等爸爸。”我一边说一边小心翼翼地跟上他。

“不，我们不能等。”波贾驳斥道，“要是这些人冲进来，他们会认出我们是‘M.K.O. 四男孩’‘希望 93 的孩子’，是敌人。我们面临的危险比别人都大。”

他的话击碎了我的乐观想法，我害怕极了。一群高年级学生挤在校门口想出去，我们没朝那边走，而是跨过倒掉的栅栏，穿过学校外面的一排棕榈树，找到了等在灌木丛后面的伊肯纳和奥班比。然后我们一起跑了起来。

爬藤在我们脚下噼啪作响，我跑得上气不接下气。灌木丛尽头是条小路。几分钟后奥班比认出这是伊索罗街。

街上空无一人。我们跑过木材市场。平常我们经过时得捂住耳朵才行，因为锯木机的噪声震耳欲聋。许多快散架的大卡车停在堆得像山那么高的锯木屑前面。它们平时跑森林，运输厚重的木材，可现在它们周围一个人影都没有。从这里开始，宽阔的马路被一列有我三只脚那么宽的长栏杆分成了两半。这条路通向尼日利亚中央银行。伊肯纳建议我们去那儿，因为那里是离我们最近的有武装警卫的地方。而且父亲就在那里上班，我们完全可以找到藏身之地。伊肯纳坚称，要是我们不去那儿，下决心要消灭 M.K.O. 在老家阿库雷的支持者的军政府武装一定会杀死我们。那天，那条路上散落着各种各样的东西——都是逃离大屠杀现场的人们身上掉落的，就像有飞机在阿库雷上空往下丢行李。我们穿过马路，走在一个种了许多树的高墙大院外面。一辆满载乘客的汽车从路上飞驰而过。它刚不见踪影，又有一辆蓝色的奔驰沿着我们的来路驶过来，前座上坐着我的同学莫吉索拉。她朝我挥手，我也朝她挥了挥手，但车子一点儿都没有减速。

“走吧。”等这辆车也不见踪影后，伊肯纳说，“我们不能留在学校；他们认出我们是 M.K.O. 四男孩，我们就危险了。咱们沿着这条路走吧。”他环视四周，好像听到了我们都没听到的动静。

我看到的暴动的每个令人心惊的细节，闻到的暴动的每种气味，都让我感到死亡是如此真实，我心中充满了恐惧。走到一段弯路上的时候，伊肯纳叫了起来：“不，不，停下。我们不该走大路；这样不安全。”

于是我们又穿过马路，来到一条重要的商业街上。街道两边都是商店，但全都关着门。有家商店的门被砸坏了，满是钉子的破木板挂在门上，摇摇欲坠。走到一家大门紧闭、门口堆着啤酒箱的酒吧和一辆周身贴满了星星牌窖藏啤酒、33 啤酒、吉尼斯黑啤酒等品牌海报的卡车之间时，我们停下了脚步。从我们无法立刻分辨出来的方向传来一声约鲁巴语的“救命！”，一名男子从一家店里冲出来，奔向通往我们学校的马路。危险触手可及，我们更害怕了。

我们横穿垃圾场，走到一条街道上，那儿有幢房子着火了。一个男人倒在那幢房子的门廊上。我们跟着伊肯纳躲到着火的房子后面，浑身发抖。这是我第一次看见死人。我的哥哥们大概也一样。我心跳加速，感到一股热流渗透了我校服短裤的臀部。我朝地上看，才意识到自己尿裤子了。几滴余尿正在坠落。我抖个不停。

一群手持棍子和砍刀的男人一拥而过，眼神鬼祟地四下打量，口里唱着：“打死巴班吉达。阿比奥拉将统治国家。”我们像青蛙一样蹲着，不敢弄出任何声响，直到这帮人走远了才从房子后面爬出来。我们看见一辆卡车停在这幢房子后院对面，车上也有个死人，车子前门大开。

死人身上穿着一件宽松的塞内加尔长袍。他一定是北方人：M.K.O. 阿比奥拉的支持者发起的袭击主要针对他们。阿比奥拉的支持者掌控了此次暴动，把它变成了支持他的西部地区和支持军人总统巴班吉达的北方地区之争。

伊肯纳把死人从车上拖了下来。真没想到他有这么大的力气。尸体砰的一声摔到地上，鲜血从脸上的伤口溅了出来。我尖叫一声，哭了出来。

“别出声，本！”波贾喝道，但我止不住，我太害怕了。

伊肯纳坐到驾驶座上，波贾坐到他旁边，奥班比和我在后座。

“咱们走，”伊肯纳说，“咱们开车去找爸爸。赶快关门！”他大声说。

车钥匙还插在大大的方向盘旁边的点火装置里。伊肯纳转动钥匙，引擎嘎吱了好一阵才运转起来。

“伊肯纳，你会开车吗？”奥班比哆哆嗦嗦地问。

“会。”伊肯纳说，“爸爸之前教过我。”

他加大油门，车子猛地向后倒去，接着就熄火了。他正想再发动一次，不料远处传来了枪弹声。我们全都僵住了。

“伊肯纳，求你快点儿开走。”奥班比紧张地拍着手，眼泪顺着脸颊流下来，“是你叫我们离开学校的。现在，难道我们要死了吗？”

那一天，阿库雷变成了一片焦土，到处都有火堆和着火的汽车。我们开到城东的奥辛尔街附近时，一辆军车疾驰而过，上面满载身着战斗服装的士兵。有个士兵注意到我们这辆车是个小孩在开，拍拍他旁边的人，指给他看，但那辆军车并没有停下来。伊肯纳开得很稳，只有在看见车速表上的红色指针指向一个较大的数字时才踩一下油门。每次父亲开车送我们上学，他都坐在副驾驶座，经常看见父亲这么做。我们开到了主路上，尽量靠着路肩，直到波贾辨认出路牌上的“奥卢瓦图伊街”和下面的一行小字——“尼日利亚中央银行”，我们才知道自己安全了，从一九九三年的大选暴动中逃了出来。这次暴动，阿库雷死了一百多人。六月十二日发生的事对尼日利亚的历史产生了深远的影响。从此以后，每年这一天快要到来时，就好像有一千个武装到牙齿的隐形的外科医生带着手术刀、环锯、针筒和不同寻常的麻醉药品，随着北风降临到阿库雷。到了夜间，等人们入睡后，这些医生开始疯狂地给他们的灵魂做临时性前脑叶白质无痛切除手术，在破晓前又随风而逝。那时手术的效果还没有显现出来。等人们早上醒来，他们感觉满腔焦虑，心跳因为恐惧而加快，头因为模糊的记忆而低垂，眼中流着泪，双唇不断蠕动，吐出虔诚的祈祷，身体因为害怕而发抖。他们就像小孩揉皱的画图本上被抹糊了的铅笔画像，等着被橡皮擦掉。一片肃杀中，整个城市像感受到威胁的蜗牛一样缩进壳里。随着黎明第一缕曙光出现，出生在北方的居民离开镇上，商店关门，教堂举行集会祈祷和平。就好像到了六月，阿库雷常常会变成一位脆弱的老人，静候那一天平安度过。

报纸被毁，波贾受到很大的打击；他吃不下饭，一遍又一遍地跟奥班比和我唠叨必须制止伊肯纳。

“不能听之任之了。”他反复说，“伊肯纳失去理智了，他疯了。”接下来那个星期二的早上，晴空万里。奥班比和我赖床了，因为前一天夜里我们讲故事讲到很晚。房门猛地被推开，我们一下子就醒了。来人是波贾。自从第一次同伊肯纳打架后，他就睡在客厅里。他脸色阴冷，不停地挠着全身各处，一边咬牙切齿。

“昨天晚上我差点儿被蚊子咬死了。”他说，“我受够伊肯纳对我的态度了。受够了！”

他声音很大，我怕伊肯纳在他房间里也能听见，不由得心跳加速。我看向奥班比，他看着门。我感觉他和我一样，是在等着下一个推门而入的人。

“那也是我的房间。他不让我进。我恨他。”波贾还没说完，“你们能想象吗？他不让我进我自己的房间。”他用手捶胸，这是一个表示占有的姿势，“爸爸妈妈把房间分给了我们两个人。”

他脱下衬衫，给我们看蚊子咬的包。他比伊肯纳矮，但发育得跟伊肯纳差不多。他的胸口长出了一层淡淡的绒毛，腋窝下已经黑乎乎的了。一条阴影从他肚脐眼一直延伸到裤腰下。

“客厅有那么糟吗？”我问这话是为了让他平静下来。我不想让他继续抱怨，我怕伊肯纳听到。

“当然！”他的声音更大了，“全怪他，我恨他！没人能在那儿睡得好！”

奥班比警觉地瞥了我一眼。我注意到他跟我一样害怕。波贾的话说出口，就像一件瓷器落在地上，碎片四溅。奥班比和我感觉要出事，波贾似乎也意识到了，因为他坐了下来，一只手捂着头。没过几分钟，房子里某扇门被推开了，发出很响的嘎吱声。接着传来了脚步声。伊肯纳进了我们房间。

“你是不是说你恨我？”伊肯纳轻声说。

波贾不回答，眼睛一直盯着窗子。伊肯纳显然被刺痛了（我看见他眼里含着泪）。他轻轻地关上门，往里走了几步。接着，他鄙视地扫了一眼波贾，脱掉了衬衫。在我们镇上，男孩子们打架前习惯脱掉衬衫。

“你到底说没说过？”伊肯纳嚷道。他没有等波贾回答，直接把波贾推下了椅子。

波贾叫了一声，迅速站起来，愤怒地喘着粗气喊道：“说了，我恨你，艾克，我恨你。”

每当回忆起这件事，我就会疯狂祈祷我的记忆能发发慈悲，就此打住，但无济于事。我总在脑海里看见那个场景：听了波贾的话，有一会儿伊肯纳一动不动，他的嘴唇翕动了好久，才说出“你恨我，波贾”。他费了好大力气才说出这句话，说完后脸上露出如释重负的表情。他微笑着点头，借眨眼收回了一颗泪珠。

“我早就知道，我早就知道；这么长时间以来，我一直在犯傻。”他摇摇头，“所以你才会把我的护照扔进井里。”波贾露出惊恐的表情，他想说话，但伊肯纳提高了嗓门，从约鲁巴语切换到伊博语，“我还没说完！要不是你的恶意举动，我早就去了加拿大，在那里过上了更好的生活！”伊肯纳说的每个字眼、每个句子似乎都击中了波贾。他张大嘴巴喘着粗气，几次想开口都被“我还没说完”或者“听着”给打断了。伊肯纳说，后来他还做过几个怪梦，让他疑心更重了。在其中一个梦里，他看见波贾拿着枪追他。听到这里，波贾的脸抽搐了一下，因为震惊和无助而涨得通红。“现在，我知道你有多恨我了。我的守护神可以做证。”

波贾朝门口走去，脚步有些乱。他想离开，但伊肯纳的话让他站住了。“阿布鲁一把预言说出来，”伊肯纳说，“我就知道那个渔人是你。不会是别人。”

波贾站在那里一动不动，头低垂着，似乎很羞愧。

“所以，你现在承认恨我，我一点儿都不吃惊；你一直恨我。但你不会如愿的。”伊肯纳突然恶狠狠地说道。

他走近波贾，一拳打在他脸上。波贾摔倒了，头撞上了奥班比放在地板上的铁盒，发出很大的声响。他痛得大叫一声，跺着地板尖叫。伊肯纳吃了一惊，像发现自己正站在深谷边缘一样后退了一步。退到门口，他转身跑了出去。

伊肯纳一走，奥班比就朝波贾跑过去，接着突然站住了，叫道：“天哪！”一开始，我没看见伊肯纳和奥班比看到的情形，但这下我看到了：一大摊血已经漫过盒盖，缓缓流向地板。

奥班比惊慌失措地跑出房间，我紧随其后。我们在后院的花园里找到了母亲。她一手扶着锄头，拉菲亚树叶编的篮子里放着几个西红柿，正在跟向她告发我们钓鱼一事的邻居伊娅·伊亚波说话。我们高声呼叫。母亲和那个女人走进我们房间，也被眼前的情形惊呆了。波贾已经不哭了。他躺在那儿一动不动，脸被沾满鲜血的双手遮挡着。那种诡异的平静让人举得他可能已经死了。母亲失声痛哭。

“快，咱们送他去孔勒的诊所。”伊亚波妈妈朝她叫道。

母亲六神无主，匆忙换上衬衣和长裙。在那个女人的帮助下，她把波贾扛到了肩上。波贾一动不动，眼神空洞，无声地流着泪。

“要是他不好了，”母亲对那女人说，“伊肯纳会说什么？他会说是他杀死了他弟弟吗？”

“天，别这么说！”伊娅·伊亚波呸了一声，“艾克妈妈，就因为这个，你就说出这样的话来？他们还是小孩，打架是正常的。别胡说了，咱们送他去医院。”

她们一走，我才意识到地板上有东西在缓缓流动，是那摊血。我坐在床上，眼前的情形让我战栗，但更让我困扰的是伊肯纳所唤醒的记忆。我记得那件事，尽管那时我大概只有四岁。当时，父亲那个住在加拿大的朋友巴约先生回了尼日利亚。他曾经答应过，如果回尼日利亚，就会带伊肯纳去加拿大跟他一起生活。所以，他替伊肯纳办了护照，申请了加拿大签证。那天早上，伊肯纳准备跟父亲一起去拉各斯，在那里同巴约先生一起上飞机，但护照找不到了。之前，他把护照放在旅行外套的胸袋里，那件外套挂在他和波贾共用的衣橱里。但到了那天早上，护照不见了。行程被耽搁，父亲很生气，到处乱翻，想找到护照，但就是找不到。要是赶不上这趟飞机，伊肯纳就得重新走一遍流程，申请签证、办理旅行文件什么的。想到这个，父亲火气更大了。正当他要出手教训伊肯纳，惩罚他的粗心时，波贾承认是他偷的护照。他躲在母亲身后，避免父亲揍他。为什么，父亲问，护照在哪儿？波贾身体微微发抖，说："在井里。"然后，他承认他前一天晚上把护照扔到井里去了，因为他不希望伊肯纳离开他。

父亲狂奔到井边，发现护照被撕成了碎片漂在水面上，没法拼回去了。他双手抱头，浑身发抖。然后，他像猛鬼附身般伸手折断一根橘子树枝，朝屋子的方向奔过去。他正要揍波贾，伊肯纳站了出来。他说是自己叫波贾把护照扔到井里去的，因为他不想抛下波贾一个人走；等他们两个都再长大一点儿，可以一起去加拿大。我后来才知道他撒谎了（连我们的父母也是后来才发觉），但当时父亲被伊肯纳的解释感动了。这种兄弟之情在伊肯纳蜕变之后却变成了他眼中极端的仇恨。

那天下午，母亲带着波贾从诊所回来。波贾看上去像是变了个人。他后脑勺上的伤口垫了棉花，用纱布裹了一层又一层，血还是渗了出来。我的心一沉，不知道他失了多少血，伤口又有多痛。我努力想搞明白已经发生的和正在发生的事，但我做不到；算清楚这些事情可不容易。

那天下午波贾回家后，妈妈就像一条遍布地雷的路，谁不小心走进她周围三厘米以内的范围，她就会爆炸。做晚饭的时候，她开始自言自语。她抱怨说，早就叫父亲向上面申请，要么调回阿库雷，要么我们搬家去约拉，但他就是不申请。她还说，她再也看不懂伊肯纳了。摆晚饭的时候，她的嘴巴还在一张一张的。我们各自拉开一把木头餐椅坐下。摆好最后一样晚餐用具—— 一个供大家洗手用的大碗后，她呜咽起来。

当晚，家里一片寂静，空气里弥漫着恐惧。奥班比和我早早回了房间。戴维不敢跟着心情不好的母亲，也进了我们房间。入睡前，我一直竖着耳朵捕捉伊肯纳的动静，但什么也没听到。其实，等他的时候，我心里同时暗暗希望他第二天早上再回家。一个原因是，母亲正生着气，要是他撞在了枪口上，谁知道她会做些什么。另一个原因是，波贾从诊所回来后宣称他受够了。“我发誓，”他按我们那里发誓的惯例舔了舔食指，“我不会再让他把我关在我自己的房间外面。”之后他言出必行，睡在了他俩的卧室里。要是伊肯纳回来，在卧室看见他，会发生什么？我怕波贾会报复，因为他受了大委屈。这一天发生了太多事，我的眼皮越来越重。我还在琢磨，毒液在伊肯纳身体里渗透到了什么程度，他最终会变成什么样。

蝗虫

蝗灾是个预兆。

雨季一开始，蝗虫席卷了阿库雷和尼日利亚南部的大多数地方。这些长着翅膀、大小跟棕色丛林苍蝇差不多的昆虫从地上的孔洞里蜂拥而出，朝着有光的地方集结——光像磁铁吸铁一样吸引着它们。阿库雷人因蝗虫的到来而欣喜。因为旱季阳光猛烈，哈麦丹风助纣为虐，大地备受煎熬，雨水拯救了大地。小孩子们会打开电灯泡或者点亮灯笼，在附近放好盛着水的碗，一等蝗虫飞来就把它们拍到碗里，要么就等它们翅膀脱落淹死在水里。人们聚集在一起享用烤蝗虫大餐，庆祝雨季的降临。通常在蝗虫出现后第二天，雨水就会光顾。但这一次来的是暴风雨，掀翻了屋顶，推倒了房子，淹死了许多人，把好多城市变成了水乡泽国。蝗虫从吉兆变成了凶兆。波贾头部受伤之后第二个星期，厄运降临到了阿库雷居民、尼日利亚人民和我们家人头上。

就在八月的那个星期，尼日利亚“梦之队”打进了奥运会男子足球决赛。此前连续好几个星期，各处的市场、学校和办公室都在显眼的地方打出了齐奥玛·阿君瓦的名字，因为他为我们这个破败的国家赢得了金牌。紧接着，我们的男子足球队又在半决赛中击败了巴西队，即将同阿根廷队争夺金牌。全国上下沸腾了。现场观众在遥远的亚特兰大的夏日骄阳下挥舞着尼日利亚国旗，与此同时，阿库雷一点点沉入水中。尼日利亚“梦之队”同阿根廷队决赛的前夜，阿库雷狂风暴雨，全城断电。大雨一直下到第二天早上，也就是比赛的当天——八月三日。锌皮和石棉做的屋顶被雨点砸得砰砰作响。日落时分，暴风雨终于弱下来，最后云收雨散。那一天，我们谁都没出门。伊肯纳把自己关在卧室里，默不作声，除了有时会跟着那台便携式收录机唱唱歌。那段时间，那台收录机是他的主要伴侣。到那个星期，他同我们完全隔绝了。

母亲质问过他为什么要打伤波贾，他回嘴说他没错，是波贾先威胁他的。“他那样的小男孩也敢威胁我，我不可能无动于衷。”他语气强硬。母亲请求他在客厅坐下来好好谈谈，但他仍旧站在卧室的门槛上。说完那句话后，他突然哭了起来。也许他觉得这样有点儿丢脸，就跑回房间，关上了房门。就在那天，母亲说她确信伊肯纳神志不清，要求我们在父亲回来让他清醒过来之前离他远点儿。那时我对伊肯纳的恐惧已经越来越强烈。就连发誓不再让人欺负的波贾也乖乖听从母亲的话，避开伊肯纳。他的伤口愈合了，不再贴膏药，缝合过的地方有道凹痕。

那天晚上，球赛快要开始的时候，雨停了。就在比赛前，伊肯纳不见了。我们翘首盼望电力供应能够恢复，让我们看上这场重要的比赛，但直到晚上八点，电还是没来。那一整天，奥班比和我都坐在客厅里，借着昏暗的天光看书。我看的是一本内容奇特的平装书，书里的动物会说话，有着人的名字，而且都是家畜——狗啦，猪啦，母鸡啦，山羊啦，诸如此类。书里没有我喜欢的野生动物，但我还是读了下去，像人一样说话和思考的动物把我迷住了。波贾起初安安静静地坐着，后来突然告诉母亲，他想去“美好房间”看比赛，当时我正沉浸在书里，母亲则坐在客厅里陪戴维和恩肯玩。

“现在是不是太晚了——你一定要看比赛吗？”母亲说。

“不晚，我想去；现在还不太晚——”

她想了一会儿，抬头看着我们说：“好吧，小心点儿。”

我们从母亲房间拿了手电筒，走出家门，来到夜色渐深的街道上。周围有些人家用自备的发电机发电，嘈杂的嗡嗡声充斥着整个街区。人们普遍相信，阿库雷的有钱人贿赂了国家电力局阿库雷分局，让它在遇到像今天这样的重大赛事时断电，好让他们设立临时观赛中心，发一笔横财。“美好房间”是我们那一区最现代化的旅馆：四层楼，围着高高的带刺的铁丝网。尽管外头断了电，从旅馆墙壁内侧探出来的明亮的日光灯还是把周围的街道都照亮了。那天晚上，“美好房间”按惯例把大堂变成了临时观赛中心。为了吸引观众，旅馆门外大大的告示牌上贴着一张印有奥运会标志和“亚特兰大 1996”字样的五颜六色的海报。果然，我们到那儿的时候，大堂里已经挤得满满当当。每个角落里都站着人，站姿各不相同，都是为了更好地看到放在相对而立的两张高台上的两台 14 英寸电视机上的图像。早到的观众占据了离电视机最近的塑料椅，后来的人则一层一层地站在他们身后。

波贾发现了一个能瞥见电视机的地方，就丢下我和奥班比，从两个男人中间挤了过去。不过我们俩终于也找到一块地方，只要往左侧那两个鞋子臭得像烂猪肉的男人中间歪一歪，就能不时看一眼电视。在接下来的十五分钟里，奥班比和我被淹没在人海里，闻着人们身上散发出来的各种令人作呕的气味。有个男人身上一股蜡烛味，另一个是旧衣服味，还有一个身上一股动物血肉的味道，再有一个是干掉的油漆味，还有汽油味、金属味，等等。我手捂鼻子捂得累了，凑过去对奥班比说我想回家。

“为什么？”他看起来很惊讶，但他也很怕他后面那个头很大的男人，可能也想离开。那个男人长着一对斗鸡眼，我们这里叫“四点一刻”眼。更叫奥班比害怕的是，这个长相吓人的男人还朝他吼过，要他“站有站相”，用脏手粗鲁地推搡他的脑袋。这男人就是只蝙蝠：又丑又可怕。

“我们不能走；伊肯纳和波贾都在。”他一边对我耳语，一边从眼角偷看那个男人。

“在哪儿？”我低声问。

他没有马上回答，而是慢慢地把头往后倾斜，直到凑近我的耳朵：“他坐在前面，刚才我看见——”一阵突如其来的喝彩声打断了他。“进球了！”大堂里的观众沸腾了，欢呼声震耳欲聋。那个蝙蝠一样的男人的同伴又是叫嚷又是挥舞双臂，胳膊肘打到了奥班比的头。奥班比大叫一声，但很快就被欢呼声盖过去了，旁人只会以为他也欣喜若狂。他痛得一缩，歪倒在我身上。那个打到他的人根本没注意到，依旧在那儿嚷嚷。

“咱们回家吧。这地方糟透了。”在说了十几遍“抱歉，奥贝”之后，我建议道。我感觉这个理由不太有说服力，就引用了母亲在我们坚持要出去看足球赛时常说的话：“我们没必要看这场比赛。反正就算赢了，球员们也不会把奖金分给我们。”

这话奏效了。他忍住了眼泪，点头表示接受。我奋力挤到前面，拍了拍夹在两个大男孩中间的波贾的肩膀。

“怎么了？”他急急问道。

“我们要走了。”

“为什么？”

我没说话。

“为什么？”他又问了一遍，眼睛迫不及待地想转向电视屏幕。

“没什么。”我说。

“好吧，一会儿见。”他立即把注意力转向电视。

奥班比跟波贾要手电筒，但波贾没听见。

“我们用不着手电筒。”我被两个高大的男人挤得东倒西歪。“我们走慢一点儿。上帝会指引我们安全到家的。”

我们离开了旅馆。奥班比用手去摸被那个男人用胳膊肘打到的地方，大概是想感觉一下有没有肿块。天很黑。要不是路上间或有汽车和摩托车经过，几乎什么都看不见。不过，车的确很少，因为人人似乎都找到了地方观看奥运比赛。

“那个男的就是没教养的动物，连对不起都不会说。”我想哭，但拼命忍住了。奥班比的痛，我似乎能感同身受。最终，我还是哭了出来。

“嘘。”奥班比突然说。

他把我拉到一个木头亭子旁边的角落里。一开始，我什么也没看见。渐渐地，我也分辨出他看到的情形了。疯子阿布鲁就站在我们家院门外的棕榈树下。这太突然了，一开始我简直不敢相信自己的眼睛。自从我们在奥米－阿拉河边遭遇他之后，我再没见过他。

但日子一天天过去，尽管并未出现，或者离得远远的，他那给人招来灾祸的身影还是逐渐填满了我的生活，我们的生活。我听说过有关他的故事，被告诫不许靠近他，也祈祷过让他受天谴，但我再也没有见过他。下意识里，我一直在等他，甚至盼望见到他。现在，他来了，就站在我们家院门外，全神贯注地盯着院子里面，但似乎并不想进去。奥班比和我躲在角落里，看他手舞足蹈，好似在同只有他才看得见的人对话。突然，他转身朝我们走来，一边走一边轻声自言自语。他经过我们身边的时候，大气都不敢出的我们听到他咕哝了一句。我想奥班比也听得很清楚，因为他抓住我的手，把我拽离了那疯子要经过的路线。我喘着粗气看着他走远，湮没在黑暗里。邻居的卡车开过来，头灯在地上投下他的影子，但卡车立刻就过去了，影子消失了。

“你听见他说什么了吗？”一看不见他，奥班比就问道。

我摇摇头。

“你没听见？”他呼吸声很重。

我刚要回答，一个男人蹒跚而过，肩膀上骑着一个小孩。那小孩在唱儿歌：

> 雨儿，雨儿，走开
> 改天再来
> 小孩要去玩……

等他们走远了，奥班比又问了我一遍。

我摇头表示我没听见，但其实我撒了谎。虽然听得不是很清晰，但我在他经过的时候的确听到他在反复念叨一个词。他打破我们宁静生活的那天开口说的也是这个词："伊可纳。"

一股可疑的喜悦席卷了尼日利亚，从夜里一直持续到第二天早上，就像蝗虫在夜间肆虐，日出时销声匿迹，只留下一地断翅那样。奥班比、波贾和我狂欢到深夜，因为波贾回来后给我们口头回放了一遍比赛。我们都知道了杰伊－杰伊·奥科查怎样像超人营救被绑架的受害者那样运球避开了对手，伊曼纽尔·阿蒙奈克又怎样像金刚战士一样飞脚射门。到了半夜，母亲不得不出手叫停，命令我们上床睡觉。我好不容易才睡着，做了好多好多梦，直到早上被奥班比叫醒。他一边使劲拍我，一边尖叫："醒醒！快醒醒，本——他们在打架！"

"谁？什么？"我稀里糊涂地问。

"他们在打架。"他嚷嚷道，"伊肯纳和波贾。是真打。快来。"阳光从窗口泻进来，急得团团转的他就像一只迷失了方向的飞蛾。他转头看见我还在床上，大叫起来："听着，听好了——他们打得很厉害。快来！"

比奥班比叫醒我早得多的时候，波贾就醒了，嘴里骂骂咧咧。

我们隔壁阿巴提家那辆破卡车发动起来了，不时传来轰隆声，撕破了梦境和无意识世界之间的薄膜。虽然是卡车把波贾吵醒的，但他本来就想早点儿起床，好和教会的其他男孩一起练鼓。母亲已经带着戴维和恩肯去市场了。他洗了澡，吃了他那份面包和黄油，这是母亲走之前为我们准备的，接下来就只能干等着，因为他得换上干净的衬衫和裤子——虽然他不再跟伊肯纳同睡一个房间，他的东西仍然放在那个房间的衣橱里。母亲，我们的驯鹰人，屡次恳求他搬到我和奥班比的房间。她说："让恶魔独占他的巢穴吧。"但波贾不答应。他抗议说卧室是他和伊肯纳共有的，他绝不搬走。由于伊肯纳和他互不理睬，波贾常常要等到伊肯纳醒来打开房门才能进去拿东西，否则他就得出声叫伊肯纳开门。不承想，伊肯纳深更半夜还在街头参加席卷整个尼日利亚的庆祝活动，回来后一直睡到大中午。很久以后，奥班比告诉我，伊肯纳回到家时醉醺醺的。他说，因为母亲在半夜时锁上了屋门和院门，奥班比打开百叶窗把伊肯纳放进来，闻到了他身上浓浓的酒精味。

波贾等得坐立不安，怒火上涌。到了快十一点的时候，他失去了耐心，开始敲门，起初还算温和，后来越敲越大声。奥班比说，备受挫折的波贾像站在陌生人家门口那样用耳朵贴着门，然后像被闪电击中一样猛地转身对他说："我听不到里面有动静。你确定伊肯纳还活着吗？"

奥班比说，波贾问得很真诚，生怕伊肯纳遭遇不测的样子。接着，波贾又贴耳过去，然后再敲门，这次敲得更响了，还高声叫伊肯纳的名字，要他开门。

门那边还是没有反应。波贾火了，开始用身体撞门。后来他不撞了，往后退了一步，眼神里既有如释重负，又有之前没有的恐惧。

“他在里面。”他从门边走开，向奥班比嘟哝道，“我刚才听见里面有动静——他还有气儿。”

“哪个疯子吵得我不得安宁？”伊肯纳在房间里厉声问道。

波贾一开始不作声，过了一会儿才叫道：“伊肯纳，你才是疯子。我没疯。你最好现在就把门打开；这房间也有我一半。”

屋里响起一阵迅捷的脚步声，伊肯纳眨眼就出了房间。他的速度实在太快，波贾甚至没看见他出拳就倒在了地上。

“你说的我都听见了，”伊肯纳对挣扎着起身的波贾说，“我都听见了——你说我死了，没气了。你，波贾，枉我为你做了这么多，希望我死掉，对吗？还有，你还叫我疯子。我是疯子？今天我要让你看看清楚——”

他话音还没落，波贾闪电般击中了他的双腿。他撞到了房门，倒在房间里面，脸因为吃痛而扭曲，嘴里咒骂着。波贾跳了起来。

“我也早就等着这一天了。”波贾站在主屋的门槛上说，“如果你想打架，就到后院空地上来。这样就不会弄坏家里的东西，妈妈也不会知道我们打过架。”

话音刚落，他就奔去了有水井和花园的后院。伊肯纳紧随其后。

等我和奥班比赶到后院，我第一眼看见的是波贾试图躲开伊肯纳的拳头，但没能躲开，拳头落在他胸口，他踉跄着倒退了几步。不等他站稳，伊肯纳伸脚一绊，把他绊倒在地。紧接着，伊肯纳扑了上去。他们俩像赤手空拳的角斗士一样相互撕扯。难以名状的恐惧攫住了我的心。奥班比和我呆立在门口，迈不动步子，只能恳求他们别打了。

但没人听我们的，他们出拳狠厉，出脚像野兽一样快，扭成了一团。我们很快就顾不上恳求了。要是有谁挨了拳头，奥班比会尖叫。要是有谁吃痛怒吼，奥班比会倒吸一口凉气。我看不下去了。有时候，他们中哪一个快要击中对方的时候，我会闭上眼睛，等这一下过去了再睁开，心怦怦乱跳。波贾的右眼上方裂了个口子，鲜血直流。奥班比再次出声恳求，却遭到了伊肯纳的斥责。

“闭嘴，”他咆哮道，往地上吐了口唾沫，“要是你不马上闭嘴，我会连你们两个一起揍。白痴。他用那种态度跟我讲话，你们难道没看见吗？这事不怪我。是他挑衅的——”

波贾在他背上猛捶了一拳，接着箍住了他的腰，伊肯纳的话被打断了。两人一起倒地，扬起一团尘土。他们厮打的激烈程度在他们那个年纪的兄弟之间很少见。当年有个在伊索罗市场卖鸡的男孩因为我们母亲在圣诞节时不肯买他的鸡而叫她“妓女”，被伊肯纳揍过。而这次，伊肯纳出拳的力度犹有过之。那一次，我们都站在他旁边为他加油，连憎恶任何形式的暴力的母亲也说——在那个男孩爬起来，拎着拉菲亚树叶编的鸡笼逃跑之后——那男孩活该。这次，伊肯纳下手比以前任何时候都狠，都重。波贾也一样，左刺右踢，胆子比跟某个星期六在奥米－阿拉河边阻拦我们钓鱼的那些男孩打架时还要大。这场架前所未有。好像有某种力量在操纵他们的双手，这种力量占据了他们每一块血肉，甚至每一滴血浆。也许正是这种力量而非他们自身的意识让他们对彼此痛下狠手。看着他们，我生出一种预感：这一架之后，一切都会不同。我害怕他们每一拳每一脚都带着无所顾忌、无法遏制和逆转的破坏力。这些感受抓住了我，我的脑子里像是刮起了旋风，各种疯狂的念头飞速旋转，其中压倒一切的是个奇特而陌生的想法：死亡。

伊肯纳打断了波贾的鼻梁骨。鲜血喷涌而出，从他下巴上流到了地上。波贾痛苦地瘫在地上，啜泣着用撕烂的衬衫擦鼻子。奥班比和我的目光一落到他血迹斑斑的鼻子上就惊叫起来。我知道，这一架还远远没打完。波贾一定会报复，因为他从来都不是懦夫。他朝花园方向爬去，试图站起来。我有了个主意。我转向奥班比，告诉他我们应该去找个大人来拉开他们。

“对。”他同意。眼泪顺着他的腮帮往下流。

我们立即奔到邻居家，只看见铁将军把门。我们忘了，这家人两天前就出城了，要到那天晚上才回来。我们匆忙离开时，正好看见我们教会的柯林斯牧师开着厢式车经过。我们拼命朝他挥手，但他没注意到，也没有放慢车速，他的脑袋随车载音响播放的音乐的节奏晃动着。我们沿着露天下水道走，想找到别的大人。下水道里躺着一条死蛇，体量接近蟒蛇，是被石头砸死的。

最后，我们总算找到了一个大人，是汽车修理工博德先生，他住在离我们家三个街区的一排既没上涂料也没刷清漆的平房里。那房子还没有完工，旁边堆着木头和沙子。博德先生颇有军人之风：身材高大，肱二头肌发达，脸像绿柄桑坑坑洼洼的树皮一样粗硬。我们找到他的时候，他正好从汽修铺回来上厕所。这个厕所是他和这排平房另外五个房间的房客共用的。他哼着小曲在靠墙的一个立式水龙头下面洗手，外裤没系好，平角裤倒是拉到了腰部。

“下午好，先生。”奥班比跟他打招呼。

“孩子们，”他应了一声，抬头看我们，“你们好吗？”

“很好，先生。”我们齐声说。

“有事吗，孩子们？”他一边问一边在被污垢和机油染黑的裤子上擦手。

“是的，先生，”奥班比回答，“我们的两个哥哥在打架，我们，我们——”

“他们流血了，好多血。”既然奥班比说不下去，那就我来，

“请跟我们过去，帮帮我们吧。”

他端详着我们涕泪纵横的脸，五官像中风般皱成一团。“怎么回事？”他说着甩了甩手上的水珠，“他们为什么打架？”

“我们不知道，先生。”奥班比不愿多说，“请跟我们过去，帮帮我们吧。”

“行，走吧。”博德先生说。

他快步往房子的方向走了几步，似乎要去拿点儿什么东西，但中途停下，做了个向前的手势：“走吧。”奥班比和我跑了一段，把博德先生落在了后面，我们只好停下来等他。

“我们得快点儿啊，先生。”我乞求道。

博德先生于是光脚跑了起来。快到家的时候，有两个女人靠人行道边缘站着，挡住了我们的路。她们穿着廉价的满是污垢的长袍，每人头上都顶着一袋玉米。奥班比从其中一个身边挤过去，两个小玉米棒子从袋子的破洞里漏了出来。我们不管不顾地往前冲，那女人冲我们的背影咒骂。

跑到我们家院子那儿，最先映入眼帘的是邻居家怀孕的山羊，肚子鼓鼓的，乳房下垂。它蜷伏在我们家院门边，咩咩地叫着，舌头从嘴巴里耷拉下来，就像被扯下来的胶带。它笨拙黑臭的躯体表面沾满了自己的黑屎豆，有的压成了浓稠的糊糊，还有的两颗、三颗或更多颗黏结在一起。从院子那边传来的只有山羊粗浊的呼吸声。我们奔到后院，只看到从衣服上撕下来的布条、沾着血迹的泥土和满地的脚印。他们不可能在没人调解的情况下自己就不打了。他们去哪儿了？有谁来过？

“你们说他们在哪儿打架来着？”博德先生困惑地问。

“就在这儿。”奥班比指着泥地回答，泪花在眼眶里打转。

“你确定吗？”

“是的，先生，”奥班比说，“这儿，我们走开的时候他们就在这儿。这儿。”博德先生看着我。我说：“这儿，他们就在这儿打架。您看有血。”我指着一块沾有血迹的泥，紧接着又找到一个形似半闭的眼睛的湿漉漉的、圆圆黑黑的斑点。

博德先生迷惑地端详了半晌后说：“那么，他们去哪儿了呢？”他再次环顾四周。我借机擦了擦眼睛，朝地上擤了鼻涕。一只低飞的鸟儿，是只鸽子，停在我右手边的篱笆上，急急地扑扇着翅膀。接着，它像是受了惊吓似的飞起来，滑过水井，朝另一边的篱笆飞去。我抬头想看看伊巴夫的外祖父是不是还坐在那儿。哥哥们打架时他在。可这会儿他也不见了。他不久前坐过的椅子上放着一个塑料杯。

“好吧，我们到屋子里去看看。”我听到博德先生说，“这样才好，咱们走。说不定他们不打了，回屋了。”

奥班比点点头，在前面带路。我留在后院。山羊咩咩叫着朝我走过来。我动了动，想阻止它，但它只是站住了，抬起长角的脑袋，咩咩地叫了起来。这头不会说话的动物在目击了可怕的一幕之后，集中全身的力量，想要给出一番能被理解的报道。

然而，不管多努力，它发出来的只是一阵震耳欲聋的“咩”。现在回想起来，那一定是山羊语里的恳求。

我没理睬那只山羊，往花园走去。奥班比和博德先生进了屋，嘴里喊着两个哥哥的名字。在八月轻柔的雨水的浇灌下，花园里的玉米苗长势喜人。我走得小心翼翼，尽量不踩到它们。快走出玉米地，来到堆着旧石棉瓦的墙角的时候，我听到厨房那边传来一声惊呼。我马上飞奔过去，发现厨房里乱作一团。

橱柜上层的门大开着，里面放着一个空的好立克[①]罐、一罐黄奶油冻和几个摞在一起的空咖啡罐。母亲在厨房里坐的塑料椅倒在门边，扶手断了，黑乎乎的椅脚朝天戳着。堆满脏盘子的水池旁边的案板上积了一摊微红的棕榈油，正沿着案板边缘滴落到地板上。装油用的蓝玻璃瓶侧躺在地上，里面有黑乎乎的渣滓和少量油。一把叉子像死鱼一样静静地躺在那摊红色的油里。

厨房里不止奥班比一个人。博德先生站在他旁边，咬着牙，双手抱头。然而，厨房里还有第三个人，只是他比我们在奥米－阿拉河里抓来的鱼和蝌蚪还缺乏生气。这个人脸朝冰箱躺在地上，眼睛睁得很大，定定地看着某个地方。很显然，这双眼睛什么也看不见了。他的舌头耷拉在嘴唇外面，嘴里渗出的白沫已经在地板上积成了一摊。他的双臂像被钉在一个隐形十字架上，张得很开。他的肚子上插着母亲的菜刀，只露出了木柄，锋利的刀刃完全埋进了肉里。

① 一种以麦芽为原料的热饮。

地板上满是他的血：一股有活力的、流动的鲜血正缓缓从冰箱下面流过，同棕榈油汇合，颜色变成诡异的淡红，跟泥土路上的小坑里的泥浆的颜色差不多。令人不寒而栗的是，这一情形就像尼日尔河跟贝努埃河在洛科贾汇合，催生了一个四分五裂、乱七八糟的国家。这摊怪异的混合物弄得奥班比像被唠叨鬼附身似的，抖着嘴唇一遍又一遍地重复："红河，红河，红河……"

他还能做什么呢？老鹰已经借着一股常人无法触及的热气流飞上高空，地上的人只能尖叫，哀号。我跟奥班比一样，被眼前这一幕吓呆了。我喊着那个名字，但我的声音被阿布鲁的声音取代了。那个名字被污染了，砍伤了，抽空了，死去了，消逝了：伊可纳。

麻雀

伊肯纳是只麻雀。

这个长翅膀的小东西能在眨眼间飞得无影无踪。奥班比和我领着博德先生来到我们家的时候，他的生命已经流走了。我们在血泊里发现的只是他血淋淋的、受伤的躯壳。我们发现他之后不久，他就被送上了综合医院的救护车。四天之后，他躺在一具木棺材里被一辆轻卡送回了我们的院子。那时候，奥班比和我还没见到他，只有耳朵捕捉到别人口中“棺材里他的尸身”。我们像咽下苦口良药一般咽下了许多人安慰我们的话：“别哭了，会好起来的。”他们没有提到伊肯纳已经在一夜之间变成了旅人。这个不同寻常的旅人不需要肉身就可以行走，他的躯壳毫无知觉地躺着，就像剥完花生后重新合在一起的两片花生壳。我知道他已经死了，但当时我就是觉得这不可能。他被送上了屋外的救护车，我很难想象他再也不会站起来走进屋子。

父亲也知道了，因为他在伊肯纳死后两天回来了。那天下着小雨，空气潮湿，有点儿冷。我在客厅过的夜，当时我正在用手擦窗上的雾气，从擦出来的弧形里看到他的车驶进了院子。这是他在称我们为他的渔人之后第一次回家。他把所有东西都运回来了，显然不打算再离开。母亲跟他说了伊肯纳行为举止的变化之后，他几次想请假，缺席几天在加纳举办的长达三个月的培训课程，回阿库雷一趟，但都没被批准。伊肯纳死后几小时，母亲给他打了求救电话，她只说了一句：“埃姆，伊肯纳死了！”然后就瘫倒在地上。父亲草草写了辞职信，交给加纳培训中心的一位同事。回到尼日利亚后，他乘坐夜间大巴到约拉，把所有个人物品都装上车，开回了阿库雷。

父亲返家四天后，伊肯纳下葬了。波贾的行踪仍旧是个谜。这场惨剧已经传遍了整个地区，我们家里挤满了前来告诉我们他们所见所闻的邻居，但谁都不知道波贾在哪儿。有个怀孕的女邻居住在马路对面。她说大约在伊肯纳被害的时间，一声大叫把她吵醒了。还有一个在读博士，我们都管他叫“教授”，平时神出鬼没，很少在家——他住在伊巴夫家隔壁的一间平房里。他说他当时正在学习，突然听到金属撞击的声音。最终，伊巴夫的母亲转述了她父亲，也就是伊巴夫的外祖父的话，我们才知道当时的细节。两个男孩中的一个（显然是波贾）挣扎着从地上爬起来，没有接着厮打，而是在盛怒之下忍痛跑进了厨房。另一个男孩跟在后面。看得惊惧不已的老人以为架已经打完了，就起身进屋去了。他也不知道波贾去了哪儿。

一大帮人奇迹般地在两天之内赶到了我们家。他们大多数是亲戚。有些我以前见过，其余的只在我们家相册里为数众多的发黄的银版相片上出现过。他们都来自我们老家阿马诺村。我对那个地方几乎一无所知。我们只回去过一次，是为了参加父亲的叔叔伊·凯尼奥利沙的葬礼。他年纪很大了，而且行动不便。我们在茂密的森林里一条似乎没有尽头的公路上开了很久，来到一块只有寥寥几棵树的地方——那儿的庄稼地里竖着许多稻草人。接着，父亲的标致车颠簸着驶上一条沙子路。路边的人认出了他，热情地跟我们打招呼。再后来，我们穿着黑衣服，和很多人一起走向举办葬礼的地方。队伍里没有人说话，只有哭泣声，好像我们一下子从会说话的生灵变成了只会痛哭的活物。我惊讶得无以言表。

这些人到达我们家时的装束跟我上次见到他们时一样：全身上下都是黑色。事实上，在伊肯纳的葬礼上，他自己是唯一穿得不一样的人。他身着白得耀眼的衬衫和裤子，看上去像是个天使，只不过在人间现身时遭遇偷袭，折断了骨头，再也回不了天堂。葬礼上，人人都身着黑衣，流露出不同程度的悲痛，只有奥班比和我例外：我们没哭。伊肯纳死后，日子一天天流逝，就好比疖子里的坏血越积越多。除了当初在厨房里看到他那毫无生气的躯体时哭过，我和奥班比之后再也没哭过。就连父亲也哭过好几回：一次是在往我们家墙上贴伊肯纳的讣告的时候，还有一次是在柯林斯牧师第一次上门来悼念的时候。我找不到不流一滴眼泪的合理解释，但我还是坚持不哭——奥班比的决心看来和我一样大——只是紧紧盯着伊肯纳的脸，因为我怕很快就没人记得他了。他的脸洗干净了，还抹了橄榄油，散发着不属于尘世的光辉。虽然他嘴唇上的裂口和眉毛上的伤疤清晰可见，但他的脸色平静得出奇，好像他这个人从没真实存在过，是我和其他哀悼者凭空想象出来的。就在他那样静静地躺着的时候，我第一次发现，奥班比说得没错——伊肯纳长胡子了。那些胡子似乎是一夜之间长出来的，他下巴下面像是画了一条细线。

棺材里，伊肯纳的尸身——脸朝上，鼻孔和耳朵里塞着棉花球，双手放在身侧，双腿并拢——呈长球体，卵状，鸟的形状。这是因为他本来就是一只麻雀，一个无法设计自己命运的脆弱的小东西。他的命运是设定的。伊博人相信，每个人都有自己的守护神。伊肯纳的守护神法力太弱，而且不负责任，有时候会抛弃守护对象去远行或替人跑腿。伊肯纳到十几岁的时候已经经历了他命里注定的所有凶险和不幸，因为他只是一只身处危险世界的小麻雀。

六岁时，他跟人一起踢足球，被一个男孩踢中了裆部，一个睾丸移位到了阴囊外面。他被紧急送往医院，医生们火速给他做了睾丸移植；与此同时，就在同一家医院的另一间手术室，母亲也在接受急救，因为她一听到伊肯纳受伤的消息就晕倒了。第二天早上，两个人都苏醒过来了。母亲如释重负，之前她以为他要死了，悲痛过度；伊肯纳的阴囊里装了个小球体，代替他移位的睾丸。接下来三年他都没有踢过球。再次开始踢球后，看见球朝他飞过来，他常常不由自主地用手护住裆部。此事过后两年，也就是他八岁的时候，他坐在学校的一棵树下，被蝎子蜇了。他再次被救回来；但右腿永久受损，比左腿细了一号。

葬礼在圣安德鲁公墓举行。公墓四周有围墙，里面遍布墓碑，还有几棵树。公墓里贴满了葬礼告示。有的讣告打印在 A4 纸上，贴在送我们教会会众和其他来宾去参加葬礼的巴士上，还有的贴在父亲汽车的风挡玻璃和后窗玻璃上。有一张贴在我家外墙上，就在一九九一年人口普查时工作人员用炭笔写在一个圈里的邮政编码旁边。另一张贴在我们家院门外的电线杆上，还有一张贴在教会的布告栏里。讣告还贴到了我的学校——伊肯纳以前也在那儿上学——和后来伊肯纳跟波贾一起就读的阿库雷阿奎那学院门口。父亲决定只在必要的地方张贴讣告："告知我们的家人和朋友就够了。"讣告最上端的"讣告"二字印得有点儿模糊。几乎所有讣告用纸都太白，衬得伊肯纳的照片格外暗淡，让他看起来像个十九世纪的人。照片下面写着：虽然你过早离开了我们，但我们深深地爱着你。希望到时在天国再见。再下面是这样几行字：

伊肯纳·A. 阿格伍（1981—1996）

走在他的父母

阿格伍先生与夫人，以及他的弟弟妹妹

波贾、奥班比、本杰明、戴维和恩肯·阿格伍前面

在葬礼上，临到往墓穴里填土的时候，柯林斯牧师要求家属围绕他站成一圈，其他人退后。“请稍稍往后退一点儿。”他的英语带着浓重的伊博语口音，“哦，谢谢，谢谢你。愿主祝福你。请再往后站站。愿主祝福你。”

我们家人和亲属环绕墓地站好。有的面孔自打我出生以来还是头次见到。大家差不多站定后，牧师要求我们闭上眼睛祈祷，这时母亲发出一声痛苦的呐喊，让我们再次被悲伤淹没。柯林斯牧师没有停顿，继续用颤抖的声音祈祷。您容许和接纳他的灵魂入您的国……我们知道您给予，也带走……您赐予我们承受痛苦的勇气……谢谢您主耶稣，因为我们知道您听见了我们的心声。虽然他的祈祷词在我看来没什么意义，但所有人都会在每一句祈祷词结束后高声说“阿门”。接着，大家轮流上前，每人铲一锹土送进墓穴，再把铁锹递给下一个人。等着的时候，我抬起头，看见天边堆满了羊毛状的深灰色云朵，我想就算白鹭飞过也会变灰。我正想得出神，

突然听到有人叫我的名字，垂眼一看，原来是奥班比泪眼汪汪，不知道在嘟囔些什么，递铁锹给我时手在发抖。铁锹又大又重，背后粘的土加重了它的分量。铁锹的柄摸着很凉。我奋力铲起一锹土，双脚顿时陷进了沙土里。把土送进墓穴之后，我把铁锹传给了父亲。他接过去，铲起好大一堆土，撒进墓穴里。他是一圈人里最后一个动手铲土的，铲完后放下铁锹，一只手扶着我的肩膀。

接着，牧师像接收到某人的信号般清了清嗓子，向前迈了一步，结果险些踩在墓穴边缘，好不容易才稳住没摔下去，带得沙土扑簌而下。有个男人伸手拉住了他，他再往后退了一点儿。

“现在，请容许我读一小段《圣经》。”牧师站稳后说道。他说起话来一顿一顿的，那些单词像是一只只热带草蜢从他嘴巴里飞出来，然后停住，再起飞，再停住。他的喉结上下滑动。“我们读《希伯来书》，使徒保罗写给希伯来人的信，第十一章第一节。”他抬起头，严厉的眼神扫过每一位哀悼者。然后，他略略弯了弯腰，诵读起来：“信就是所望之事的实底，是未见之事的确据……”

牧师读经时，我不知怎的很想观察奥班比，判断他此刻的感受。我看着他，那些有关我们失去的两个哥哥的记忆涌上心头。似乎过去突然炸开了，碎片在他眼睛里漂浮，就像气球里的五彩纸屑。一开始，我看到的是伊肯纳。他脸拉得很长，眼睛眯着，怒气冲冲，居高临下地看着跪在地上的奥班比和我。那是在我们去奥米－阿拉河的路上，靠近埃桑草丛的地方。他命令我们跪下，因为奥班比嘲笑白衣教，那是“对他人信仰的不敬”。接着，我看到伊肯纳和我坐在我们家院子里那棵橘子树的树杈上，扮演约翰上校和兰博[1]，等着袭击奥班比和波贾。他们俩分别扮演胡克·霍根和查克·诺里斯[2]，正埋伏在我们家门廊上。他们不时冒出头来，用玩具枪瞄准我们，嘴里发出射击声——突突突。要是他们跳起来或者尖叫，我们就用炸弹爆炸声回应——砰！

我看见伊肯纳身穿红背心，脚踩我们小学操场上画着的白线。那是一九九一年，我刚刚代表蓝队跑完了学前班的比赛，是倒数第二名——我好不容易才把白队的选手甩到后面。母亲揽着我，跟奥班比还有波贾一起站在一根长绳后面，那根绳子两头系在两根杆子上，把观众席和田径场区分隔开来。我们站在边线上为伊肯纳加油。波贾和奥班比时不时地鼓掌。远处有人吹响了哨子，伊肯纳同另外四个分别身穿绿、蓝、白、黄颜色衣服的学生并排单膝落地。兼任体育组组长的“百事通”劳伦斯先生喊道：“各就各位！”等所有选手都像袋鼠一样抬起一条腿，指尖向下，他再次叫道：“预备！”他喊出“跑”的时候，运动员们看上去都已经开始跑了，但还是肩并肩地排成一条线。接着，他们一个接一个地拉开了距离。他们衬衣的颜色一闪而过，立刻就被其他颜色所取代。后来，绿队选手绊倒了，带起一阵尘土。选手们都被尘土吞没了，但波贾很快就看到伊肯纳在终点线那儿举臂欢呼；接着我也看见了。他瞬间就被同样穿红背心的

① 约翰上校和兰博分别是美国动作电影《突击队员》和《兰博》里的第一主角。

② 胡克·霍根是美国职业摔跤手，查克·诺里斯是空手道世界冠军。

人围住了。他们都在大声叫喊："红队赢了！红队赢了！"母亲高兴地抱着我跳了起来，然后猛然僵住了。我马上就明白为什么了：波贾已经从隔离线下钻了过去，高叫着"艾克，冠军！艾克，冠军！"，朝终点线飞奔而去。紧随其后的是手拿长藤条、负责看守隔离线的老师。

等我的心神回到葬礼现场，牧师已经读到了第三十五节。他的声音变大了，带着魔咒的意味。他读的每一节都挂在思维的鱼钩上，像上钩的鱼儿一样跳动着。牧师合上卷角的《圣经》，夹在腋窝下，拿一块早已湿掉的手帕擦了擦眉毛。

"现在，我们一起祷告。"他说。

作为回应，在场所有人的祷告声汇成了一股洪流。我紧闭双眼，用最大的音量背诵："愿天父的慈爱，基督的圣宠，圣灵的恩赐，永远与我们同在。阿门。"

阿门声渐渐低下去，在巨大的墓园里一排排沉寂的石碑间回响。牧师向掘墓人做了个手势。葬礼期间，他们一直坐在别处说笑。在牧师示意下，这些古怪的男人立即聚拢过来，急急忙忙地往回填土，加快了抹去伊肯纳的进程。他们似乎并没有意识到，一旦他们用土盖住了他，就没有人会再见到他。随着土块落下，又一阵悲痛袭来，几乎所有在场的人都像撒播种子的豆荚一样裂开了。我没有哭，但我能强烈地感觉到那种失去的痛。那些掘墓人的冷漠令人困惑。他们挖土的动作加快了。其中一个人停下来，从已经部分遮住伊肯纳的土堆里拔出一个满身泥泞的压扁的水壶。我看着他们挥锹，同时在自己脑海中冰冷的土壤里挖掘。突然，我明白过来——事情总是在过去之后才看得明白——伊肯纳是只脆弱的小鸟：他是一只麻雀。

小事就能让他辗转反侧。渴望常常拂过他忧郁的心灵，他的悲伤无处存放。小时候，他常常坐在后院，双手抱膝，沉思冥想。同父亲一样，他极为挑剔。他会把小事钉到大大的十字架上，会因为对人说错了一个字而思来想去——他很怕别人的责难。他无法容忍讽刺或反语，这些东西让他心烦意乱。

像麻雀一样——我们相信麻雀是没有家的——伊肯纳的心灵没有家园，没有固定的忠诚对象。远的和近的，小的和大的，陌生的和熟悉的，他都爱。但唯有小事吸引着、耗费着他的悲悯。最让我记忆深刻的是他在一九九二年养过几天的一只小鸟。那是圣诞节前夜，别人都在屋里跳舞，唱圣诞歌，吃吃喝喝，他却一个人坐在屋外的走廊上。突然，一只小鸟掉在他面前的地上。伊肯纳弯下腰，在暗夜里一点点靠近它，最后将它柔软的小身体包裹在手中。这是一只被人捉住、拔掉好多羽毛后逃出来的麻雀，腿上还缠着一段线。伊肯纳的灵魂附到了麻雀身上。接下来的三天，他小心地守着它，用能找到的吃食喂养它。母亲让他把它放了，他不肯。三天后的早上，他捧着小鸟毫无生气的身体到后院挖了个洞；他的心碎了。他和波贾朝麻雀身上撒土，直到把它埋住。伊肯纳自己也是这么消失的。先是哀悼者，然后是葬礼承办人，他们朝他身上撒土，渐渐盖住了他被白布包裹的躯干、双腿、双臂、脸和一切，直到他在我们眼前消失。

真菌

波贾是一簇真菌。

他的身体里充斥着真菌。他的心脏供给身体的血液里满是真菌。他的舌头被真菌感染了。也许他体内多数器官都被真菌感染了。因为他的肾脏被真菌占据，他一路尿床到十二岁。母亲怕他是被人施了尿床咒。她带他去祈祷，在他每晚入睡前给他的床边上涂油——用祈祷加持过的小瓶橄榄油。但波贾照旧尿床，羞耻感也救不了他。他每天早上晒床垫——床垫上往往印着各种形状和尺寸的尿渍——都有可能被街坊的小孩看见，尤其是被伊巴夫和他的堂兄弟图比从他们家二层小楼居高临下看见。一九九三年那个早上，也就是我们见到 M.K.O. 那一天的早上，正是因为父亲嘲笑他尿床，他才在学校闹了起来。

真菌的宿主并不知道真菌的存在。同样，伊肯纳死后四天，波贾一直待在我们院子里，但谁也没看见他。就在整个区，甚至整个市的居民都在拼命搜寻他的同时，他悄无声息地躲在院子里，跟谁都不讲话。他没有留给尼日利亚警方任何他就在附近的线索。他甚至没花心思去约束那些像扑向蜜桶的蜂群一样涌进我们家的哀悼者。他不介意自己的照片被人用变浅的油墨打印在告示上，像爆发的流感一样在镇上随处可见——公共汽车站、停车场、汽车旅馆和车道上——也不介意自己的名字被镇上的居民挂在嘴边。

> 波贾诺尼米欧科普（波贾）·阿格伍，14 岁，1996 年 8 月 4 日从位于阿拉罗米街阿库雷高中路 21 号的家中走失。身穿褪色的蓝 T 恤，上面印有巴哈马海滩图案。最后一次被人看见时，他的 T 恤上有血迹，而且已经撕破。有知情者请联络最近的警察局，或拨打电话 04–8904872。

翁多州立无线电视公司和尼日利亚国家电视局所属频道对他进行了很多报道，他的照片在阿库雷居民家的电视机里循环播放，但他不抱怨。他不肯现身，连行踪也不让人知道，而是决定潜入我们晚间的梦境和母亲错乱的幻觉。于是，在奥班比的梦里，他坐在我们家客厅的大沙发上——就在伊肯纳葬礼的前夜——被电视机里憨豆先生的搞笑举动逗得直乐。母亲常说看见他坐在没开灯的客厅里，她一惊呼或者一开灯，他就会消失。然而，波贾不是普通的真菌，他代表了这个物种的许多表现形式。他是一种破坏性的真菌：一个力量型的人，用蛮力闯入这个世界，又用蛮力把自己逼出这个世界。一九八二年的一天，母亲在床上小睡，他突然在她的子宫里闹腾起来。突如其来的分娩让她痛得像被灌肠一样。他踢的第一脚就像一发子弹，瞬间击中了母亲。她痛得摔下床，好不容易才爬回床上，尖叫连连。当时我们的父母租住在别人家里。房东太太应声赶来，发现情况紧急，来不及送母亲去医院，于是关上门，拿一块布包住母亲的双腿，对着母亲的私处拼命地吹气扇风。母亲就在她和父亲的床上生下了波贾。多年以后，她还时常回忆起那一天，她流了好多血，血甚至透过床垫在地板上形成了一个擦不掉的大污点。

他不让我们安生。那些日子，父亲几乎没工夫坐下来。我们从葬礼上回来不到两小时，他就宣布要去警察局打听搜寻波贾的最新进展。当时我们都坐在客厅里。不知为什么，我追着他跑了出去，嘴里喊着："爸爸，爸爸！"

"什么事，本？"他转身问道，食指上钩着一串钥匙。我注意到他裤子拉链没拉上，在回答前先指了指。"什么事？"他看了一眼自己的拉链，又问了一遍。

"我想和你一起去。"

他拉好拉链，凝视着我，好像我是挡在他前行道路上的可疑物体。也许他注意到，自从他返家以来，我一滴眼泪都没流过。警察局位于一条旧铁路旁边。那条铁路在绕了个圈后朝左通向一条坑坑洼洼、满是泥泞的道路。警察局是个大院子，院子里的布遮阳篷下停着几辆警车，车身是黑色的——尼日利亚警方的颜色。遮阳篷的立柱固定在插进水泥地面的铁管里。几个赤裸着上身的年轻男人在一个破旧的遮阳篷下大声争论，警官们只听不说。我们一路走向接待处。接待处巨大的木栅栏后面坐着一位警官——他一定是坐在高脚凳上。父亲问他能否见到副局长。

“你能自报家门吗，先生？”那个警官脸上没有一丝笑容，边说话边打哈欠，“先生”一词被拉得很长，像挽歌的尾声。

“我是詹姆斯·阿格伍，尼日利亚中央银行员工。”父亲说。

父亲从胸袋里掏出一张红色身份证给他看。那个警官仔细审视了一番，脸先是拧成一团，然后和颜悦色起来。递回身份证的时候，他脸上已经挂起了大大的笑容，还用一只手揉太阳穴。

“老板，有好处吗？”那人说，“你懂的，老板。”

那人索要贿赂的暗示让父亲觉得很烦。他深恨肆虐于尼日利亚的各种形式的腐败，经常抱怨。

“我没工夫和你扯。”父亲说，“我孩子失踪了。”

“啊！”那个警官像是意识到了什么可怕的事实，叫了起来，“原来你就是那两个男孩的父亲！”他脱口而出。接着，他突然意识到自己说了什么："抱歉，先生。请稍候，先生。"

那个警官吆喝了一声。另一个警官出现在过道里，走起路来把地板跺得砰砰响，姿态笨拙。跺了一会儿之后，他停下来，把一只手举到黑瘦的脸旁边，指尖正好落在耳朵上方，然后将手放回大腿外侧。

"带他去奥加副局长的办公室。"接待我们的警官用英语下了命令。

"是，长官！"小警官大声回答，又在地板上跺了两下脚。

这个警官让我觉得很面熟。他走到我们面前，一脸严肃。

"对不起，先生，在您进去之前，我们得搜一下身，很快。"

他把父亲浑身上下拍了一遍，裤袋也掏了掏。他还瞪着我看了一会儿，似乎他的眼睛就是扫描仪。接着，他问我口袋里有没有东西。我摇摇头。他信了，转过脸，再次把手举到耳朵上方敬礼，同时向另一个警官大声报告："一切正常，长官！"

后者草草点了个头，示意我们跟他走，把我们带进了大厅。

副局长身材瘦削，个子很高，五官突出。前额宽广得像在脸上盖了一块石板，眼窝深陷，眉毛像肿了似的鼓起来。我们一进去，他马上就站了起来。

"阿格伍先生，对吗？"他说着握了下父亲的手。

"是我，这是我儿子本杰明。"父亲低声说。

"好的，欢迎。请坐。"

父亲在他办公桌前面唯一的椅子上坐下，示意我坐在靠门的墙边的另一张椅子上。这是一间老式的办公室，里面有三个橱柜，全都塞满了书和文件夹；因为停电，褐色的窗帘没拉拢，一束明亮的日光流泻进来。空气里有薰衣草的味道，这味道让我想起父亲在尼日利亚中央银行阿库雷分行上班时的办公室。

一等我们坐下，那人就把胳膊肘放在桌上，十指交叉，说道："嗯，阿格伍先生，很遗憾，我们还没有收到任何有关你儿子确切去向的消息。"他调整了一下坐姿，双手松开，然后迅速往下说，"但我们已经取得了进展。我们询问了住在你家附近的某人，她说那天下午曾看见你儿子在某个地方过马路；她描述的那个男孩的形貌同你描述的一致——她看见那个男孩的衣服上有血迹。"

"她说他去了哪个方向？"父亲激动地问道。

"我们现在还不清楚，但我们在彻底调查。我手下的警员们——"副局长停下来，用手遮着嘴咳嗽了一声，轻轻打了个颤。

父亲咕哝了一句"真为你难过"，那人表示感谢。

"我是说，我们的警员们正在搜查。"他朝手帕里吐了一口痰，继续说道，"但你知道，如果我们不提供赏金，搜查将无济于事。我的意思是，我们要想办法吸引镇上的居民参与。"他翻开面前的硬皮本子，一边讲话一边像是在仔细阅读，"有了钱，我相信会有人提供线索的。我是说，我们现在的做法就像借着暗淡的月光扫大街。"

"我明白您的意思，副局长。"父亲过了一会儿才出声，"但这件事我想相信自己的直觉。在您的初步搜查结束后，我会按自己的计划进行。”

副局长迅速点了点头。

“我有种感觉，他没事，只是躲在某个地方。”父亲又说，“也许他只是因为无法面对自己做过的事才躲了起来。”

“对，有可能。”副局长稍稍提高了音量。他似乎坐得很不舒服：他扳动椅子下方的把手做了调整，把双手放在桌上，一边说话一边机械地收拾散落在桌上的纸张。“你知道，一个孩子做了这么可怕的事情……我是说，杀了自己的亲哥哥，会害怕的，成年人也会。他可能怕我们警察，甚至怕父母，怕未来，怕一切。他可能已经不在镇上了。”

“对。”父亲摇摇头，语气悲哀。

“我想起来了。”副局长打了个响指，“你们有没有问过附近的亲戚——”

“问了，但我觉得希望不大。我的儿子们很少走亲戚，只在很小的时候去过，而且都是跟着我或者他们母亲去的。再说，我们的亲戚大都来了这儿。他们都没见过他。亲戚们过来是为了参加他哥哥的葬礼。葬礼几个小时前才结束。”

我盯着副局长看，心想，他和他背后画框里那个戴黑框眼镜的军人——尼日利亚的独裁者萨尼·阿巴查将军——太像了，结果被他发现了。

“我懂你的意思。我们会尽最大的努力，但我们希望他能自行返回——在想通了之后。”

“我们也希望如此。”父亲闷声闷气地重复了好几遍，“谢谢您，先生。”

那人又问了父亲几句，但我没注意，因为我的大脑再次一片空白。在那片空白里，肚子上扎着刀的伊肯纳的形象浮现出来。父亲和那人都站了起来，握了握手。我们离开了办公室。

波贾还是一种自曝行迹的真菌。他失踪的这四天，谁都不知道他遭遇了什么，在哪儿，这让我们备受煎熬。四天后，他主动现身了，因为母亲悲痛欲绝，他看不下去了。也许他还知道父亲也快垮了，而且几乎没法在家里待，因为母亲一看见他就要骂他，责怪他。伊肯纳死后，父亲开车回家的那个早上，她跑过去，打开车门，把他从车上拽到瓢泼大雨里，尖叫着揪住他的衣领。“我有没有告诉过你？”她哭着说，“我有没有告诉过你，我管不住他们了？有没有？埃姆，你难道不知道，墙上不开裂，没有蜥蜴会爬进来？埃姆，你知不知道？”她抓住他，怎么都不松手，哪怕被吵醒的阿巴提夫人跑进我们院子恳求她让父亲进屋也不行。“不，我不，”母亲抗拒着，哭得更厉害了，“看看我们，你看呀。我们张开了嘴，埃姆，我们张大了嘴，结果我们吞下了一堆什么东西。”

我不会忘记，母亲被人从父亲身上扒下来之前，没法呼吸、浑身湿透的父亲镇定得超过我的想象。过去四天里，母亲多次试图攻击他，一再被前来安慰我们的人拉住。也许还有一个原因，那就是波贾发现母亲没心思给恩肯喂奶，恩肯只好黏着父亲，哭个不停。奥班比多数时候都在照顾戴维。戴维也一样，动不动就哭，有一次因为缠着母亲不放还挨了打。也许，这一切波贾都看在眼里，他同情恩肯，也同情我们其他人。也许，他只是藏不住了，只能现身。到底什么原因，是没法弄清楚了。

父亲和我从警察局回来后不久，他就现身了。翁多州立无线电视公司的商业新闻“寻人启事”里刚刚播出了他的照片。照片里的他蹲着，手伸向摄影师，好似下一刻就会把后者打倒。“寻人启事”之前播出的新闻是，尼日利亚奥运会梦之队携男子足球金牌回归拉各斯，被欢迎的人群团团围住。当时我们——奥班比、父亲、戴维和我——正在吃甘薯蘸棕榈油酱料。母亲依旧穿着一身黑衣，躺在客厅另一边的地毯上。恩肯被药剂师博斯妈妈抱在手里。一位前来参加葬礼尚未离去但当晚就要坐夜间大巴回阿巴的婶婶坐在博斯妈妈和母亲旁边。母亲正同她们两位谈论心境怎么才能安宁，别人对我们家的不幸有什么反应。我全神贯注地盯着电视。电视里，梦之队的奥斯汀·杰伊－杰伊·奥科查正在阿索岩[1]同阿巴查将军握手。

---

① 尼日利亚首都阿布贾郊外的一块巨岩。尼日利亚国会、总统府、最高法院都建在附近。

突然，邻居阿巴提夫人尖叫着跑了进来。她是来我家院子里打水的。我们的井有三米多深，据说是我们这个地区最深的井之一。邻居们，特别是阿巴提一家，在自家水井干涸或水量不足的时候常来我们家打水。

阿巴提夫人扑倒在防风门的门槛上，连声高叫："呜哦！呜哦！"

"博蓝乐，怎么了？"父亲问。这女人的叫声让他跳了起来。

"他在……井里，呜呜，呜哦……"阿巴提夫人一边哭泣一边悲痛地在地上蠕动，好不容易才说出一句话来。

"谁？"父亲大声问，"什么，谁在井里？"

"就在那儿，在那儿，在井里！"那女人重复道。波贾不喜欢她，常常叫她"荡妇"，他说他看见过她进"美好房间"汽车旅馆。

"我说了，谁？"他的话刚出口，人已经朝门外跑去。我跟着跑，奥班比在我后面。

水井的金属盖有点儿旧了，水深两米多。我们邻居的塑料桶滚落在井沿附近。波贾的尸体浮在水面上。衣服在他背后鼓得像个打足了气的气球。透过水面可以看见他睁着一只眼睛。另一只肿胀的眼睛闭着。他的头半露出水面，抵着井壁褪色的砖头。浅黑色的双手浮在水面上，好像在跟一个只有他能看见的人拥抱。

说起来，这口他借以藏身的井同他的人生颇有渊源。两年前，一只母鹰——大概是瞎了或残了——坠入没盖盖子的水井淹死了。同波贾一样，过了好多天才被人发现。起初，它静静地沉在水下，就像混入血液里的有毒物质。时候到了，有毒物质开始扩散。那时，它的尸身已经开始腐烂。这事发生在一九九一年左右，当时波贾刚刚在德国福音传教士布永康牧师[①]组织的“伟大福音十字军”聚会上皈依耶稣基督。鸟尸被从井里捞出来以后，波贾受传教影响，认为如果自己为井水祈祷，喝井水就不会有什么问题，于是宣布他会这么做。他对《圣经》中的一段话深信不疑：“我已经给你们权柄可以践踏蛇和蝎子，又胜过仇敌一切的能力，断没有什么能害你们。”[②]父亲去找水务部的官员来净化井水。我们都等着，只有波贾喝了一杯井水。伊肯纳怕他会死，就向父母告了密。父母惊慌失措。父亲发誓一定会拿鞭子好好地抽波贾一顿，不过首先得送他去医院。检查下来，他一切正常，大家都松了一口气。那一次，波贾征服了水井。数年后，水井征服了他。它夺走了他的生命。

他的尸身被捞出来之后，体形发生了不可思议的变化。人群从我们那个地区的每个角落涌来，奥班比则呆立不动，惊恐地用眼睛瞪着我。那时候，在西非的小社区里，我们家这样的悲剧传播得跟哈麦丹风导致的森林大火一样快。阿巴提夫人的叫声刚落，熟人也好，陌生人也好，就涌进了我们院子，直到再也进不来人。跟伊肯纳离世那次不同，奥班比和我都没有试图拦下波贾的尸身。那一次，奥班比好不容易才停止念叨“红河，红河，红河”，紧接着就抱住

---

① 布永康（Reinhard Bonnke，1940— ），德国著名基督教牧师，有“火焰布道家”之称，以举办大型非洲布道会闻名。

② 见《新约·路加福音》第十章第十九节。

伊肯纳的头，发疯似的对着他的嘴送气，嘴里恳求着“艾克，醒过来，请你醒过来”，直到博德先生把他从伊肯纳身边拉开。这一次，父母都在场，我们就站在阳台上看。

人太多了，我们几乎看不见下面的事态进展，因为阿库雷和非洲多数小镇的居民都是鸽子：它们是被动的生物，要么在市场上懒洋洋地啄食，要么在操场上蹒跚而行，仿佛在等待谣言或新闻。哪里有人丢下一把谷子，哪里就会聚集起一群鸽子。人人都认识你，你也认识每个人。每个人都是你的兄弟，你也是每个人的兄弟。很难找到一个没人认识你母亲或兄弟的地方。我们的邻居也是鸽子。阿巴提先生来的时候，身上只穿着一件白汗衫和一条褐色短裤。伊巴夫的父母穿着同色的传统服饰，应该是刚刚参加过什么活动，没换衣服就来了。来人里还包括博德先生。就是他下井把波贾送上来的。

从围观人群的议论中，我得知有人往井里放了一架梯子，博德先生爬下去，一开始打算单手把波贾拉出水面，但波贾的尸身太沉重，他没成功。于是，博德先生一只手撑着井壁，又试了一次。这下，波贾的衬衫从胳膊下面裂开了，梯子往下沉了沉。站在井边的三个男人赶快拉紧博德先生，以防他滑落到井里。一个人拉着博德先生，另两个人抱着前面人的腿和腰。博德先生又试了一次，沿着梯子再往下走了两级。这一次他把波贾从沉睡了几天的水墓里拉了出来。围观的人群同《圣经》里围观拉撒路从墓中复活的人群一样，高声喝彩。

然而，他的形象可不像什么死后复生，而是让人难忘的、骇人的、肿胀的死物。父亲不想让这样的形象镌刻在我们的脑海里，于是强令奥班比和我进屋。

“你们俩——坐这儿。”他喘着粗气说，脸色同往常迥异。不知不觉，皱纹已经爬上了他的脸庞，红血丝充斥着他的眼眶。我们坐好后，他跪下来，把手放在我们两个的大腿上。他说：“从现在开始，你们俩将成长为坚强的男人。你们将直视世界，命令它为你们让路……凭着……跟你们两个哥哥一样的勇气。明白吗？”

我们点点头。

“很好。”他说，心不在焉地一再点头。

他低下头，把脸埋在双掌间。我能听见他一边机械地咕哝一边磨牙，咕哝的内容我们只听清了“耶稣基督。”他低头时，我看见他头顶秃掉的地方形状跟爷爷的不一样，只是在一圈头发里藏着一块扇形的光头皮。

“奥班比，还记得你几年前说过的话吗？”父亲抬起头来问。

奥班比摇摇头。

“你忘了。”他脸上闪过一丝伤感的笑容，“M.K.O. 暴动的时候，你哥哥艾克开车带你们来我办公室那天，你说了什么？就在餐桌旁说的。”他指着那张堆满了残羹剩饭的餐桌。苍蝇在饭菜上爬。杯子里是没喝完的水。热水罐自顾自冒着热气，并不知道喝水的人不在。“你问，要是他们死了，你该怎么办。”

这次，奥班比点了点头。他跟我一样，想起了一九九三年六月十二日发生的事。那天晚上，父亲开着自己的车把我们带回家。我们一边吃晚饭一边轮流讲暴动见闻。母亲说，她和朋友们跑进了附近的军营，亲 M.K.O. 的暴动者夷平了市场，杀掉了所有他们认定的北方人。等大家都讲完了，奥班比说：“要是伊肯纳和波贾老了、死了，本和我该怎么办？”

除了两个小的、奥班比和我，其余人都哈哈大笑。虽然我之前从没考虑过这种可能性，但我觉得这个问题值得探讨。

“奥班比，那时候你也老了；他们不比你大多少。”父亲忍着笑意回答。

“好吧。”奥班比犹豫了，不过只犹豫了一小会儿。他的视线没有离开他们，疑问在他脑海里奔腾欲出。“可是，要是他们死了怎么办？”

“你能不能闭嘴？”母亲朝他嚷嚷，“老天呀！你怎么会有这种念头？你的哥哥们不会死，听到了吗？”她拉住自己的一个耳垂。奥班比被恐惧攫住了，肯定地点点头。

“好了，吃饭！”母亲怒喝。

奥班比沮丧地垂下头，默默地对付晚饭。

“事已至此，”父亲在我们点头后继续说道，“奥班比，轮到你开车把自己、你的弟弟们——坐在这里的本，还有戴维——送到安全的地方了。他们会把你当成大哥。”

奥班比点点头。

“我不是说你应该开车，他们应该坐你的车。不是这个意思。”父亲摇摇头，“我的意思是，你得带领他们。”

奥班比又点了点头。

“带领他们。”父亲含糊地说道。

“好的，爸爸。”奥班比回答。

父亲站起来，用手抹了一把鼻子。鼻涕顺着他的手背流下来，颜色像凡士林。看着他，我想起了在《动物图册》里读到的话。那上面说，大多数老鹰只下两个蛋。先破壳而出的小鹰往往会杀死后孵出的小鹰，尤其是在食物短缺的时候。书里给这种现象起了个名字，叫“该隐与亚伯综合征。”我还读到，虽然小鹰的爸爸妈妈们威猛强壮，但它们听任兄弟相残。也许，这种残杀发生的时候，它们不在巢里，也许它们飞出去老远为全家捕食。等他们抓到了松鼠或者老鼠，急急忙忙御风而归的时候，发现小鹰已经死了——也许两只都死了：一只血淋淋地倒在巢里，暗红色的鲜血渗透了鹰巢；另一只漂在附近的水池里，体形肿胀了一倍。

“你们俩都待在这儿，”父亲的话打断了我的思绪，“等我叫你们再出来，好吗？”

“好的，爸爸。”我们齐声说。

他起身要走，但又迟疑地转过身来。我相信他本来想说一个完整的句子，也许是一句恳求：“我请求你们——”但他没有说完。他把我们留在屋里，自己出去了。我们都很吃惊。

父亲走后，我才想到，波贾还是一种自我毁灭型的真菌：它会占据某个有机体，然后慢慢地启动毁灭程序。他对伊肯纳就是这么做的。首先，他让伊肯纳情绪低落。接着，他在伊肯纳身上戳了一个致命的洞，让伊肯纳灵魂出窍，血液流出，在身下汇成血河。此后，他跟他的同类一样，掉转枪头，毁灭了自己。

波贾自杀的事，是奥班比最早告诉我的。他是从聚集在我们院子里的人那里获悉的，一直在等待时机告诉我。父亲一出门，他就转向我说：“你知道波贾做了什么吗？”

我被狠狠地刺痛了。

“你知道吗，我们喝过从他伤口里流出来的血？”奥班比又说。我摇摇头。

“听着，你什么也不知道。你难道连他头上有个大窟窿都不知道吗？我——看——到了！今天早上，我们还用井水泡过茶，而且每个人都喝了。”

我不明白，不明白为什么他能在井里待那么久。“如果他在里面，一直都在，在——”我说不下去了。

“接着说。”奥班比说。

“要是他一直都在那儿，在——”我结巴起来。

“然后呢？”他说。

“好吧，如果他在里面，今天早上我们打水的时候怎么没看见他？”

“因为淹死的东西不会马上浮上来。听着，还记得掉进卡约德家贮水桶里的蜥蜴吗？”

我点点头。

“还有，记不记得两年前掉进井里的鸟？”

我再次点头。

“跟这些一样；总是这样。”他疲惫地指了指窗户，又重复了一遍，“就像那样——总是那样。”

他从椅子上站起来，倒在床上，盖上母亲给我们的裹身衣。那件裹身衣上印满了老虎图案。我看到他的脑袋在裹身衣下面一动一动的，听到他发出压抑的抽泣声。我静静地坐着，一动不动，肚子越来越难受，就好像有只迷你野兔在里面啃啊啃。终于，一股酸味涌上我的喉咙。我朝地上吐出一块黏糊糊的食物，然后一阵猛咳。我弯下腰，又吐了几口。

奥班比从床上跳起来奔向我：“怎么了？你怎么了？”

我想回答，但做不到——野兔的抓挠已经深入骨髓。我喘不上气来。

“呃，水，”他说，“我给你弄点儿水来。”

我点点头。

他拿来了水，淋在我脸上，但我感觉自己就像浸在水里，快要淹死了。水珠滑下我的脸庞。我喘着气，发疯似的把它们抹去。

“你没事吧？”他问。

我点点头，含糊地说道：“没事。”

“你应该再喝点儿水。”

他去拿了一杯水。

“拿着，喝吧，”他说，“别再害怕了。”

他的话让我想起，在迷上钓鱼前，有一次我们从足球场回家，一条狗从一栋未完工的房子的一个洞穴般的房间里蹿出来，冲我们直吠。它很瘦，肋骨历历可数。身上的斑点和未愈合的伤口像菠萝上的黑点一样多。这可怜的畜生朝我们走来，走走停停，一副挑衅的派头。虽然我热爱动物，但我怕狗，怕狮子、老虎和其他所有猫科动物，因为我读过的书里讲了太多它们怎么把人和其他动物撕成碎片的故事。我吓得尖叫起来，紧紧抓住波贾。为了安抚我，波贾捡起一块石头砸向那条狗，结果没砸中，倒是让它吓了一跳，呜呜叫着逃走了，身上的骨头一突一突的，细尾巴摇来摆去，在泥地上留下两串脚印。波贾转向我：“狗跑了，本。别再害怕了。”我立刻就不怕了。

我喝着奥班比端来的水，觉察到外面的喧闹突然加剧了。有警笛声在不远处响起，越来越近。接着，有人大声命令围观者为“他们”让路。显然，救护车到了。有人抬起波贾肿胀的尸体，走向救护车，院子里一阵骚动。奥班比飞奔到客厅窗口，看他们把波贾的尸身送上救护车，一方面要确保父亲看不见他，另一方面还得留神照看我。警笛再次拉响，震耳欲聋。他回到我身旁。我已经喝完水，也不再呕吐，但我的大脑仍然转个不停。

我想起伊肯纳把波贾推倒在铁盒上的那一天奥班比告诉我的事。当时他静静地坐在我们卧室一角，像着了凉似的双手抱胸。后来，他问我有没有看见之前伊肯纳走进我们房间时口袋里装着什么。

“没有，装了什么呀？”我问他，但他只是茫然地凝视前方，嘴巴张着，大门牙显得比实际要大。他带着这副神情走到窗口，目光落在篱笆上，一长列兵蚁正在行军。之前下了好多天雨，篱笆还是湿的，上面挂着块破布，水滴成一条线，缓缓滑向墙脚。墙的上方，地平线那里，悬着一朵积云。

我耐心地等待奥班比回答，但等得实在太久了，就再问了一遍。

“伊肯纳有一把刀——在他口袋里。”他回答的时候没有回头看我。

我一下子坐直了，然后奔向他，就好像有什么野兽顶穿了墙壁闯进房间里要吃我似的。“一把刀？”我问。

“对，”他点头说，“我看见了，是妈妈的菜刀，波贾杀鸡用的那把。”他又摇了摇头。“我看见了。”在重复这句话之前，他盯着天花板看了一会儿——好像那里有人点头确认他说得没错。“他拿了一把刀。”他的脸扭曲了，声音落下来，“也许他想杀波贾。”

救护车的警笛再次响起，围观人群的喧嚷声震耳欲聋。奥班比从窗口走向我。

“他们把他带走了。”奥班比用沙哑的声音说道。他拉起我的手，温柔地叫我躺下，又把这句话重复了一遍。这时，因为一直蹲在地上呕吐，我的腿都软了。

“谢谢你。”我说。

他点点头。

“我打扫完了就来陪你躺着，你别动。”说完，他朝房门走去，但转念一想，又停下来笑了，双眼下面各挂着一颗晶莹的泪珠。

“本。”他叫道。

“嗯。”

“艾克和波贾死了。”他的下巴抖动起来，下嘴唇噘着，两颗泪珠滚落下来，留下两道湿痕。

我不知道该怎么反应，就点了点头。他转身离开了房间。

他把呕吐物扫进畚箕。我闭上眼睛，满脑子都在想象波贾是怎么死的。听说他是自杀的。他是怎么自杀的呢？在我的想象中，他戳了伊肯纳一刀后，站在尸体旁哭泣，突然意识到这一刀下去，他就像洗劫古老的藏宝洞那样把自己的一生都给掠夺光了。他一定预见到了自己的未来，为此害怕不已。正是这些念头让他鼓起了可怕的勇气，把自杀的念头像注射吗啡一样注射进他大脑的静脉，让大脑慢慢死去。让大脑已死的人动动腿、挪挪身体一定很容易。恐惧和对未来的不安如丝线般缠住了他的心灵，缠得越来越厚，越来越鼓，直到他飞身一跃——头朝下，像潜水员那样，像他往常跳进奥米-阿拉河那样。那一刹那，他一定感觉到一股气流冲进眼眶。他悄无声息地入水，没有发出一声呻吟，没有说出一个字。入水的时候，他的心跳一定没有加速，脉搏也一定没有变快。他一定保持着一种奇异的平静。在那样的心境下，他一定隐约看到了一个幻象，一组由他的过去组成的蒙太奇，其中一定有以下这些静止的图像：五岁的波贾骑在我们院子的橘子树的高枝上，唱着巴提摩拉[①]的《泰山男孩》；五岁的波贾在学校晨会时没忍住，将大便拉在了裤子里，却被叫起来，带领全校师生诵读主祷文；十岁的波贾在我们教会一九九二年的耶稣降生剧里扮演耶稣母亲马利亚的丈夫——木匠约瑟。M.K.O. 告诫波贾不要打架，永远不要！今年早些时候，波贾还是个狂热的钓鱼爱好者。他一路沉到井底的过程中，这些图像一定像蜂窝里的蜜蜂一样挤满了他的脑海。他的头撞到井底，蜂窝碎了，图像全散了。

在我的想象中，这飞身一跃的速度一定很快。他的头一定是先撞到了井壁上凸起的石头，之后是爆裂的声音，头骨裂了，骨头断了。血在他的头颅里先是潺潺流动，然后溢出来，打着漩儿。他的

---

① 二十世纪八十年代活跃于欧美的一支意大利乐队。

头骨一定撞碎了，连接头部和身体其他部分的血管全都断开了。他的舌头在撞上的那一刻一定吐到了嘴巴外面，耳膜像陈旧的面纱一样被撕裂了，有几颗牙齿像骰子一样被丢在口腔里。之后必然还有一些同步反应。有那么一小会儿，他的身体抽搐着，与此同时，嘴巴一定在不断地、无声地开合，就像一锅水煮开后不停地冒泡。这必定就是高潮了。之后，抽搐的节奏开始放缓，他的骨头渐渐平静下来。接着，一种不属于这个世界的安详降临了。他不动弹了。

蜘蛛

母亲饿了的时候会说："给我的孩子们烤点儿他们能吃的。"

——阿散蒂谚语

蜘蛛是哀恸的动物。

伊博人相信，它们会在悲痛的人家落脚，不停地吐丝，怀着心痛无声地织网，直到蛛丝飘摇，覆盖住巨大的空洞。两个哥哥死后，这个世界发生了很多变化，蜘蛛的出现只是其中之一。他们死后第一个星期，不管走到哪儿，我总有一种感觉：过去一直庇护着我们的布篷或雨伞被撕破了，我暴露在风雨中。我开始回忆起哥哥们生活中的诸多细节。事后的回想就像透过显微镜观察，每个细节、每个细微的动作、每个事件都被放大了。然而，并不是只有我的世界改变了。我们所有人——父亲、母亲、奥班比、戴维，甚至恩肯——都在以不同的方式品尝苦痛。不过，在哥哥们死后头几个星期里，母亲受到的打击最大。

正如伊博人相信的那样，蜘蛛在我们这个服丧的人家安家落户。但它们的入侵不止于此。它们还攻陷了母亲的大脑。母亲最先注意到蜘蛛和用丝线般的尖刺固定在屋顶上的鼓鼓的圆球。除此之外，她还开始出现幻觉。她看见伊肯纳从悬在圆球里的蜘蛛壳里窥视我们，或者看见他的眼睛就藏在那些螺旋线后面。她抱怨它们：这些野蛮的、有壳的、骇人的生物。她被它们吓到了，会指着它们哭泣，直到父亲清除了家里所有蜘蛛网，还把几只蜘蛛砸死在墙上。父亲这样做，一方面是为了安抚她，另一方面是受到了药剂师博斯妈妈和伊娅·伊亚波的高压。后者告诉他，面对一个悲痛的女人，无论她的要求有多么荒谬，都该倾听。后来，父亲还赶走了所有壁虎，发动了针对繁衍迅猛、危害日增的蟑螂的战役。从那以后，母亲才平静下来，但双脚浮肿，步态蹒跚。

蜘蛛们离开后不久，母亲开始幻听。她突然觉得，自己的脑子里住着一大群白蚁，它们啃个没完，已经啃到她的灰质了。她告诉前来安慰她的人，波贾曾经在梦里向她预警，说自己会死。她一遍又一遍地向哥哥们死后蜂拥而至的邻居和教会会众讲述他们死的那天早上她做的怪梦，把这些梦同现实中的悲剧联系在一起。我们那个地方的人，甚至所有非洲人，都深信，出于某种原因，一位母亲在她子宫结出的果实——她的孩子——死去或将死之时，会有预感。

我第一次听母亲讲起那个梦是在伊肯纳葬礼的前夜。当时我被大家的反应感动了。药剂师博斯妈妈扑倒在地，大声哀号。“哦，上帝一定是想警告你，”她一边在地板上滚来滚去，一边呻吟，“上帝一定是想警告你，噩耗即将来临，哦哦哦，咿咿咿。”她用无言的呻吟表达痛苦和哀伤。颤抖的元音被拔得很高，有时毫无意义，但在场的每个人都明白其间的细微差别。母亲讲完故事后的举动更是让在场的人挪不动步子。她站在挂着尼日利亚中央银行日历的墙壁前，那份日历依旧翻在有老鹰图案的那一页——五月，因为在伊肯纳可怕的蜕变开始后的几个星期里，没人记得翻动日历。她举起双手叫道：“天哪，地哪，看看我的手，是不是很干净。看看，看看他们出生时留下的疤痕，疤痕还没好透，他们已经死了。”说到这里，她撩起衬衫，指着肚脐下方，“看看他们吸吮过的乳房；乳房还鼓着，他们已经不在了。”她把衬衫拉得更高一些，显然是为了露出乳房，有个女人冲上去把它拉了下来。太晚了，房间里几乎每个人都在光天化日下看见了那两只遍布静脉、乳头凸出的乳房。

我第一次听母亲讲起她的梦境的时候，惊恐万分。要是早知道梦境可以是预警，那么我做过的那个有关桥的梦的警示意味就更浓了。母亲讲完后，我把自己的梦讲给哥哥听，他说这的确是个预警。过了一个多星期，母亲又把她的梦讲给我们教会的柯林斯牧师和他妻子听。当时父亲不在家。他去镇郊的加油站买汽油去了。波贾的尸身被发现的那个星期，政府把油价从十二奈拉提到了二十一奈拉。加油站纷纷囤积汽油，全国各地的加油站外面都排起了一眼望不到头的长龙。父亲在其中一家从下午排到傍晚，才给车子加满油，另外买了一桶煤油放在后备厢里，开回家来。他疲惫不堪，径直走向那张被称为他的"宝座"的沙发，跌坐其上。他还在脱汗湿的衬衫，母亲就开始跟他讲今天有谁来过。虽然她就坐在他旁边，但她似乎没闻到他身上浓烈的棕榈酒味。那气味就像追着刚受伤的奶牛不放的苍蝇一样追随着他。她唠叨了好久，直到父亲大喊："够了！"

"我说够了！"他重复了一遍，站起身来，居高临下地看着母亲，裸露的双臂上肌肉虬结。母亲的身体僵住了，放在大腿上的双手紧紧地握着。"你都在跟我说些什么垃圾，嗯，我的朋友？我们家难道变成了这个镇上任何活物都能进出的流浪动物园？还会有多少人来同情我们？很快，狗就会溜进来，接着是山羊、青蛙，甚至那些鼓着腮帮的猫。你难道不知道，有些人就喜欢哀悼，哭得比失去亲人的人还响亮？还有没有完了？"

母亲不回答。她摇着头垂眼看自己包着褪色裹身衣的大腿。借着他们面前桌子上的煤油灯，我看到她眼中充满了泪水。我相信，这次正面冲突就是戳破她心理创伤的针头。从此，伤口流血不止。

她不再说话，沉默逐渐吞噬了她。她默默地坐在屋里，眼神空洞。要是父亲跟她说话，多数时候她只是瞪着他，好像什么也没听到。她的舌头在冻住之前，曾经像真菌繁殖孢子那样繁殖言语。她激动不安的时候，言语会像老虎一样从她嘴里扑出来。她严肃的时候，言语会像破了的水管里的水那样倾泻而出。从那天晚上起，言语开始在她大脑里积攒，很少漏出来——它们在她脑子里结块了。父亲因为她的沉默忧心忡忡，不断地烦她，想让她开口。等她终于受不了开口了，她开始不断抱怨，说感知到了波贾不得安宁的亡魂。到了九月的最后几天，她的抱怨发展成了每日唠叨，父亲受不了了。

“住在城里的女人，怎么会这么迷信？”一天早上，母亲告诉父亲，她做饭时感觉到波贾就站在厨房里，父亲再也忍不住了，“怎么会，我的朋友？”

母亲的愤怒轰的一下点着了。“你怎么敢对我说这样的话，埃姆？”她尖声叫道，“你怎么敢？我是不是这些孩子的母亲？我就不能感觉到他们的灵魂了？”

她把湿手在裹身衣上擦了擦。父亲咬牙切齿地抓起电视遥控器，调大音量，直到电视里约鲁巴演员的咒语几乎盖过了母亲的声音。

“你可以假装没听到，”她两手一拍奚落道，“但你没法假装我们的孩子是正常死亡。埃姆，你和我都知道，他们死得不正常！你自己出去看看。啊呀埃姆，这在哪儿都不算正常。父母不应该埋葬自己的孩子，倒过来才对！”

虽然电视机没关，里面的电影音效像警笛一样刺耳，但母亲的话还是像一床肃静的大被罩住了整个房间。屋外，远处的地平线上堆积着一层层灰色的云。母亲说完，跌坐在一张沙发上。这时，一阵响雷撕破了天空，狂风挟着雨水呼啸而来，厨房门哐当一声关上了。断电了，房间里几乎全黑了。父亲关上窗子，但没拉窗帘，这样可以借点儿外面的光。他回到沙发上，一言不发，淹没在母亲的言语军团里。

日子一天天过去，母亲在房间里占据的空间越来越小。普通的话语、平常的修辞、熟悉的歌曲逐渐包围了她。它们化身恶魔，一意抹去她的存在。她原本再熟悉不过的恩肯的身体、长长的手臂和长长的发辫——以前她爱都爱不够——突然让她心生厌恶。有一次，恩肯想爬上她膝头，结果她叫了起来："这东西想爬上我大腿！"吓跑了小姑娘。父亲当时正在专心看《卫报》，他开始担心了。

"天哪！你是认真的吗，阿达库？"他惊恐地问，"你以前是这么对待恩肯的吗？"

父亲的话让母亲神色剧变。她像瞎子复明般盯着恩肯，张着嘴仔细地端详她。接着，她的目光从恩肯移向父亲，又转回恩肯，嘴里咕哝着"恩肯"，舌头在口腔里滚来滚去，像被卸下来了似的。然后，她再次抬起头说："这是恩肯，我的女儿。"这话听起来既像陈述，又像询问。

父亲像生了根似的站在那里，张着嘴，但什么都没说。

母亲又说："刚才我没认出她来。"父亲只是点点头，把一边号哭一边吮吸拇指的恩肯抱在胸前，悄悄地出了屋子。

母亲开始哭泣。

"我刚才没认出她来。"她说。

第二天，父亲做了早饭。母亲像着凉了似的穿着几层毛衣躺在床上啜泣，不肯起床。直到夜幕降临，她才从卧室出来。那时我们正跟父亲坐在一起看电视。

"埃姆，你看见在那儿吃草的白奶牛了吗？"她指着房间里某处问。

"什么，什么奶牛？"

她头往后仰，发出嘶哑的笑声。她的嘴唇干得裂开了。

"你难道看不见在那儿吃草的奶牛？"她摊开手掌问道。

"什么奶牛，我的朋友？"她的神情如此确信，有那么一会儿，父亲真的扫视了一遍客厅，就像他真以为客厅里会有一头奶牛似的。

"埃姆，你瞎了吗？你真的看不见那头白得发亮的奶牛？"

她指着抱着垫子坐在一张远离大家的椅子上的我。我难以置信，甚至扭头看了一眼——好像这事有可能似的——我椅子背后是不是有头奶牛；然后，我意识到母亲指的其实是我。

"看这头，再看那头。"她接着又指向奥班比和戴维，"一头在外面吃草，另一头进了房间——它们到处吃草。埃姆，你怎么会看不到？”

“你能不能闭嘴？”父亲咆哮起来，“你在说些什么呀？老天！你的孩子们什么时候变成在家里吃草的奶牛了？”

他抓住她，把她推向主卧室。她走得跌跌撞撞，结成一缕缕辫子的头发盖住了她的脸，硕大的乳房在灰色的毛衣下晃动。

“别管我，别管我，让我看白得发亮的奶牛。”她一边叫一边跟他扭打。

每次她话音一起，父亲就会大叫一声：“闭嘴！”

父亲推着她往前走，她的声音越来越尖锐。恩肯看见他们扭打又哭了。奥班比伸手抱她，但她一边踢他，一边叫着妈妈，哭得更大声了。父亲把母亲拖进他们的卧室，锁上了门。他们在里面待了很久，说话声断断续续地传出来。终于，父亲出来让我们回卧室。他说他要去给我们买面包，叫戴维和恩肯跟我们待一会儿。当时大概是傍晚六点。两个小的同意了。然而，我们一锁上房门，就听到外面传来脚拖过地面的声音和门撞到墙上的声音，还有狂乱的叫喊声：“埃姆，别管我，别管我，你要拉我去哪儿？”与之相伴的是父亲沉重的喘息声。然后，大门发出一声巨响，关上了。

母亲消失了两个星期。后来我得知，她像危险易爆材料一样被藏起来——藏进了一家精神病院。她的思维极度混乱，对已知世界的感知被摧毁殆尽。她的感官变得特别敏感，病房里时钟的走动声在她听来比钻孔机的噪声还要响，老鼠朝她爬过来的声音就像许多钟被同时敲响。

她患上了极具破坏性的黑夜恐惧症。每个夜晚都会孕育出无数恐惧，萦绕在她心头。大块头的东西缩小到令人难以想象的地步，细小的东西却膨胀成了庞然大物。长着又长又大带刺茎秆的阿沙拉树叶活了过来——凭借超自然力量每分钟都在变得更大——突然包围住她，慢慢地挤压她，直到她消失。她在幻觉中看到这种植物，相信自己身在森林中，这些幻觉折磨着她，她开始产生更多幻觉。一九六九年内战期间，她的父亲在比夫拉前线作战时被炮火炸成了碎片，如今他常常在她的病房里跳舞。大多数时候，他高举着双手跳舞——身体还是战前的模样。其余时候——这种时候她尖叫得最响——起舞的是他战时或战后的身体：一只手还能动，另一只手变成了血淋淋的残肢。有时候，他会亲昵地叫她一起跳舞。然而，在所有幻觉中，蜘蛛入侵所占的比例最高。到她住院的第二个周末，她周围的蜘蛛网被清理得干干净净，所有蜘蛛都被碾成了碎片。每碾死一只蜘蛛，在墙上留下一个黑点，她离康复似乎就近了一点儿。

她不在的日子，我们过得很艰难。恩肯几乎是一刻不停地哭，谁安慰都没用。有好多次，我试着唱歌给她听——唱母亲常给她唱的摇篮曲，但根本没用。哥哥也试过，但都像西西弗斯推石头上山一样徒劳。[①]一天早上，父亲回到家，看到恩肯无助难过的模样，

① 西西弗斯是希腊神话中的人物。诸神罚他把一块巨石推上山顶，而到最后巨石因为自身的重量总是会滚下山来，常用来比喻无效的重复劳动。

宣布会带我们去看母亲。恩肯马上就不哭了。出发前，自从母亲走后就一直为我们做饭的父亲做了早饭——面包和煎蛋。吃完早饭，奥班比跟他去伊巴夫家的院子里打了好几桶水——我们家的井自从波贾被人从里面拉上来之后就一直锁着。接着，我们轮流洗了澡，换了衣服。父亲穿了一件宽大的白色 T 恤，领子已经洗得发黄了。他的胡子已然十分茂盛，让他看起来跟之前判若两人。我们全都上了车。奥班比坐在前排，戴维、恩肯和我坐在后座。他一言不发地锁了家门，摇下车窗，发动了引擎。

他默默地开车通过我们家所在的街道。那天傍晚，街头熙熙攘攘。经过庞大的体育馆时，我们看到泛光灯全打开了，无数尼日利亚国旗在飞扬。我一向景仰的奥克瓦拉吉的雄伟塑像赫然耸立在这片城区。我凝视着它，注意到它头顶停着一只貌似秃鹰的漆黑的巨鸟。离开我们家所在的街道后，我们沿着一条两车道的公路右侧行驶，直到路肩旁边的空地上出现了一个小型露天市场。我们的车慢下来，小心翼翼地驶上一段土路。一只死鸡倒在路边，身体被压扁了，羽毛散落一地。几米开外，我看到一条狗把头埋进一只划破的垃圾袋里，吃得正欢。从这里开始，我们的车汇入了重卡和半挂车的车流，得打起十二分精神来开才行。通往露天市场的岔路两旁，乞丐们像仪仗队士兵那样站成两排，用手上的纸板诉说着他们的困境——“我是瞎子，帮帮我”，或者是“烧伤病人劳伦斯·奥乔需要您的救助”。我认出了其中一个，他是我们那条街上的常客——

教堂外面、邮局周围、我们学校附近、市场上都有过他的身影。此时，他正趴在一块小小的带轮子的板上往前移动，双手套在破旧的人字拖里。过了翁多州立无线电视公司，我们的车笨拙地汇入了阿库雷市中心的环岛。环岛中间有一组塑像，是三个男人在敲打传统的讯息鼓。塑像下面的混凝土浅盘里，仙人掌在同矮小的杂草争夺生存空间。

父亲把车停在一栋黄色大楼前，但没下车，似乎他刚刚意识到自己犯了个错误。就在这时，我注意到父亲为什么分心了。我们前面一辆车里下来一帮人，被围在中间的是个中年男人，他一边狂笑一边晃动从裤子拉链里伸出来的硕大阳具。要不是肤色更浅些，相貌更好些，我会以为他就是阿布鲁。父亲一看到那人，就转头大声对我们说："孩子们，闭上眼睛，让我们为妈妈祈祷——快点儿！"

他回头发现我还在盯着那人看。

"你们所有人，现在就闭上眼睛！"他吼道。确信我们都乖乖遵从后，他说："本杰明，你带大家祈祷。"

"好的，爸爸。"我回答道，然后清清嗓子，开始用英语祈祷。我只会用英语祈祷。"以耶稣基督的名义，主啊，我乞求您帮助我们……赐福我们，哦上帝，请帮助妈妈。您治愈病人，让拉撒路复活，也请让她别像疯女人一样胡言乱语。奉耶稣基督之名祈祷。"

其他人齐声说："阿门！"

等我们睁开眼睛，那群人已经走到医院门口，但我们仍能看见那个被强行送进医院的疯子满是尘土的臀部。父亲走到车后门处，从我坐的那边打开车门。恩肯坐在戴维和我中间。

“听着，我的朋友们。”他开口了，充血的眼睛居高临下地看着我们，“首先，你们的母亲不是疯女人。你们所有人都给我听好了，进了那个门，不许东张西望，眼睛只能看前方。在里面无论看到什么，都给我捂在肚子里。要是有谁不老实，一到家我就给他回报。”

我们都点头同意。接着，我们一个接一个下了车。奥班比走在前面，和父亲并排，我走在最后。我们经过一长列鲜花，走到大楼入口处。楼里地上全都铺了瓷砖，空气中有股薰衣草的香味。我们走进一个大厅，里面人声嘈杂。我尽量不东张西望，免得回去挨鞭子，但我实在忍不住。于是，当我觉得父亲没在看着我们的时候，我扭头看向左边。那里有个脸色苍白的女孩，像机器人一样机械地晃动着细长的脖子，舌头吐出来一半，几乎从不缩回去，头发又黄又稀，连头皮都看得见。我吓坏了，扭头看父亲，发现他正从柜台里面一个身穿白色制服的女人手里接过一枚蓝色的牌子，嘴里说道：“是的，他们都是她的孩子，我带他们来的。”

听到他这么说，那女人从玻璃柜台后面站起来看我们。

“她的孩子。”父亲嘟哝道。

“她那样的状态，你确信能让他们见她吗？”那女人问。

她的肤色较浅，身穿一件带护胸的白色围裙，护士帽稳稳地戴在均匀地涂过油的头发上，胸口的铭牌上写着：恩克齐・丹尼尔。

“我觉得可以。”父亲低声说，“经过谨慎考虑，我相信我能应对好。”

那女人还是不放心，摇了摇头。

“我们这里有规定，先生。”她说，“不过，请稍等，我去请示领导。”

“好的。”父亲同意。

我们围在父亲身边等着。我总觉得那个苍白的女孩在看我，于是努力把注意力集中到柜台后面小房间木墙上挂着的日历、药品图片和药品说明书上。有一张图片上画着一位怀孕妇女的侧影。她背上背着一个孩子，两边各有两个学步的孩童。站在她身前几步远的那个男人显然是她丈夫，肩上扛着一个孩子。他俩身前站着一个和我差不多高的孩子，手提一个拉菲亚树叶编的篮子。我看不清图片下面写着什么，但我能猜到——这是政府发起的声势浩大的节育运动的广告之一。

护士回来说：“好了，你们都可以进去，阿格伍先生。32号病房。”

“谢谢你，护士。”因为她用伊博语，父亲也用伊博语回答，还微微鞠了个躬。

我们在32号病房里看到了母亲。她眼神空洞，身材瘦弱，仍旧穿着伊肯纳死去那天穿的黑衬衫。她的脆弱苍白让我差点儿叫出声来。我不禁猜想，这个可怕的地方是不是能吸人血肉，让大屁股干瘪。她的头发又乱又脏，嘴唇干裂起皮，样子跟以前完全不同。

我吓坏了。父亲向她走去，恩肯同时叫了起来："妈妈，妈妈。"

"阿达库。"他说着抱住了她，但母亲甚至没有扭头看一下。她继续瞪着光秃秃的天花板、天花板上一动不动的吊扇和墙角，同时轻轻地、小心翼翼地用心照不宣的语调低声念叨着"蜘蛛，蜘蛛。"

"怎么又有蜘蛛了？不是全都消灭了吗？"父亲扫视天花板边缘，"这次你是在哪儿看到的？"

她仍在低声念叨，双手抱在胸前，好像没听见。

"你为什么要这样对我们——你的孩子和我？"父亲在恩肯越来越响的哭声中问道。奥班比抱起恩肯，她使劲挣扎，还踢他的膝盖，直到他把她放下。

父亲想挨着母亲在床边坐下，但母亲慌忙躲开，嘴里叫着："别管我！走开！让我一个人待着！"

"我应该走开，嗯？"父亲边问边站起来，他的脸色变得暗淡，头两侧的青筋更突出了，"看看你，看看你是怎么在剩下的孩子们面前消瘦憔悴的。阿达，你难道不明白，人眼能看见的不会让眼睛流血。你难道不明白，没有我们迈不过去的坎？"他摊开手掌，顺着她的身体从头比画到脚。

"消瘦憔悴去吧，继续，你继续。"

这时，我注意到戴维就站在我旁边，一只手抓着我的衬衫。我扭头看他，发现他快要哭了。我突然觉得一定要止住他的眼泪，就把他拉过来抱住。闻着今天早上我替他涂在头发上的橄榄油，我想起小时候伊肯纳怎么给我洗澡，怎么拉着我的手一起去上学。那时我很害羞，很怕老师，因为他们手里都有藤条，想去厕所也不敢举手说："对不起，女士，我想上厕所。"我只会扯开嗓门用伊博语大叫，好让木墙那边另一个教室里的波贾听到："波贾哥哥，我要上厕所。"波贾会从他们教室里冲出来，带我去厕所。在我们身后，他班上和我班上的同学哄堂大笑。他会等我上完厕所，帮我清理干净，然后送我回教室。多数时候，一回教室，我就得在众目睽睽下乖乖伸出两只手掌，等着老师抽打，以惩罚我扰乱课堂秩序的罪行。这样的事发生过很多次，但波贾从不抱怨。

父亲不再带奥班比和我去医院。有时候，他会带恩肯和戴维去看母亲，但只有在被他俩烦得受不了的时候才会这么做。那次见面之后，她又被关了三个星期。那些日子，天气冷得不正常，每晚刮的风听着像奄奄一息的动物的低吟。接着，十月下旬，哈麦丹风——从尼日利亚以北的撒哈拉沙漠吹来的挟着沙尘的干旱风——季节似乎在一夜之间降临了，浓雾形成一团团积云，像幽灵般悬在阿库雷上空，太阳出来都不散。父亲开车进了院子，母亲坐在他旁边。她离家已有五个星期，身材缩水了四分之三。原本较浅的肤色变黑了，就好像连续晒了无数天太阳一样。双手满是静脉注射留下的疤痕，一个拇指上缠着纱布，里面填了好多棉花。显然，她再也不是以前的她了，但其他人很难理解她经历了什么。

父亲像守卫珍稀鸟类的蛋一样守卫着她，经常嘘嘘地赶我们走——多数时候是针对戴维——就好像我们是一只只小昆虫。只有恩肯可以在她周围打转。他替她向我们传递消息。要是有人来了，他就赶快把她送进卧室。他只向最亲密的朋友透露过她的病情，对其他人一概保密。多数时候，他会向邻居撒谎，说母亲回我们靠近乌穆阿希亚的村子去了，跟她的家人住在一起，以便从孩子们去世的打击中恢复过来。他双手拉着耳垂，用最严厉的口吻警告我们，不许向任何人提及母亲的病情。“就连在你们耳边嗡嗡的蚊子也不能听到。”他警告说。所有饭食都由他来准备，做好了先给母亲吃，然后才轮到我们。家里家外，他独立承担。

她回家后大约过了一个星期，我们隐约听到他们在关着门的卧室里激烈地小声争吵。那天，奥班比和我去了邮局附近的电影院。回家时，我们发现父亲在搬伊肯纳用来放书和画作的纸板箱。属于两个哥哥的东西大部分已经被搬到了院子里我们踢足球的那块场地上，在那里越堆越高。奥班比问父亲为什么要把它们烧掉，父亲回答说是母亲坚持要烧。她不想让落在这些东西上的诅咒——阿布鲁的诅咒——在我们其他人触碰它们的时候转到我们身上。他说这些的时候没有回头看我们。说完后，他摇摇头，走进屋里，继续搬东西，直到把他们的卧室清空。伊肯纳的书桌被推到了紫色的墙边。那面墙上曾经贴满铅笔素描和水彩画。他的曲木椅子扣在书桌上。父亲把最后几个装着波贾的东西的袋子拎出去，把里面的东西倒在那堆要烧的东西上。他还把伊肯纳的旧吉他往里踢了踢。这把吉他是伊肯纳小时候一个拉斯特法里派街头音乐家送给他的。那人的雷鬼辫一直垂到胸前，最爱翻唱南非雷鬼明星勒奇·迪布和牙买加雷鬼乐手鲍勃·马利的歌曲，吸引了一大群街坊邻居，大人和小孩都有。他常在我们院门前的椰子树下唱歌，伊肯纳不顾父母反对，跑去为他伴舞。他被称为“拉斯特男孩”。父亲为此赏了他好一顿“回报”。

我们看着父亲把红罐头盒里的煤油都洒在那堆东西上，那是我们家仅剩的煤油。然后，他扫了母亲几眼，划着了火柴。火蹿了上来，一股浓烟猛然升起。火舌吞噬着伊肯纳和波贾在世时触碰过的东西。他们不在了——那种疼痛像一千枚图钉扎在我身上。直到现在，我还能清楚地回想起波贾最喜欢的一件长袍怎样在火中挣扎。刚着火的时候，它一下子舒展开来，像一个活物在火中挣扎求生。然后，它慢慢向后倾斜，萎缩，最终化为黑灰。我听到母亲的啜泣，回过头，看见她从房间里出来了，坐在离火堆几米远的地方，恩肯蹲在她旁边。父亲在火堆旁站了好久，一只手拿着空煤油盒，另一只手擦拭着湿润的眼眶和脏污的脸庞。奥班比和我站在他身边。他一看到母亲，就丢下煤油盒朝她走去。

“阿达库，”他说，“我跟你说过，悲伤总会过去。我们不能一直难过下去。我跟你说过，我们不能改变顺序，既不能把将来会发生的事情提前，也不能让已经发生的事情重来。够了，阿达库，我求你了。我就在这儿，我们一起撑过去。”

夜幕降临，一群肉眼难以辨别的鸟儿开始绕着冲天的烟气打转。我们头顶的天空变成了火焰的颜色。一棵棵树木现在只看得出侧影，它们是神秘的目击者，见证了整个焚烧过程。伊肯纳和波贾曾经拥有过、触碰过的东西——伊肯纳的书包、波贾的袋子、他们的衣服鞋子、伊肯纳坏掉的吉他、他们的 M.K.O. 写字本、他们的照片，以及画有悠悠鲷、蝌蚪和奥米－阿拉河的素描本、他们钓鱼时穿的衣服、我们打算用来装鱼但从来没用过的一个罐头盒、他们的玩具枪、他们的闹钟、他们的画画本、他们的火柴盒、他们的内裤、他们的衬衫、他们的裤子—— 全都化作一团烟，消逝在空中。

搜救犬

奥班比是一头搜救犬。

他总是最早发现东西，还能识别和检查所发现的东西。他有源源不断的想法，随着时间的推移，还能让它们长出翅膀飞起来。

我们搬进阿库雷的房子两年后，是他最先发现客厅架子后面有一把装了子弹的手枪。当时他正在房间里追着一只小家蝇跑。那小东西一直在他头顶嗡嗡飞，他用《代数入门》课本以迅雷不及掩耳之势猛扑了两次都没打死它。再击不中后，苍蝇溜进了放电视机、录像机和收音机的八柱架的空当里。他追到架子旁，突然发出一声尖叫，手里的书掉在了地上。我们搬进这栋房子不算久，谁都没有检查过架子后面，更没有看到过从架子下面稍稍探出头的枪把。后来，父亲把枪交到了警察局。虽然我们都吓坏了，但我们很庆幸，还好不是戴维或恩肯这两个小的发现了它。

奥班比的眼睛就是搜救犬的眼睛。

这双眼睛能注意到其他人忽略的细枝末节。现在想来，我相信在阿巴提夫人发现波贾在井里之前，他已经有了模糊的概念。就在那天早上，奥班比觉得井里打上来的水很油腻，还有一股臭味。他打水是为了洗澡，结果注意到水面上有一层浮油。他叫我看。我用手舀了点儿水尝了下，赶快吐掉，剩下的水也倒掉了。我也闻到了臭味——腐烂的死物的气味——但说不出来究竟是什么。

揭开波贾的尸体后来怎样了这个谜团的也是他。我们没去参加波贾的葬礼。当时没贴讣报，没人上我们家来，没有任何葬礼的迹象。我很纳闷，问过奥班比波贾到底什么时候落葬，但他也不知道，并且不想问我们家的两大心室，也就是我们的父母。虽然当时他没有大惊小怪，也没有追问，但要不是他，我永远都不会知道波贾的尸体后来去了哪里。十一月的第一个星期六，也就是母亲从精神病院回来后一星期，他在客厅的架子顶上、父母摄于 1979 年的结婚照后面发现了一个东西。那东西其实一直都在，只是我们没注意到。奥班比拿来给我看。这是一个小小的透明的罐子，里面有一个塑料袋，袋子里装着某种灰色的物质，有点儿像从死树下挖出来然后在太阳下晒成盐粒大小的颗粒的壤砂土。我伸手接过罐子的时候，注意到上面有个标签：波贾·阿格伍（1982—1996）。

几天后，我们当面问了父亲。奥班比说，他知道罐子里的古怪东西是波贾的骨灰。受惊的父亲说了真话。他透露说，族里的人和亲戚们都严厉告诫他，绝对不可以土葬波贾。把自杀或弑亲者埋在土里，是对大地女神阿尼的大不敬。虽然伊博人基本上都改信了基督教，但非洲传统宗教的一些碎片还是保存了下来。我们老家村子里以及从村子里迁出来的族人会不时传播一些故事，都是有关族神施惩的不幸事件，有时甚至会死人。父亲并不认为女神会惩罚他，觉得只有文盲才信这种事，但他决定，为了母亲，还是不土葬了。而且，他已经经历了几桩悲剧。父母什么都没对奥班比和我说，要不是有搜救犬奥班比，我们什么都不会知道。

奥班比的脑子就是搜救犬的脑子：它一刻不停地寻求知识。他爱问问题，爱寻根究底，为了满足求知欲广泛阅读各类书籍。他借着煤油灯光读书，煤油灯是他最好的伴侣。在两个哥哥去世前，我们家里有三盏煤油灯，每盏都装有一根用链轮控制的灯芯，可以伸进小小的油罐吸油。因为那段时间阿库雷的电力供应总是时断时续，所以奥班比每晚都在煤油灯下读书。两个哥哥死后，他更是变得好像不读书就活不下去。他像杂食动物一样把从书里汲取的知识存放在脑子里，对其进行加工处理，萃取出精华，再用每晚睡前故事的形式传递给我。

在两个哥哥去世前，他给我讲过一个故事。故事里有位公主追着一位英俊完美的绅士进入森林深处，一定要嫁给他，结果发现那人只是一具借用他人血肉的骷髅。那个故事和所有好故事一样，在我脑子里播下了种子，再也不曾离开。伊肯纳变身蟒蛇的那段日子里，奥班比读了简写版的荷马史诗《奥德赛》之后，给我讲了伊大卡岛国王奥德修斯的故事，让我永远记住了波塞冬统辖的海洋和不识死亡滋味的众神。他总是在夜里给我讲故事。那时屋里几乎全黑，我渐渐沉入他用言语创造的世界中。

母亲出院后的第三天晚上，我们坐在床上，背靠着墙，快要睡着了。突然，哥哥说："本，我知道为什么我们的两个哥哥会死了。"他打了个响指，站起来，用手抓着头，"听着，我刚——我刚发现。"

他又坐了下来，开始给我讲故事。他不记得这个故事是从哪本书里看来的，但他能肯定是个伊博人写的。哥哥的嗓音盖过了咯吱作响的吊扇。我听啊听。讲完之后，他陷入了沉默，而我则在努力回想强人奥贡喀沃的故事。因为白人的诡计，他不得不自杀。[①]

"你明白吗，本，"他说，"乌姆奥菲亚的人不团结，所以他们才会被征服。"

"是这样。"我说。

---

① 这个故事出自尼日利亚著名作家钦努阿·阿契贝的小说《瓦解》（*Things Fall Apart*）。

“如果整个部落团结起来，一致对外，很容易就能打败白人。你知道哥哥们为什么会死吗？”

我摇摇头。

“一样的道理——因为他们之间有隔阂。”

“对。”我咕哝道。

“可你知道艾克和波贾之间为什么会有隔阂吗？”他认为我答不上来，所以没等多久就揭开了谜底。“阿布鲁的预言；他们之所以会死，全怪阿布鲁的预言。”

他心不在焉地用右手手指搔左手手背，没意识到干燥的皮肤被指甲划出了一道道白痕。我们静静地坐了一会儿。我的思绪像从陡坡顶上往下滑一样溜到了过去。

“阿布鲁害死了哥哥们。他是我们的敌人。”

他的声音有点儿沙哑，他的话像来自岩洞深处的低语。虽然我知道伊肯纳是由于阿布鲁的诅咒才开始变形的，但在哥哥指出来之前，我没想过这笔账该直接算在他头上。我看得出来，那疯子把恐惧撒播到了两个哥哥心里，但我从来没想过要直接怪他。然而，哥哥一说出来，我就深以为然。我陷入了沉思。奥班比蜷起双腿，抵在胸前，把床单带了起来，露出一部分床垫。接着，他转身面对着我，一只手撑着床，把床垫压得触到了弹簧，然后朝空中虚晃了一拳：“我要杀了阿布鲁。”

“为什么？”我倒吸了一口凉气。

眼泪迅速涌上了他的眼眶，他打量着我的脸，过了一会儿才说：“我会杀了他，因为他杀了我们的哥哥。我要为他们报仇。”

我目瞪口呆地看着他先去锁上房门，然后关上窗户。他把一只手插进短裤口袋里。接着，他开始擦火柴，擦了两次都只亮了一下，第三次总算跳起了一簇小小的火苗，但很快又熄灭了。我还没从震惊中恢复过来。火光熄灭之后，我看到他的侧影。他把一根香烟塞进嘴里，烟气向上、向外飘去，最后融入黑暗。我几乎是从床上跳起来的。我不知道，也不敢想象怎么跟别人讲述这件事。“香烟——”我发抖了。

“对，但请给我闭嘴，跟你没关系。”

转瞬间，他站在床边的侧影变得格外有分量。烟气稳稳地飘过他的头顶。

“如果你告诉他们，”他眼神深邃，“你只会让他们更痛苦。”

他把烟呼出窗外。我惊恐地看着只比我大两岁的哥哥一边抽烟，一边像小孩子一样哭泣。

我哥哥读过的东西塑造了他，它们变成了他的愿景。他相信它们。现在我知道，一个人的信念往往会变得永恒，而永恒的东西坚不可摧。我哥哥就是例证。向我披露了他的计划之后，他跟我疏远了，忙着完善计划，每晚都抽烟。他的阅读量更大了，有时就坐在后院的橘子树上读。他鄙视我，因为我不够勇敢，不敢为我的哥哥们出头。他抱怨说，我不愿意吸取来自《瓦解》的教训，不敢对抗我们共同的敌人：疯子阿布鲁。

虽然父亲竭力想把我们的生活恢复到他调离阿库雷之前的样子——那是一段无忧无虑的日子——但我哥哥不为所动。父亲带回家的新录像带包括查克·诺里斯的几部新电影、一部新的 007 电影、一部名叫《未来水世界》的电影，甚至还有一部由尼日利亚人出演的名为《身为奴仆》的电影，都没能让他动心。

他在某本书中读到，如果把待解决的问题画出来，直观地描述其方方面面，那个问题就能得到解决。于是，一天里有大半时间，我坐着读书的时候，他都在画为哥哥们报仇的计划图解，里面的人物都是火柴人的形象。我们发生争执后一星期左右，我无意中发现了那些图，吓坏了。在第一张图里，奥班比用削尖的铅笔画了他怎么朝阿布鲁扔石头，让后者倒地而亡。

另一张图的背景是阿布鲁住的卡车所停驻的陡坡外面。图中的奥班比挥舞着一把刀，火柴棍腿正在往前迈进。我则跟在他后面。远景里有树丛，近处有猪在徘徊。卡车被画成透明的，可以看到里面的情形。在那里，另一个代表奥班比的火柴人砍下了阿布鲁的头，就像奥贡喀沃砍了差吏那样。

我杀了他，砍下他的脑袋，就像奥贡喀沃砍了差吏。

这些图让我惊恐。我拿起画纸，仔细端详。我的手在颤抖。这时，大约十分钟前去上厕所的哥哥回来了。

“你为什么看那个？”他生气地叫喊。他推了我一下。我倒在床上，手里还攥着画纸。

“给我。”他很生气。

我把画纸丢向他。他从地上把它捡了起来。

“以后不许碰这张桌子上的任何东西。”他咆哮起来，“听到了吗，笨蛋？”

我躺在床上，用手遮着脸，怕他打我，但他只是把画纸放进了他的衣橱，用衣服盖好。然后，他走到窗边。窗外，高高的篱笆遮住了邻居家的房子。从那里传来孩子们嬉戏的声音。他们中大多数我们都认识，比如跟我们一起去河边钓过鱼的伊巴夫。他的声音不时盖过别人：“对了，对了，传球给我，射门！射门！！射门！！！哎，你都做了什么呀？”然后是笑声、孩子们跑动和喘气的声音。我在床上坐了起来。

“奥贝。”我尽可能平静地招呼哥哥。

他没回应。他在哼歌。

“奥贝。”我又叫了一声，快要哭出来了。“你为什么非得杀了那个疯子呢？”我问。

“很简单，本。”他的平静让我不安，“我要杀他，因为他杀了我的两个哥哥，不配活下去。”

他第一次这么说，是在讲完《瓦解》的故事之后，当时我以为他只是太过伤心，愤怒之下才说出了那样的话；但现在，他郑重坚决的语气和这些画作让我感到他是说真的。

“为什么，为什么你——你要杀人？”

“你不明白？”他说。我的语气泄露了我的震惊，那个“杀”

字我几乎是喊出来的，但他并不当回事。“你甚至都不懂为什么，因为你已经忘记哥哥们了，你忘记得太快了。”

“我没忘。”我争辩说。

“你忘了。如果你没忘，你就不会坐在这里，任由阿布鲁在杀了我们的哥哥后还活得好好的。”

“可我们一定要杀死那个魔鬼吗？没有别的办法吗，奥贝？”

“没有。”他摇了摇头，“听着，本，哥哥们打架的时候，咱们俩太懦弱，没拦住他们，结果他们相互残杀。这次是为了给他们报仇，我们不能再懦弱了。我们一定要杀了阿布鲁，否则我们没法心安。我没法心安；爸爸妈妈也没法心安。妈妈都被那个疯子逼疯了。他给我们留下的伤口永远都好不了。要是我们不杀了这个疯子，一切都没法回到从前。”

他的话让我僵坐在那里，说不出话来。我看得出来，他已经制订了一个坚不可摧的计划。每天晚上，他都会坐在百叶窗的窗台上抽烟，多数时候赤裸着上身，因为他不想让衬衫染上烟味。他总是抽着抽着就咳嗽吐痰，还不时拍打身上的蚊子。恩肯蹒跚着走到我们房门前，砰砰敲门，口齿不清地宣布晚饭做好了。他打开房门，刚漏进一缕光线，就又把门关上了。房间里重新陷入黑暗。

几个星期后，他还是没能说服我加入他的计划，于是就跟我疏远了，决定独自一人完成任务。

到了十一月中旬，干燥的哈麦丹风把人们的皮肤都吹成了灰白色。我们家人像老鼠一样冒出头来——老鼠可是火后废墟里最先出现的生命迹象。父亲开了一家书店。他动用了储蓄，还得到了朋友们的慷慨支持，尤其是住在加拿大的巴约先生。巴约先生宣布说要来尼日利亚看我们，我们也殷切地期盼他的到来。父亲租下了一个一间店面的铺子，离阿库雷王宫只有两公里远。本地的一位木匠给书店做了一块大大的木头招牌，在白漆底上用红漆写了“艾克波贾书店”几个字。这块招牌被钉在书店的门楣上。开业那天，父亲带我们过去参观。他把大部分书都摆在木头架子上——所有书架都散发着喷漆的气味。他告诉我们，开业之前他一共进了四千本书，全部上架得花好几天时间。一袋袋、一箱箱的书堆在一个没开灯的房间里。他说那是仓库。他刚打开仓库门，一只老鼠就蹿了出来。母亲笑了，声音有些沙哑。她笑了好久，这是哥哥们去世后她第一次笑。

“他的第一批顾客。”她说。我们笑着看父亲追老鼠。老鼠的速度比他快十倍，最终逃了出去。父亲跑得上气不接下气，过后给我们讲了他在约拉的一位同事的一件逸事。这位同事家里老鼠成灾，他忍了那些老鼠很久，只用捕鼠夹对付它们，因为他不希望它们死在隐秘的地方，尸体腐烂了才被发现。之前他试过的其他对策都没用。

然而，有一次，光天化日之下，就在他招待两位同事的时候，两只老鼠大摇大摆地出来了，让他好不尴尬。他这才决定下狠手，把全家人迁到宾馆去住了一个星期，然后在屋里每个犄角旮旯都放了老鼠药。等他们返家时，几乎每个角落里都躺着死老鼠，连鞋子里都有。

父亲的办公桌椅放在书店正中间，面对入口。书桌上放了个花瓶，还有一个玻璃地球仪，要不是父亲及时扶住差点儿就被戴维打翻了。我们走出书店的时候，看见马路对面起了骚乱。两个男人在打架，周围聚集了一大帮人。父亲无视那边的乱象，指给我们看路边那块写着“艾克波贾书店”的大招牌。只有戴维需要解说才能明白这名字是两个哥哥名字的组合。父亲从那儿开车带我们去乐购大卖场买蛋糕。回程时，他走了那条将我们区一分为二的街道。那条街道有条小岔路，从那里可以看见掩住了奥米－阿拉河的埃桑草丛。在那条街上，我们遇见一群人正随着卡车上装的收音机里播放的音乐跳舞。街上搭满了木棚和帆布遮阳篷，下面坐着卖小商品的妇女。还有一些人在路边卖堆在麻袋上的甘薯块茎、装在盆里或篮子里的大米，以及其他商品。载客摩托车在汽车之间惊险地穿行——摩托车上的某些人的脑袋迟早会被碾碎在马路上。体育馆里，一九八九年猝死在球场上的尼日利亚足球运动员塞缪尔·奥克瓦拉吉的塑像赫然耸立在一群建筑物中间。他的脚上永远停着一只足球，他的手永恒不变地指向一个未露面的队友，他的雷鬼头因为积了太多尘土已看不出纹理。塑像上脱落的金属丝丢人地挂在他的臀部。体育馆对面，穿着传统服装的人坐在防水油布篷下面的塑料椅子上，面前的几张桌子上摆着各种酒水饮料。两个男人俯身拍打沙漏形的讯息鼓，还有一个身穿同种面料做的约鲁巴传统服装阿格巴达和长裤的男人在跳舞，身体柔软如杂技演员，长袍随舞姿飘动。

快到一条直通我家的左转岔路口时，我们看到了阿布鲁。这是我们在两个哥哥死后第一次看到他。过去这段时间，他消失得无影无踪，似乎根本不曾存在过；就好像他走进我们家，点燃一小堆火，然后就不见了。自从母亲回到家，我们的父母几乎没有提起过他。只有一次，母亲告诉了我们一则有关他的消息：他离开了，不用承担任何责任。阿库雷人一向这么容忍他。

阿布鲁正站在路边远眺。因为路上铺设了减速带，我们的车子驶向他的时候放缓了速度。他冲过来，又是招手又是微笑。他的上牙似乎缺了一颗，高举的手臂下面有一条长长的、带着血迹的新鲜疤痕。他的裹身衣上满是花朵图案。我看见他穿过马路，上了人行道，大摇大摆，不时做个手势，好像他有同伴似的。我们越驶越近。为了避开一辆满载建材驶过这条窄路的贝德福德卡车，他停下了脚步，转而开始饶有兴趣地端详地上的什么东西。父亲对他视若无睹，开了过去，但母亲发出长长的嘘声，还咕哝了一句“邪恶的人”，在头顶打了个响指。“你会死得很惨。”母亲继续用英语说，好像那疯子能听见似的，“一定会。”

一辆厢式车拖着一辆坏掉的汽车慢腾腾地开过来，本来噪声就很大，还时不时地按喇叭。我从侧后视镜里盯着阿布鲁，看着他像战斗机一样倒退。直到已经看不见他了，我依旧盯着侧后视镜，那上面有一行字：警告：后视镜里看到的物体比你以为得要近。我想到阿布鲁曾经离我们的车很近，开始想象他被撞到了。我浮想联翩。首先，我想到了母亲看到这个疯子后的反应。他真会死吗？我的结论是不可能。谁会杀死他呢？谁会接近他，把刀子插进他肚子里呢？他难道不会先知先觉，反而先发制人杀了那人？要是杀得死他，镇上这么多恨不得他死的人岂不是早该得手了？他们不都选择了在同心圆里打转，浑浑噩噩地跑了一圈又一圈？他们不都在清算之门前化成了盐柱，就好像阿布鲁刀枪不入？

母亲爆发时，奥班比抛给我一个询问的眼神。等我把注意力从侧后视镜移开，他又对上了我的视线，他的眼睛仿佛在说："你看到了吗？我早就跟你说过。"我顿悟了。就在那一瞬间，我意识到正是阿布鲁设计了我们的不幸。我们的车经过隔壁邻居家老掉牙的阿根廷时，那辆车的废气管正喷着黑烟。我突然想到，正是阿布鲁伤害了我们。虽然之前我不赞成哥哥惩罚阿布鲁的计划，但那天一看到他，我的心意就改变了。母亲的反应、诅咒和淌下腮帮的泪水也触动了我。当时，恩肯用唱歌一样的声音说："爸爸，妈妈在哭。"一阵战栗滚过我的身体。

"我知道。"父亲从后视镜里看着我们，"告诉她别哭了。"

恩肯鹦鹉学舌："妈妈，爸爸说我应该告诉你别哭了。"我的心口决了堤，那疯子对我们犯下的恶行全都涌了出来：

1. 他夺走了我两个哥哥。
2. 他毒害了我们的手足情谊。
3. 他害得父亲丢了工作。
4. 他害得奥班比和我缺了一学期的课。
5. 他差点儿把母亲逼疯。
6. 他害得我两个哥哥的东西全被烧掉了。
7. 他害得波贾的尸身只能像垃圾一样被烧掉。
8. 他害得伊肯纳被埋进了土里。
9. 他害得波贾肿胀得像个气球。
10. 他害得波贾成了全镇人眼中的“失踪人口”。

他的恶行数之不尽。我不再往下数，这表继续列下去，会像拧开的水龙头一样没完没了。虽然他干了这么多坏事，虽然他让我们家人吃了这么多苦，虽然他让我母亲悲痛欲绝，虽然他让我们家出现了裂痕，但这个疯子似乎根本不知道自己做了什么。这个想法让我惊骇不已。他的日子一如既往，他毫发无损，没有受到任何影响。

11. 他摧毁了父亲为我们规划的未来蓝图。

12. 他催生了入侵我们家的蜘蛛。

13. 是他，不是波贾，把刀插进了伊肯纳的肚子。

等父亲关掉发动机，我的领悟在我内心造的那个泥人已经站了起来，甩掉了身上多余的泥土。它的前额刻着一行判词：阿布鲁是我们的敌人。

等回到我们房间，趁着奥班比换短裤的当口，我告诉他我也要杀阿布鲁。他先是停止了动作，凝视着我，然后走过来抱住了我。

那天晚上，在黑暗中，他给我讲了一个故事。他已经很久没给我讲故事了。

蚂蟥

仇恨是一条蚂蟥。

它吸附在人的皮肤上，不但吸人血，还要榨干人的元气。它改变了被它叮上的人，不吸走那人最后一丝安宁绝不离开。它吸附在人的皮肤上，越叮越深。要想把这寄生虫从皮肤上扯下来，就得把那块皮肉也扯下来。杀它就等于鞭打自己。曾经有人用火烫它，用烧热的铁棍灼它，结果连皮肤也烧焦了。我哥哥对阿布鲁的恨就像蚂蟥一样，已经深入皮肤。从我加入的那晚起，只要父母出门上班——母亲去市场上摆摊，父亲去书店——我们俩就把卧室门锁上，挤在一起讨论我们的计划。

“首先，”一天早上，哥哥说，“我们必须在这里，在我们的房间里征服他。”他举起画有火柴人的计划书。“先在脑子里想象，然后在纸上画出来，最后才真正征服他。你有没有听柯林斯牧师说过，物质世界里发生的一切都已经在精神世界里发生过了？这样的话，他说过好多次。”这只是个设问句，不需要回答。他继续说道：“所以，在我们离开房间去找阿布鲁之前，我们必须先在这里杀掉他。”

我们首先审视了五张关于如何杀死阿布鲁的草图，看有没有可能实现。第一张图被他称为“大卫和歌利亚计划”：他朝阿布鲁扔石头，砸死了他。

我质疑这个计划成功的可能性。我推断说，我们不像大卫那样是上帝的仆人，也并非命中注定会成为大卫那样的国王，我们也许砸不中阿布鲁的前额。正是一天最热的时候，奥班比打开了吊扇。附近有个男人在高声叫卖橡胶凉鞋：“橡胶鞋，橡胶鞋——有卖喽！”哥哥坐在他的专用椅子上，一手托腮，思考着我的话。

“听着，你的担心，我懂。”终于，他开口了，“也许你是对的，但我总觉得我们能用石头砸死他。怎么做才好？在哪里砸他、什么时候砸他才不会让我们被当场抓住？这些才是实施这个计划真正该担心的问题，别为我们到底是不是像大卫那样的国王而伤脑筋。”

我点头同意。

“要是我们在众目睽睽之下砸他，不知道接下来会怎样。还有，要是我们没瞄准，砸中了别人，怎么办？”

“你说得对。”我点头表示同意。

在他拿出来的下一张图上，阿布鲁跟伊肯纳一样，是被刀刺死的。图上标记着“奥贡喀沃计划”，是从《瓦解》那本书里得来的灵感。这张图把我吓得不轻。

“要是他和你打起来，或者先刺中了你，怎么办？”我说。“他很邪恶，你知道吧？”我问。

这种可能性让他很困扰。他拿起铅笔，在草图上打了个叉叉。

我们把草图一张张拿出来，翻来覆去地论证，一旦发现行不通，就给它打叉。后来，所有的草图都被撕掉了。我们开始设想各种事故，但大部分设想还没有完全成形就被摈弃了。其中一个设想是我们找一个起风的夜晚，在路上追逐阿布鲁，结果他撞上了一辆飞驰的汽车，脑浆溅到了柏油路面上。这是我的点子。在我的想象中，疯子被碾碎的尸体一点儿一点儿地黏在柏油路面上，就像我见过的各种被车轧死的动物——鸡、山羊、狗、兔子。我的哥哥闭上眼睛，静坐着思考了一会儿。卖橡胶凉鞋的小贩又转了回来，叫得更响了：“橡胶鞋，橡胶鞋——卖喽！橡胶——鞋——卖喽！”他似乎离我们的院子越来越近，声音响得盖住了哥哥的话。“——好主意，”我只捕捉到了这半句，“但你知道，那些不知道疯子对我们家做了什么的无知的人和胆小鬼会制止我们。”

我再次表示同意。他把这张图撕掉，生气地把碎片丢到地上。

奥班比为两个哥哥报仇的决心是条蚂蟥。这条蚂蟥叮得太深了，什么手段都消灭不了它，连火烧都没用。在后续的日子里，我们的父母一离开家，我们就跑出去找那个疯子。我们出去的时候一般是上午，从早上十点到下午两点都在外头。虽然新学期已经开始，但我们没有去上学。父亲给我们学校的女校长写了信，为我们请假一学期，因为我们的哥哥去世不久，我们需要时间恢复，不适合回去上学。为了避开同学或周围街区我们认识的小孩，我们走的都是隐秘的小径。十二月的第一个星期，我们彻底搜查了整个区，想找到疯子的踪迹，但无功而返。他不在卡车里，不在街头，也不在河边。我们不能向任何人打听，因为我们区的人对我们很了解，一见到我们就露出同情的神色，就好像我们额头上刻着哥哥们悲剧的印记一样。

无功而返并没有打消哥哥的执念。那个星期，我们听说了一件有关疯子的事，打消了我发誓加入他的事业时积聚的全部勇气。即便如此，哥哥还是坚持不懈。疯子已经消失了好多天—— 一次都没在我们区露过面。于是，我们开始向我们认为不认识我们的人打听他。然后，我们走到了我们区最北面。那里有一个巨大的加油站。加油站里放着一个杂色的人形气球，不停地随风弯腰、歪倒或招手。就在那里，我们找到了伊肯纳的老同学农索。他坐在主路边的一个木头高脚凳上，面前的拉菲亚树叶编织袋上平摊着报纸和杂志。他跟我们握手，拍了拍我们的肩膀，然后告诉我们他负责整个区的报纸杂志发行。

“你们没听说过我吗？”他的声音有些沙哑，就像吸毒吸兴奋了一样，他的眼睛在我们俩的脸上扫来扫去。

他的耳环在阳光下闪闪发光，他的朋克头——头顶心留有一撮齐平的头发——又黑又亮。他听说了伊肯纳的死讯，知道是他的“傻弟弟”给他肚子上来了一刀。他恨波贾。“不管怎么样，愿他们的灵魂安息。”他说。

一个一直在读《卫报》的男人站起来，放下报纸，给了农索几枚硬币。他放下报纸的时候，我看到头版上刊登了一九九三年总统竞选人的妻子库迪拉特·阿比奥拉被杀的新闻。农索示意我们坐到布篷下那男人空出来的位置。我想起见到 M.K.O. 那天，她就站在我们旁边，还用戴满戒指的手摸过我的头。我记得她开口请人群后退的时候，语气既威严又谦卑。在报纸头版的照片里，她的双眼闭上了，她的脸了无生气——没有一丝血色。

“这是 M.K.O. 的妻子，你不知道吗？”奥班比把报纸从我手里拿开。

我点点头。我想起来了，在见过 M.K.O. 之后很长一段时间里，我期盼着还能再见到那个女人。那时我觉得自己爱她。她是第一个被我视作妻子的女人。其他女人要么只是女人，要么是某人的母亲，要么是个女孩，而她是一位妻子。

我哥哥问农索最近有没有见过阿布鲁。

“那个魔鬼？”农索说，“我两天前见过他，就在这儿。在加油站旁边这条主路上，站在尸体——”

他指向长长的主路边的一条土路。那条主路跟一条通往贝宁[①]的公路相连。

“什么尸体？”我哥哥问。

农索摇摇头，拿起他习惯性挂在肩上的一条小毛巾擦掉脖子上的汗珠。擦过汗的脖子在阳光下闪闪发光。“什么，你们没听说吗？”

他说，那天清早，大约黎明时分，阿布鲁发现了一位年轻妇女的尸体。我们那儿的交通警察出警往往很慢，那天也不例外，所以那具尸体就在路上躺了很久。到了中午，经过的人大多会停下来看一眼。中午快过去的时候，尸体吸引的眼球少了，这时又有一群人开始聚集到它周围，闹哄哄的。农索往路那边张望，但人群挡住了他的视线。

他的好奇心被勾起来了，他丢下报纸，穿过马路，往人群那边走去。站在那群人中间，他看到了那具女尸。流出的血已经变黑了，在她头颅下面形成了一个光轮般的血泊。她的双手摊在两边，跟他之前看到的没什么两样。一只戒指在她手指上发出微光。浸透了血的头发又黏又乱。然而，跟之前不一样的是，尸体被剥光了衣服，双乳露在外面，阿布鲁正骑在她身上，在围观者惊恐的注视下用力地推送。人群里，有人在争论让他这样亵渎死者到底对不对；也有人认为没什么要紧的，反正那女人已经死了；还有些人主张制止他，

① 即贝宁共和国，位于西非中南部。

但这些人占少数。阿布鲁释放过后就在女尸身上睡着了，好像把她当成了妻子，一直睡到警察把她和他分开。

这个故事给哥哥和我极大的震撼，那天剩下的时间我们没去别处侦察。对疯子的恐惧笼罩了我，我看得出来，我的哥哥奥班比也害怕了。他在客厅里默默地坐了好久，最后仰着头靠在椅背上睡着了。我开始惧怕这个疯子，希望哥哥能放弃报仇，但又不敢直接跟他说。我怕说了他会生气，甚至恨我。然而，到了周末，天意出手干预——现在回头看，事情更明显了——来拯救我们。父亲宣布说，他那位在我三岁时搬去加拿大的朋友巴约先生抵达拉各斯了。当时我们正在吃早饭，这条消息不啻一声惊雷。父亲还说，巴约先生答应带我哥哥和我去加拿大。这下，房间里炸开了锅，人人都欣喜万分。母亲叫着“哈利路亚”站起来，唱起了歌。

我也很兴奋，喜悦在我体内洋溢开来。可当我瞥向哥哥的时候，我发现他面不改色地吃着饭，脸上一片阴霾。他难道没听见？看起来不像啊，因为他把头埋得更低了，拼命扒饭的样子像没吃过饭一样。

“我怎么办？”戴维哭哭啼啼地问。

“你？”父亲笑道，“你也会去的。你这样的酋长怎么能留在这儿？你也会去的；事实上，你会第一个上飞机。”

我还在琢磨哥哥在想什么，他已经开口了：“上学怎么办？”

“你们会在加拿大上更好的学校。”父亲回答说。

哥哥点点头，继续吃饭；这可以算是我们人生中最好的消息了，他却兴致索然，让我很惊讶。我们接着吃饭。父亲给我们讲述了加拿大怎样在很短时间内赶超包括它的宗主国英国在内的其他国家。然后，他把话题转向尼日利亚以及侵蚀了我们整个国家的腐败。最后，他习惯性地开始骂戈翁[①]。父亲曾多次指责此人三番五次轰炸我们老家的村子，在内战期间杀害了许多妇女。我们在他的影响下也不喜欢戈翁。“那个白痴，”他厉声说，喉结一上一下，脖子上青筋凸起，“是尼日利亚最大的敌人。”

父亲去了书店，母亲也带着戴维和恩肯出门了。我去找哥哥。他在井边打水，要装满浴室的水箱。这活儿以前被伊肯纳和波贾包了，因为他们觉得奥班比和我还太小，不能去井边。这是八月以来第一次有人从那口井里打水。

“如果我们真的很快就要去加拿大，”他说，“那我们就得尽快杀死那个疯子。我们得快点儿找到他。”

以前，这话会让我激动。可这次，我想告诉他，忘了疯子，我们去加拿大重新开始吧。但我说不出来，我说出口的是：“对，对，奥贝，我们一定要抓紧了。”

“我们得快点儿杀死他。”

这条好消息让哥哥感到焦虑，晚饭都没吃。他坐在那里画图，擦掉不满意的图，或干脆撕掉。他的脾气越来越坏，直到他手里的铅笔缩到他手指头那么短，桌上堆满了碎纸。那天早上，我们父母

---

① 比夫拉内战期间尼日利亚军政府首脑。

去上班后不久，他在井边告诉我，我们得快点儿行动。当时他手指着井口，语气凶狠：“因为那个疯子，波贾，我们的哥哥，在这里面像只小蜥蜴一样腐烂。我们必须报复；否则我不会去加拿大。”

他舔了舔拇指以强化他的誓言，让我看清他的决心。他不会回头。他提起打满的水桶，走进屋里，留下我站在那里思索——他常常让我一个人反思——我到底想不想念伊肯纳和波贾，有没有他那么想？后来，我宽慰自己说，我也想念他们，只是我被疯子吓到了。再说，我不可以杀人。杀人是邪恶的，我一个小孩怎么可能做得到？然而，哥哥信誓旦旦地说他会执行这个计划，而且坚信自己会成功，因为他的执念已经变成了不可战胜的蚂蟥。

利维坦[1]

然而，阿布鲁是利维坦。

一群勇敢的水手围攻都杀不死的巨鲸。他不可能像其他血肉之躯那么容易死。虽然他和他的同类——疯掉的流浪汉，因为脑子有病沦落到了贫困的最底层，从此危机四伏——没什么不同，但他可能比他们更近地接触过死亡。大家都知道，他主要靠吃从垃圾堆里刨出来的东西维生。他没房子住，找到什么就吃什么——露天屠宰场掉在地上的肉、垃圾里的食物残渣、树上掉下来的水果。吃这些东西，还吃了这么长时间，你会以为他早就染上了什么病，可他活

① 《旧约·约伯记》第四十一章中提到的体型庞大的怪兽。

得好好的，精力充沛，身体健康，还长了小肚子。当他因为踩上了碎玻璃而血流不止时，人们觉得这下他要完了，可没过几天他又活蹦乱跳地出现了。不过，这些都只是原本可以让他丧命的小事；还有许多别的事。

在遇到阿布鲁后第二天，我们聚集在奥米－阿拉河边。在那里，所罗门告诉我们，他之所以严厉警告我们不要听阿布鲁的预言，是因为他相信阿布鲁是披着人皮的恶灵。为了支持他的论点，他跟我们讲了好几个月前他目睹的一件事。那天，阿布鲁在路边走着走着突然停了下来。天在下毛毛雨，他的身上湿了。他相信自己的母亲就站在公路中间，于是对着公路呼唤她，恳求她宽恕他对她所做的一切。正当他恳求她，显然是在同她交谈时，他看到一辆车从公路另一边飞驰而来。他怕极了，高声叫母亲赶快离开公路，但那个他以为真的存在的幽灵站着不动。就在汽车开到阿布鲁幻觉中他母亲站立的位置时，阿布鲁冲上公路去救她。汽车一下子把他撞到了长草的路肩上，自己则滑出公路，卡在附近的灌木丛里，停了下来。据说，车上的人以为阿布鲁已经死了，但他只是在倒下的位置躺了一会儿就站了起来，浑身是血，前额上开了个口子。他站起来后开始拍打湿漉漉的衣裳，好像那辆车只不过是把一阵灰带到了他身上。他一瘸一拐地走开了，边走边朝着车开走的方向说："你想杀人对吗，呃？看见有女人站在路上，你不能停一下吗？你想杀人吗？"他一路走一路喋喋不休，有时候还停下来，一手拉着耳垂，回头告诫那个司机下次要慢慢开：“你听见了吗？听见了吗？”

父亲宣布我们可能要移民去加拿大的第二天，哥哥朝我手里塞了一张草图。我坐下来盯着图看，他开口了。

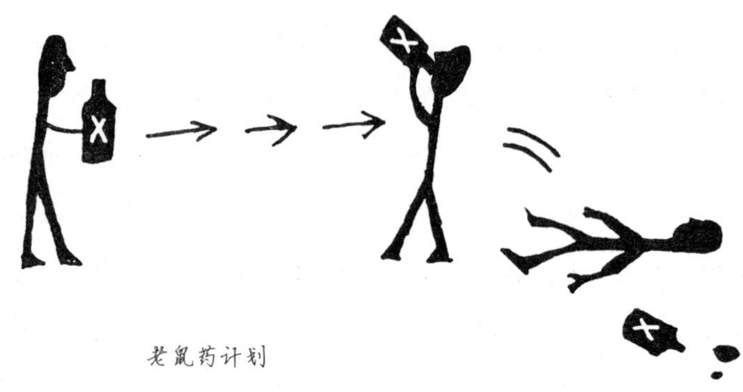

老鼠药计划

“我们可以用老鼠药毒死他。我们可以买一包老鼠药，放在面包或其他吃的东西里，拿给疯子，反正他哪儿来的东西都吃。”

“对，”我同意，“他连阴沟里的东西都吃。”

“的确如此。”他点点头，“但你有没有想过，为什么吃了这么多年，他还活着？他吃的东西难道不是从垃圾堆里刨出来的吗？为什么他还不死？”

他指望我给出答案，但我给不出。

“你记得所罗门跟我们讲过的故事吗——为什么他怕阿布鲁，不想跟他扯上任何关系？”

我点点头。

“那你明白了，是吗？听着，我们不能放弃，但我们也得记住，这是个怪人。那些傻瓜”——他现在管阿库雷居民叫“傻瓜”，谁叫他们听任阿布鲁活着——“相信他是某种肉身不灭的神，你知道，他们愚蠢地以为，在人类理性界限之外生存了这么久已经改变了他的人性，他不再是个凡人了。”

“这是真的吗？”我问。

“如果我们给他吃掺了毒药的面包，别人会以为他是吃了什么从垃圾堆里翻出来的东西死的。”我没有问他这个结论是怎么得出的，因为我对他拥有众多神秘知识深信不疑。过了一会儿，我们俩就出门了。哥哥短裤的前口袋鼓鼓囊囊，里面塞满了用一小包老鼠药浸泡过的撕碎的面包。面包是他从前一天的早饭里省下来的。出门前，哥哥把干瘪的面包屑拿出来，再次撒上老鼠药，弄得我们房间里一股刺鼻的气味。他说，他希望我们只需要“行动”一次，一击成功。我们带着毒面包去了阿布鲁住的破卡车，他不在。我们听说卡车门还能正常开闭，但它几乎一直是开着的。卡车里的座椅快散架了，几乎只剩木质骨架，皮革覆面都撕破了，磨坏了。车顶锈迹斑斑，雨水正从破洞里钻进来。座椅上堆着各种废品：一条蓝色的旧窗帘从座椅上拖到地板上，一盏旧煤油灯没了玻璃罩，只剩一个框架，还有一根棍子、一些纸张、破鞋子、罐头，反正都是从垃圾堆里刨出来的物品。

“大概时间不对，”哥哥说，“我们先回家，下午再来；说不定那时候他就在了。”

我们回了家，下午又去了一次。其间母亲回来过，煮了甘薯作为午饭，不久又回市场了。等我们到了卡车那儿，疯子真的在，但接下来的事完全出乎我们的意料。他在两块大石头上架了一口瓦锅，手里拿着一个瓶子正俯身往里面倒某种液体。两块石头中间堆着木片，显然是当柴火用的，但没点着。把瓶子里的东西都倒进锅里后，疯子拿起一个我们看不清楚装了什么的饮料罐，倒转过来，使劲往锅里倒。后来，他摇摇罐子，朝里面细看一番，又把残留的东西刮出来，直到他认为罐子空了，才把它小心翼翼地放在一张堆满了东西的小凳子上。接着，他冲进卡车，拿出一包看似叶子的东西、一些骨头、一个球形物体和一些要么是盐要么是糖的白色粉末。他把这些东西都倒进锅里，然后猛地往后退了一步，就像往热油里倒东西被烫了那样。我乐坏了。看来这疯子是在——或者说他以为他在——煮一锅以垃圾和废品为原料的大杂烩。有那么一会儿，我们忘记了自己的使命，目瞪口呆地看着眼前的一幕，直到有另外两个男人加入我们，共同欣赏阿布鲁掌勺。

那两个男人穿着廉价的长袖衬衫，衬衫下摆塞进布料柔软的长裤里—— 一个男人穿黑裤子，另一个穿绿裤子。他们手里拿着本精装书，我们瞥一眼就知道是《圣经》；他们刚从教堂出来。

“也许我们可以为他祈祷。”那个皮肤黝黑、头顶秃了一块的男人建议。

“我们已经斋戒祈祷了三个星期，”另一个男人说，“乞求上帝赐予我们力量。现在该是用它的时候了吧？”

第一个说话的男人温顺地点点头。没等他做出回应，第三个声音说：“显然不是时候。”

说话的是我哥哥。两个男人转向他。

“这个人，”我哥哥面带惧色，继续说道，“是个骗子。这些都是装出来的。他神志清楚得很。他是一个众所周知的骗子，他装成这样在路边、商店前面和市场上跳舞，就是为了讨钱。他有好几个孩子。”哥哥虽然在对他们说话，眼睛却看着我，“他是我们的父亲。”

“什么？”秃头男人惊叫起来。

“是的。”哥哥无视我的震惊，“我们的母亲叫我和保罗”——他指指我——“带他回家，告诉他今天到此为止，但他不肯和我们走。”

他朝那疯子做了一个乞求的手势。但那疯子正在凳子旁边的地上找东西，似乎没注意到我哥哥。

“太不可思议了。”皮肤黝黑的男人说，“这世上真是无奇不有。一个男人居然会为了谋生装疯？不可思议。”

两人摇着头离开了，走前请求我们向上帝祈祷，请上帝感化他，宣告他的贪婪有罪。“上帝无所不能，”皮肤黝黑的男人说，“如果你们诚心祈祷。”

我哥哥表示同意，还向他们致谢。等他们走远了，听不见我们说话了，我问哥哥到底怎么回事。

“嘘！”他咧嘴笑了，“听着，我怕这两个人真有什么神力。谁知道呢？他们都斋戒了三个星期了。啧啧！要是他们有布永康牧师、库穆伊牧师[①]或辛班尼牧师[②]那样的神力，通过祈祷把他治好了怎么办？我可不想那样。要是他好了，他就不会四处乱逛，也许他会离开镇上，谁知道呢？你知道这意味着什么，对吧？他会跑掉，不受任何惩罚地溜掉，那怎么行？不，不，我不允许。我以我死去的哥——”我哥哥的话戛然而止，因为我们看见一对夫妻和他们跟我差不多大的儿子停下来观察正在暗自发笑的疯子。奥班比神色黯然，因为这些人一直待到疯子离开为止，我们的行动又被耽搁了。他沮丧地得出结论说，这地方太不隐秘，不能下毒。于是我们回了家。

第二天，我们又去卡车那儿找阿布鲁。他不在。后来我们在一所占地不大的小学附近找到了他。高墙里传出小孩子们齐声朗读诗歌的声音。有时候老师会打断他们，偶尔还会请他们为自己鼓掌。不久，疯子站了起来，威严地迈开步子，两手一甩一甩的，像个石

① 威廉·库穆伊（William Kumuyi，1940— ），尼日利亚基督教派别“深入生活圣经会”（Deeper Life Bible Church）创始人。

② 辛班尼（Benny Hinn，1952— ），著名电视福音传道人，定期举办布道聚会“奇迹十字”（Miracle Crusade）。

油公司的CEO。离他不远处有一把撑开的雨伞，伞骨和起褶的旧伞面都快分家了。阿布鲁凝视着手上戴的一枚戒指，踩着地往前走，嘴里咕哝着一连串单词："妻子""现在已成婚""爱""结婚""美丽的戒指""现在已成婚""你""圣父""结婚"……

后来，在那疯子渐行渐远，已经听不清他的胡言乱语之后，奥班比告诉我，他是在模仿基督教婚礼的行进队列。我们放慢脚步远远地跟着他，途中经过一九九三年伊肯纳从一辆车里拉下死人的地方。我一边走一边想着我们带的老鼠药的毒性。我的恐惧加剧了，我再次对疯了生出了怜悯之情：他就像条四处觅食的流浪狗。他走着走着就会停下来，转个身，像天桥上的模特儿那样摆个姿势，把戴着戒指的手伸出去。一栋平房的门廊上有三个女人，他朝她们走去。三人中有一人坐在凳子上，另外两人在给她梳辫子。其中两个女人起身赶他走，还弯腰捡石头朝他扔过去，想把他吓走。

两个女人早就不追了——她们其实没怎么动弹，只是朝他尖叫，叫他这个脏东西走开——但疯子还在跑，时不时地回头看，脸上挂着淫邪的笑容。我们后来才知道，他逃跑时走的那条土路很少有汽车开过，因为那条路的尽头是一座横跨奥米－阿拉河的长约两百米的木桥。一些街头顽童轻而易举就把这条没几米长的土路变成了他们的游乐场。他们在路的两头放了四块大石头，石头中间留空，作为足球场的门柱。他们在这里踢球，吵吵嚷嚷，扬起一片尘土。阿布鲁满脸笑容地看着他们。后来，他摆了个姿势，手里托着一个我们看不见的球，用力朝空中踢去，差点儿摔了一跤。他挥舞双手狂喊："进球！进，球，啦！！"

追上他后，我们发现伊巴夫和他的堂兄弟也在那儿踢球。一上木桥，我就想起了伊肯纳变形时我做过的那个有关人行桥的梦。闻到大河熟悉的气味，看到跟我们以前抓的鱼儿差不多的杂色鱼在水中游弋，听到癞蛤蟆和蟋蟀在我们看不见的地方叫唤，就连河里死物的恶臭都让我想起我们一起钓鱼的日子。我仔细地观察了一番鱼儿，因为我已经很久没看见它们了。以前我希望自己是条鱼，所有的兄弟也都是鱼，这样我们就可以整天游泳，每天游泳，永远游下去。

不出我们所料，阿布鲁朝木桥走过来，眼睛看着远方，一路走到木桥脚下。他上桥的时候，我们站在桥的另一头都能感到桥面沉了沉。

"他一吃下面包，我们就跑，飞快地跑，"看着疯子离我们越来越近，哥哥说道，"他有可能摔下去死在河里；没人会看到他是怎么死的。"

这个计划让我感到害怕，但我还是点头同意了。阿布鲁一上桥就走到栏杆边，扶着栏杆朝河里尿尿。我们看着他尿完，阳具像橡皮筋一样缩回腰间，几滴尿滴到了桥面上。哥哥环顾四周，确定没人在看我们，才拿出了毒面包，朝疯子走去。

现在，他离我们很近了，我确信他很快就会死掉。我仔细打量了他一番。他就像古时候能赤手空拳撕碎一切的大力士。繁盛的络腮胡从脸侧一直蔓延到下巴。上嘴唇的胡须像是用细炭笔画的。头发又长又脏，缠成一团。他的胸口、满是皱纹的黑脸上、下腹和阳具周围也长满了毛发。他的指甲又长又尖，每个指甲里面都嵌满了油污和泥土。

我注意到他身上散发出多种气味，其中最浓烈的是粪便味。随着我和他之间的距离越来越短，这种气味像一群苍蝇一样扑面而来。我想这一定是因为长期以来，他排泄完之后都不清洗肛门。他的私处和腋窝下面的浓密毛发里累积着陈年汗臭。他身上还有腐烂的食物、未愈合的伤口和流脓、体液和垃圾的气味。我还闻到了生锈的金属、腐烂物质、旧衣服、他有时会穿的捡来的内裤的气味。他身上还带着奥米－阿拉河边的树叶、爬藤、烂杧果的气味，河岸上沙子的气味，甚至还有河水的气味。我还闻到了香蕉树和番石榴树的气味、哈麦丹风卷起的尘土味、裁缝铺后面大垃圾桶里丢掉的衣服的气味、镇上露天屠宰场残留的肉的气味、秃鹫们吃剩的残骸的气味、“美好房间”汽车旅馆里用过的避孕套的气味、阴沟和污物的气味、他手淫后喷射在自己身上的精液的气味、阴道分泌物的气味、干掉的黏液的气味。然而，这些还不是全部。他身上还有非物质的东西的气味，比如说，他人戛然而止的生命，以及他们灵魂中的寂静。从他身上闻得到未知的事物、奇特的元素、可怕的被遗忘的东西。他有死亡的味道。

奥班比伸出拿着面包的手。他走近我们，接了过去。他似乎根本没认出我们，就好像他没给我们下过预言。

“吃的！”他说着伸出了舌头，然后用没有起伏的调子唱出一串词语，“吃，米饭，豆子，吃，面包，吃，那个，吗哪[①]，玉米，埃巴，甘薯，鸡蛋，吃。”他拿一个拳头撞击另一只手的手掌，继续有节奏地吟唱由“吃的”引发的歌。

“吃的，吃的，吃——的！吃这个。”他两个手掌拉开距离，比画着锅的形状，“吃，吃的，吃，吃——”

“这个好吃，”奥班比结结巴巴地说，“面包，吃吧，吃吧，阿布鲁。”

阿布鲁翻了个白眼，其灵活程度足以让最会翻白眼的人自愧不如。他从奥班比手里接过一片面包，咯咯地笑了，还打了个哈欠，就像为刚才说的一长串话点了个标点。他一接过面包，奥班比就瞪眼看我。等他后退到安全距离，我们拔腿就跑，一直跑过另一条街才想到停下。远处，一条繁忙的公路在田野里起伏。

“咱们别离他太远。”哥哥气喘吁吁地扶着我的肩膀说。

“好的。”我喘着气嘟哝了一句。

“很快他就会倒下。”哥哥低声说。他的双眼迸发出喜悦的光芒，而我的眼眶里却迅速填满了同情的泪水。母亲讲的阿布鲁吮吸

---

① 《旧约·出埃及记》第十六章中提到的上帝赐给在旷野中跋涉的以色列人的食物，后来引申出“精神食粮”的意思。

奶牛乳头的故事跃上我心头。我想到，是贫穷把他逼到了绝路上。我们家冰箱里有成罐的牛奶，牛铃牌的，山峰牌的，罐子上都印着奶牛图案。我想，也许他一罐也买不起。他没钱，没衣服，没父母，没房子。他像我们在主日学校里唱的歌里的鸽子："看那些鸽子，它们没有衣服穿。"它们没有花园，但上帝在看着它们。我想，阿布鲁就像那些鸽子，我同情这个疯子，有时候我就是忍不住。

"他很快就会死。"哥哥的话打断了我的思绪。

我们停在一个卖小商品的女人的棚子前面。棚子的隔栅上糊了纱，下面开了一个出纳窗口大小的洞，供她和顾客打交道。格栅上方挂着各种饮料、奶粉、饼干、糖果和其他食品。我们就在那儿等着，我想象阿布鲁会怎样摔倒在桥上，慢慢死去。在跑开之前，我们看到他把毒面包放进嘴里，胡须随着咀嚼颤动。现在我们又看到他了。他依旧扶着栏杆，正在朝河里看。有几个男人从他身边走过，其中一个回头看了他一眼。我的心漏跳了一拍。

"他快死了。"哥哥低声说，"看，他大概在发抖，所以那些男的才会看他。他们说，毒药发作的时候，身体会发抖。"

阿布鲁弯下腰，好像在朝桥面上吐东西，这似乎证实了我们的猜测。我想，哥哥是对的。我们看过好多电影，里面的角色吃了毒药后都会咳嗽，口吐白沫，然后倒地而亡。

"我们成功了，成功了。"他叫起来，"我们为艾克和波贾报仇了。我告诉过你我们能做到。我告诉过你。"

哥哥兴高采烈。他说这下我们可以安心了，那疯子再也不会烦扰其他人了。这时，那疯子一边跳舞一边拍着手朝我们走过来，堵住了哥哥的嘴。这个奇迹朝我们走来，手舞足蹈，唱着赞美诗，赞颂那位手掌被敲进九英寸长的钉子、将来某天会重返人间的救世主。我们跟着他，为他的生命力惊叹。他唱出的赞美诗把即将到来的夜晚驱赶进一个神秘的王国。我们拖着沉重的步子走了好长的路，路边的店铺相继关门。终于，奥班比一言不发地停下来，掉头朝家里走去。我知道，他和我一样，已经认识到在血泊里浸过但没受伤的拇指和有一道血口的拇指是不一样的。他明白了，毒药杀不死阿布鲁。

蚂蟥钻进了哥哥和我的皮肤，对我们的悲痛消了毒，让我们的伤口无法愈合，但我们的父母逐渐好起来了。十二月底的时候，母亲脱下了丧服，回归正常生活。她不再动辄大怒大悲，蜘蛛们似乎也死绝了。因为她的康复，推迟了好多个星期的伊肯纳和波贾的追思弥撒终于在接下来那个星期六举行了——就在我们第一次杀阿布鲁失败五天后。那天早上，我们所有人，包括戴维和恩肯，都穿上黑色正装，挤进父亲的车里。这车前一天刚刚送到博德先生那里修过。他在悲剧中扮演的角色把他和我们家拉近了。他来过我们家好多次，有一次还带着他的未婚妻，那女孩前突的牙齿让她的嘴很难完全闭拢。父亲现在称他为“我的兄弟。”

弥撒上安排了告别歌曲、父亲对“男孩们”生平的简要回顾，以及柯林斯牧师一段短短的布道。那天，柯林斯牧师头上缠着纱布。几天前，他搭乘出租摩托车的时候出了事故。礼堂里都是邻居们熟悉的脸。他们中大多数是别的教会的会众。父亲发言时说伊肯纳是个男子汉，如果他活下来，他会成为众人的领袖。他这么说的时候，奥班比一直盯着我。

“我不会太啰唆，但伊肯纳是个好孩子。”父亲说，“他经历过很多苦难。我是说，魔鬼多次试图偷走他，但上帝非常守信。他六岁的时候，被蝎子叮了——”听众们发出一阵压抑的惊叹，打断了他的话。

“是的，在约拉。”父亲继续说道，“才过了几年，他的一个睾丸被踢进了体内。这个事故的其余细节我就不透露了。只要记住，上帝一直与他同在。他的弟弟波贾——”这时，礼堂里出现了我从未经历过的沉寂。因为，站在教堂前面讲台上的父亲——我们的父亲，无所不知的男人、勇士、强人、总司令、体罚总指挥、知识分子、老鹰，开始啜泣。我难堪地低下头，盯着自己的鞋子。父亲的发言还在继续。然而这一次，他的话语像堵在拉各斯车流里的超载的运木材的卡车，在由他感人的演讲构成的坑坑洼洼的土路上曲折前行，不时停一下，颠一下，往前滑几米。

“他本来也可以成为一个伟大的男子汉。他……他是一个很有天分的孩子。他，如果你们认识他，他……是一个好孩子。谢谢大家今天能来。”

父亲匆忙结束了演讲，礼堂里的掌声久久不息。接着，赞美诗开始了。母亲一直在低声哭泣，用手绢抹眼睛。我为哥哥们哭泣，心头有一把悲痛的小刀缓缓划过。

在众人合唱“我心灵得安宁”的时候，我注意到周围有异常响动。过了一会儿，大家都开始把头往后扭。我不想扭头，因为父亲就坐在我们旁边，紧挨着奥班比。就在我纳闷到底怎么回事的时候，奥班比把头歪向我，低声说：“阿布鲁来了。”

我马上扭过头，看见阿布鲁站在礼堂中间，穿着一件沾了烂泥的褐色衬衫，上面有一大圈汗渍和污秽。父亲瞥了我一眼，用眼神命令我专心。以前，阿布鲁也来过教堂好多次。他第一次来的时候，牧师正在布道，他从门口的引座员身边走过，坐在女教众坐的长凳上。虽然会众们马上就意识到有不寻常的事情发生，牧师还是继续布道，守在门口的年轻的男引座员们则密切注意着阿布鲁。但他在布道过程中异常平静，还积极参与布道结束后的祈祷，吟唱赞美诗，好像变了个人似的。弥撒结束后，他悄悄离开了教堂，留下教众在他身后议论纷纷。后来他还参加过几次弥撒，多数时候都坐在女教众的席位上，激发了教众们的热烈讨论。有人认为，他赤身裸体，不适宜让妇女和儿童看到。还有人认为，教堂向所有人开放，不管他是赤身裸体还是衣着妥当，是穷人还是富人，是神志正常还是不正常，身份并不重要。最后，教会决定拒绝他入场。要是他靠近教堂，引座员就会拿棍子赶跑他。

然而，在我哥哥们的追思弥撒上，他让大家都吃了一惊。他趁人不备溜了进来，被发现时已经坐下了。因为这次弥撒比较敏感，长老们就让他留下了。仪式结束，他离开后，坐在他旁边的女人回忆说，他在做弥撒的时候哭了。她说，他问她认不认识这个男孩，还说自己认识他。那女人像在大白天见了鬼似的甩了甩头，说阿布鲁不断地念叨伊肯纳的名字。

我不知道我的父母是怎么看待阿布鲁出现在因他而死的两个哥哥的追思弥撒上这件事的，但我从回家路上的肃穆气氛中可以感觉到他们受到了极大的震动。谁都不作声，只有戴维迷上了弥撒上我们唱过的一首歌，哼着曲调想要唱出来。时值正午，在这个居民以基督徒为主的镇子上，多数教堂都关门了，路上都是汽车。我们的车在拥堵中前进，戴维深情的歌声——由含糊不清的上颚音、错误拼读、只剩半截的单词、颠倒的含意和断章取义组成的神奇作品——在车里起到了镇静剂的作用。寂静似乎触手可及，好像车里多出了两个人——肉眼看不见的两个人。他们和我们坐在一起，也和我们一样镇静。

Whe pis lak'a rifa ateent ma so

Whe so ow lak sea billows roooooo

What eefa my Lord, if at cos me to say
It is weh, (it is weh) with ma so
It is weh, (it is weh) with ma so, (with ma so)
It is weh, (it is weh) with ma so.①

我们到家后不久，父亲就出去了，到半夜还没回来。母亲的恐惧上升到了顶点。她在屋子里像发疯的猫一样窜来窜去，后来又去了邻居家，告诉他们她丈夫失踪了。她的焦虑感染了好多邻居。他们都聚集到我们家，安慰她，让她耐心点儿，再等等，至少等到第二天再去报警。母亲接受了他们的建议，但父亲回到家时她已经焦急得快疯了。那时，其他几个孩子都睡着了，连奥班比也睡着了，只有我还醒着。尽管母亲再三恳求，父亲还是不肯透露去了哪里，为什么一只眼睛上蒙了绷带，只是拖着沉重的脚步进了卧室。第二天早上奥班比问起的时候，他草草打发了他："我做了个白内障手术。不许再问。"

我用咽唾沫的方法拼命压下涌上心头的无数疑问。

---

① 原文此段都是错误拼写。正确歌词是：When peace like a river attendeth my way/When sorrows like sea billows roll/Whatever my lot thou hast taught me to say/It is well, it is well with my soul/It is well (it is well) /With my soul (with my soul) /It is well, it is well with my soul. 译为中文如下：有时享平安如江河平又稳 / 有时悲伤来似浪滚 / 不论何种环境，主已教导我说 / 我心灵，得安宁 / 得安宁（得安宁）/ 我心灵（我心灵）/ 我心灵，得安宁。

“你之前看不见东西了？”过了一会儿，我问他。

“我说了。不，许，再问！”他厉声喝道。

然而，那天他和母亲都没去上班。这个事实本身告诉我，他一定出了很大的问题。接连的悲剧和工作大大改变了父亲。他和以前不一样了。拆除绷带后，那只眼睛再也没法像另一只眼睛一样完全合拢。

奥班比和我整个星期都没出去找阿布鲁，因为父亲一直在家听音乐、看电视、阅读。哥哥一再诅咒那个害得父亲必须待在家里的叫“白内障”的病。有一次，父亲正在看电视，他目不转睛地盯着西里尔·施托贝尔播报的黄金时段新闻，奥班比问他我们什么时候去加拿大。“明年年初。”父亲冷淡地回答。屏幕上火光四起，一片混乱，后来镜头又切换到了一片冒着黑烟的焦土上，那里散落着一些烧焦程度各异的尸体。奥班比还想说些什么，但父亲举起张开的手掌制止了他。播音员说：“由于此次不幸的阴谋破坏活动，我国的石油日产量减少了一万五千桶。为此，阿巴查将军的政府希望公民们看到加油站又排起长队时不要惊慌。短缺是暂时的。不过，政府将及时严惩任何歹徒。”

我们耐心地等着，没有打搅他，直到有个男人出现在屏幕上，从上至下刷他的牙齿。

“是一月吗？”那人一出来，哥哥赶快问道。

“我说了‘明年年初’。”父亲咕哝了一句，垂下眼睑，有毛病的那只眼半开半闭。我不由得想到，父亲的眼睛究竟怎么了？我曾经听到他和母亲吵架。母亲指责他撒谎，说他根本没有得白内障。我想大概是有什么虫子钻进了他的眼睛。想不出究竟真叫我痛苦。我有种感觉，要是伊肯纳和波贾还活着，他们比我聪明得多，一定能找出真相。

“明年年初。”回到我们卧室时，奥班比咕哝了一句。然后，他的嗓音像骆驼卧倒一样低了下来，又重复了一遍：“明，年，年初。”

“那一定是一月喽？”这个猜测让我窃喜。

“是的，一月，那意味着我们没多少时间了。事实上，我们根本没时间。我们没多少时间。”他摇摇头，“只要那个疯子还能大摇大摆地四处乱走，我到了加拿大，或者任何地方，都不会开心。”

虽然我很小心，不想激起哥哥的怒火，但我还是忍不住说了一句：“可是，我们试过了。他就是死不了。你说过的，他就像鲸——”

“谎言！”他大叫一声，一颗泪珠从红红的眼眶里滚落下来，“他是人，他也会死。我们只试了一次，只为艾克和波贾试了一次。我发誓，我一定要为哥哥们报仇。”

这时，父亲高声叫我们去洗他的车。

“我去。”哥哥的声音降了下来。

他用一块布擦干眼睛，然后拿泡在水桶里的毛巾擦车。完工后，他告诉我，我们应该试试“刀子计划”。那个计划是这样的：我们在深夜偷偷溜出房间，去疯子住的卡车，拿刀子刺死他，然后逃跑。

他的描述吓到我了，但我的哥哥，这个悲痛的小男子汉，已经锁上了我们的房门，点燃了香烟——距他上次抽烟过去很久了。虽然没停电，他还是关了灯，好让父母以为我们睡了。此外，虽然晚上有点儿凉，他还是开着窗，往窗外吐着烟圈。抽完烟，他转身小声对我说："就是今晚。"

我的心漏跳了一拍。附近有人在放熟悉的圣诞歌。我恍然大悟，今天是十二月二十三日，明天就是圣诞夜。这个圣诞节同以往大不一样：阴冷暗淡，平静无波。这个季节每天早上都起雾。等雾散了，空中悬浮着一团团灰尘。人们给屋子内外都挂满了圣诞装饰。电台和电视台滚动播放圣诞歌。有时候，大教堂门口的雕像——就是阿布鲁猥亵了原来的雕像后新立的那一座——会接通电源，身上披挂的五彩饰品顿时熠熠生辉。许多人视之为我们区圣诞节的高潮。人人都笑容满面，虽说商品价格，主要是活公鸡、火鸡、大米和圣诞菜谱里需要的其他花哨的配料的价格，涨到了普通人买不起的地步。我们家一点儿都没有受到影响。没有装饰。没有准备。以前我们过日子时自然而然就有的东西似乎都被叫悲伤的大白蚁给咬坏了。现在的我们家成了过去的我们家的影子。

"今晚，"过了一会儿，哥哥又开口了，他的眼睛盯着我，脸上其余部分只看得清轮廓，"我已经准备好刀子了。等确定爸爸妈妈睡着了，我们就从窗口翻出去。"

接着，他对着升腾的烟气吐出了几个字："我会一个人去吗？"

“不，我和你一起去。”我结结巴巴地说。

“好。”他说。

虽然我很想让哥哥爱我，不想再让他失望，但我不敢在午夜时分去找那个疯子。晚上的阿库雷很危险，就连大人们对天黑以后能去哪儿都很讲究。就在上学期末，伊肯纳和波贾去世前，学校晨会上宣布了一件事：住在我们街上的我的同班同学伊雷巴米·奥乔的父亲被持械抢劫的人夺去了生命。我很纳闷，为什么还是个孩子的哥哥不怕夜晚呢？难道他不知道夜晚外出的危险？难道他没听说过这些事？再说，那个疯子，那个魔鬼，说不定知道我们会去，正等着呢。我想象阿布鲁拿起刀子刺向我们，不寒而栗。

我从床上起来，说我想去喝水。我来到客厅，父亲仍旧坐在那里看电视，双手交叠放在胸前。我从厨房的水桶里倒了一杯水喝下去，然后坐在父亲旁边的沙发上。父亲朝我点点头，表示他知道我来了。我问他的眼睛好了没。“好了。”他说着转头去看电视。电视上有两个穿西装的男人在辩论，背景是一幅写着“经济事务”的海报。我想到了一个主意，可以不用和哥哥一起出去。我从父亲身边拿起一张报纸读起来。父亲最爱这个了；他赞赏每一个获取知识的举动。我一边浏览报纸一边向父亲发问。他的答案都很简洁，而我想要他讲得长一些。于是我就请他讲他叔叔上战场那天的事。父亲点点头讲了起来，但他困了，哈欠一个接一个，所以还是言简意赅。

他这次讲的和他以前回忆的一样：他叔叔埋伏在公路边的树丛

里，袭击尼日利亚士兵的车队。他叔叔及其战友们先开火。对方士兵不知道子弹是从哪儿射来的，就胡乱朝着空无一人的森林射击，最后都被打死了。“所有人，”父亲会强调，“无人生还。”

我把视线转回到报纸上，又读了起来，心里暗暗祈祷父亲不要太早回卧室。我们已经交谈了一个小时，现在都快十点了。我不知道哥哥在做什么，会不会来找我。后来父亲睡着了。我关掉灯，蜷缩在沙发上。

过了不到一个小时，我听到开门的声音，然后客厅里有了动静，一直蔓延到我的沙发后面。接着，我感觉到他的手在摇晃我，先是慢慢地，然后就用上了力气，但我仍旧一动不动。我正想假装打个呼噜，父亲动了动，我沙发背后有东西飞快地动了一下——大概是哥哥俯下了身子。后来，我感觉到他慢慢爬回了我们房间。我等了一会儿才睁眼。父亲的姿势很奇怪。他睡着了，头歪在椅背一侧，双臂松松地垂在身侧。邻居家明亮的黄色灯光常常越过院墙照进我们家，今晚也透过没拉上窗帘的窗户照亮了他脸上一小块地方，让他看起来像是戴了面具：一半黑，一半白。我看着父亲的脸，直到觉得哥哥应该已经走了才入睡。

第二天一早醒来，我告诉哥哥，我去喝水的时候被父亲叫住谈话，不知道什么时候就睡着了。哥哥一言不发地坐在他的老位置上，看一本书。那本书的封面上有海有山，海上有一艘船。他一只手支着头。

“你杀了他没有？”房间里安静了很久之后，我问道。

“那傻子不在。”他的话让我吃了一惊。我没想到会是这样，但哥哥看起来没怀疑我，我的花招奏效了。我以前从来没想过要骗他，从来没有。不过，哥哥的话匣子打开了。他说，等我我不来，他就一个人带着刀子出去了。他慢慢地走近疯子的卡车——那天晚上的那段时间，街头没人，一个人都没有——但疯子居然不在！哥哥很愤怒。

我躺在床上，思绪飘到了过去。我想起有一天，我们钓到好多鱼，多到伊肯纳抱怨背痛。当时我们坐在河边，一遍遍唱着渔人之歌，就像那是一首自由之歌，唱得嗓子都哑了。那天傍晚余下的时间，我们一直在唱歌。夕阳挂在天空的一角，光线浅淡得像从远处看见的少女的乳头。

之后好多天，哥哥都因为计划接连的失败而闷闷不乐。圣诞节那天午饭时分，父亲讲到他为了我们的行程已经给他的朋友汇了多少钱时，哥哥呆呆地望着窗外。“多伦多”这个词像仙女一样在饭桌上起舞，让母亲满心喜悦。看起来，父亲——正半闭着一只眼睛——为了母亲，经常提及这个地方。新年前夜，尽管有军政府州长安东尼·奥涅鲁格布伦颁布的禁令，鞭炮声仍响成一片。哥哥和我待在卧室里，默默沉思。以前，我们会和两个哥哥一起到街对面放鞭炮，有时候还会跟附近的孩子来一场鞭炮大战。今年不会了。

按照传统，新年前夜应该去教堂望弥撒，于是全家人都挤上父亲的车子，来到教堂。那晚，教堂挤满了人，连门槛上都站了人。每逢节日前夜，人人都上教堂，连无神论者也不例外。那晚充斥着迷信，人们害怕英语里那些以“ber”结尾的月份的守护恶灵会竭力阻碍新年的平安到来。人们普遍相信，在那几个月——九月、十月、十一月和十二月——有记录可查的死亡人数超过一年里其他月份死亡人数之和。[①] 大家都害怕拿着镰刀的恶灵在大地上徘徊，寻找最后的猎物。午夜十二点，牧师宣布我们正式迈入一九九七年，教堂里人们发出幽闭恐惧症患者般的尖叫。他们欢呼着“新年快乐，哈利路亚！新年快乐，哈利路亚！”，又是跳又是相互拥抱，连陌生人都可以抱在一起。他们晃动身体、吹口哨、温声细语、唱歌、叫嚷。教堂外面，阿库雷统治者奥巴的王宫那边放的烟火——没什么破坏力，不过是带闪光灯和人造闪电效果的火箭——照亮了天空。事情一向如此，不管发生了多少事，世界仍循着旧的节奏向前。

圣诞精神要求大家忘记悲伤。然而，悲伤就像白天缩到窗边角落里的窗帘，耐心地熬过明亮的白天，一等夜幕降临就回归原位。总是这样。我们会从教堂回到家，喝胡椒汤，吃海绵蛋糕，再喝些软饮料。父亲会像往年一样播放拉斯·基默诺的录像，然后新年舞

① 在英语中，九月、十月、十一月、十二月的单词以 ber 结尾。

会开始。

戴维、恩肯和我同哥哥一道起舞。哥哥忘记了我们的失败，甚至我们的使命，随着拉斯·基默诺的雷鬼音乐的断音节拍有节奏地跺脚。奥班比，我名副其实的哥哥，在灯光下起舞，母亲为他加油喝彩。那一天，他像大多数人一样寻求暂时的解脱。他的悲伤可能潜到了地底，让他沉浸在赐福的喧闹中。黎明时分，整个镇子的人都睡了，街头复归平静，天空一片安宁，教堂空无一人，河中的鱼儿也已入眠，轻风拂过柔和的夜色。父亲在大沙发上睡着了，母亲带着两个小的在卧室里睡着了。哥哥倒退着走出院门，窗帘回归原位，在他背后合拢。接着，黎明就像来自地狱的扫帚，扫走了节日的碎屑——随节日而来的安宁、解脱，甚至毫不作伪的爱，就像扫走派对结束后地板上散落的五彩纸屑。

蝌蚪

希望是一只蝌蚪。

你把它捉来，放进罐头盒里带回家。尽管罐头盒里装的是河水，它还是很快就死了。父亲曾经希望我们长大以后成为伟人，曾经为我们规划过未来的蓝图，但不管他如何努力呵护，这个希望还是很快就凋零了。我曾经希望，我的哥哥们会一直在那儿，我们会生儿育女，繁衍出一个部落。尽管我们把这个希望养在最最原始的水里，它还是灰飞烟灭了。同样，我们移民去加拿大的希望也在实现前夕被毁了。

这最后一个希望伴随新年而来，带来了一股新的精神，一种平和，掩去了过去一年的悲伤。悲伤似乎不会再回到我们家了。父亲把他的汽车漆成了锃亮的海军蓝。他经常或者说不断地谈起巴约先生的到来和我们移民加拿大的事。他又开始叫我们的昵称了：母亲是 Omalicha，意思是美丽；戴维是 Onye-Eze，意思是国王；恩肯是 Nnem，跟祖母同名。[①] 他在奥班比和我的名字前面加上“渔人”作为前缀。母亲的体重也恢复了。然而，这一切都没影响到哥哥。没有什么事能引起他的兴趣。没有什么消息，无论大小，能让他开怀。坐飞机不能让他激动，住在一个能像巴约先生的孩子们一样骑车或踩滑板上街的城市也不能让他激动。父亲第一次宣布我们有可能去加拿大的时候，我觉得这消息太重大了，在动物世界里得有奶牛或大象那么大。但对我哥哥来说，这个消息只是一只小蚂蚁。等我们俩回到卧室，他就把那个蚂蚁大小的关于更美好的未来的许诺捏在指间，扔出了窗外。他说：“我一定要为我们的哥哥报仇。”

但父亲已经下定了决心。一月五日早上，他把我们叫醒，宣布他要去拉各斯，就像一年前他把我们叫醒，宣布他要搬去约拉一样。这一幕让我觉得似曾相识。我听人说，大部分事情的结局与其开端都有相似之处，只不过相似的程度有差别。这在我们身上得到了印证。

“我现在就启程去拉各斯。”他宣布。他戴着平时戴的眼镜，把眼睛藏在镜片后面，穿着一件旧短袖衬衫，胸袋上印有尼日利亚

① 这几个单词均为伊博语词汇。

中央银行的徽章。

“我带着你们的照片去为你们办理护照。等我回来的时候，巴约应该已经抵达尼日利亚了。到时候我们一起去拉各斯为你们办加拿大签证。”

两天前，奥班比和我剃了头，跟着父亲去找“我们的摄影师”利特尔先生。在“利特尔的小小照相馆”[1]，利特尔先生让我们坐在有软垫的椅子上。椅子上方是一个宽大的布篷，篷顶悬着一盏耀眼的荧光灯。椅子背后有一块白布，遮住了三分之一的墙面。他按了一个按钮，一道炫目的白光闪过。他重重地敲了一下手指，叫我哥哥坐好。

现在，父亲拿出两张五十奈拉的纸币，放在桌上。“小心点儿。”他高声说。然后，他转过身，像搬去约拉的那天早上一样离开了。

早饭是玉米片和炸土豆。饭后我们去井边打水，要装满家里的贮水罐。哥哥宣布说该做“最后的努力”了。

“妈妈和两个小的一走，我们就去找他。”他说。

“去哪儿找？”我问。

“河边。”他没有扭头看我，“像杀鱼一样杀死他，用带钩的钓竿。”

我点点头。

“我已经两次在河边发现他的踪迹了。他好像每晚都去那儿。”

“是吗？”我问。

① 原文为 Litter-by-Little Photos，在此 little 兼有“小”和姓“利特尔”两个意思。

“是的。”他点点头。

新年最初几天，他没有提到过使命，但常常陷入沉思，一副对什么都漠不关心的样子，还经常偷偷出门，尤其是晚上。回来后，他会在一个笔记本上记些东西，然后接着画火柴人图。我没问过他去了哪里，他也没告诉过我。

“我监视他已经有一段时间了。他每晚都去那儿。”哥哥说，“他几乎每晚都去那儿，洗过澡就坐在杧果树下，就是我们第一次看见他的地方。如果我们在那儿杀死他，”他顿了顿，似乎脑子里忽然闪过一个与之相矛盾的念头，“没人会发现的。”

“我们什么时候去呢？”我点点头，含糊地问道。

“他日落时去那儿。”

后来，母亲和两个小的走了。家里就剩我们俩。哥哥指指我们的床说：“我们的钓竿在这儿。”

他把长长的钓竿从床下拖出来。现在，它们末端有个镰刀一样的弯钩。钓线被截短了，弯钩像是被直接固定在竿子上，已经完全不像是钓竿了。哥哥把渔具改造成了武器。这个念头让我僵住了。

“昨天我跟踪他去河边后就把它们拿到这里来了，”他说，“我准备好了。”

他一定是在悄悄溜出去时改造了这些武器。我顿时满心恐惧，脑海里充斥着各种黑暗的想象。他不在家的时候，我曾发疯似的满院子找他，急切地想弄清他去了哪里。后来，一个可怕的念头抓住了我，怎么也赶不走。被这个念头驱赶着，我跑到井边，喘着粗气把井盖抬起来。但井盖从我手里滑落，抗议似的砰的一声重新盖上了。这声音吓到了停在橘子树上的一只鸟。它大叫一声飞走了。井口的混凝土碎屑扬起一阵灰尘。尘埃落定后，我再次搬开井盖往井里瞅。阳光从我背后投到水面上，井底的细沙历历可见，水下有一个小塑料桶半埋在沙土里。我手搭凉棚仔细搜寻，直到确信他不在里面。然后，我盖好井盖，气喘吁吁，对自己糟糕的想象力感到失望。

武器就摆在我眼前，为哥哥们报仇这个使命变得真实而具体，我像是第一次被告知。哥哥把武器放回床下。我想起我们要去加拿大上学，和白人一起接受最好的西方教育。父亲经常谈论西方教育，好像它是天堂的一部分，而他连门边都没摸到。西方教育在加拿大像森林里的树叶一样普通。我想去那里，我想让哥哥和我一起去。而他还在讲那条河，讲我们该怎么埋伏在河岸上等疯子过来。我猛地叫道："不，奥贝！"

他吃了一惊。

"不，奥贝，咱们别干了。你想，我们要去加拿大了，要去那里生活了。"我趁他不说话，鼓起勇气继续说道，"咱们别干了。离开这里，我们长大以后会变成查克·诺里斯或者约翰上校那样的人。到时候我们再回来毙了他，甚至——"

我话还没说完就打住了，因为他开始摇头。我看到他含泪的双眼里燃起了怒火。

“怎么……怎么了？”我结巴了。

“你是个傻瓜！”他叫道，“你不知道自己在说什么。你想要我们逃走，逃到加拿大？伊肯纳在哪儿？我问你，波贾在哪儿？”

他一开口，我脑海里美丽的加拿大街景就变模糊了。

“你不知道，”他说，“可我知道。我还知道他们现在在哪儿。你可以走；我不需要你帮忙。我会自己来。”

在加拿大街头骑车的男孩的形象迅速退出了我的脑海。我迫切地、绝望地想讨好他。“不，不，奥贝，”我说，“我会和你一起去。”

“你不会去！”他叫道，快步冲了出去。

我静静地坐了一会儿。后来我怕了，不敢一个人待在房间里，怕死去的哥哥们听见我不愿意为他们报仇，就像奥班比说的那样，我去了阳台，坐在那里。

哥哥出去了好久，去了哪儿我永远不会知道。在阳台上待了一会儿，我去了后院。后院的晾衣绳上挂着妈妈的一件彩色裹身衣。我踩着一根较低的树枝，爬上橘子树，坐在上面想所有这些事。

后来，奥班比回来了。一回来就直接进了我们的房间。我从树上溜下来，跟着他进了房间，跪下来乞求他带我一起去。

“难道你不想去加拿大了？”他问。

“你不去，我也不去。”我回答。

有那么一会儿，他站着一动不动。后来，他走到房间另一头，说：“站起来。”

我站了起来。

“听着，我也想去加拿大。所以我才想快点儿把这事办完，然后收拾行李。难道你不知道，爸爸是去办护照了？”

我点点头。

“听着，要是没完成这件事就离开尼日利亚，我们不会快活的。你听好了，”他靠近我，“我比你大，懂的比你多得多。”

我点头同意。

“所以，现在我说，你听。要是我们没做成这事就去加拿大，我们会后悔的。我们不会快活。你想不快活吗？”

“不想。”

“我也不想。”他说。

“咱们走吧，”我已经被说服了，“我想跟你去。”

他犹豫了：“是真心话吗？”

“真心话。”

他仔细端详我的脸：“真心话？”

“是的，真心话。”我一遍又一遍地点头。

“好吧，那我们走。”

正是黄昏，影子像深色的壁画一样到处蔓延。哥哥早已把武器用旧裹身衣包好，放到了百叶窗外面，这样母亲就不会看到。我等着他走到我们窗子外面，拿出钓鱼线。他递给我一个手电筒。

“万一我们要等到天黑呢。”我接过来的时候他低声说，“现在时机正好，我们肯定能在河边找到他。”

我们像从前一起钓鱼时那样走进黄昏，手里拿着用旧裹身衣包好的钓竿。天边的景色似曾相识。天空红彤彤的，太阳是一个悬挂在半空中的火球。我们朝阿布鲁的卡车走去，我注意到我们街上的木头路灯柱被撞倒了，街灯碎了，灯罩里固定灯泡的电线松开了，荧光灯丝爆了，松松地垂着。我们尽量避开邻居们的目光。他们知晓我们家的事，看到我们经过身边，他们会用同情甚至猜疑的眼光看我们。

等待的时候，哥哥告诉我，之前他来奥米－阿拉河边时曾经看到有些男人摆出奇特的姿势，像是在拜神，希望他们今晚不会来。他的话还没说完，我们就听到了阿布鲁的声音。他高兴地唱着歌，歌声离我们越来越近。他在一栋平房前面停下脚步。那里有两个男人赤裸着上身面对面坐在一张木头长凳上掷骰子。他们有一块长方形玻璃板，上面印着一个白人女模特。两人按板上标记的路线掷骰子，谁先抵达得奖线谁就是赢家。阿布鲁跪在他们跟前喋喋不休，还拼命摇头。正值黄昏，他该变形了，变成非凡的阿布鲁，他的眼睛该从人的变成精灵的了。他的祈祷声低沉得像呻吟。两个男人继续玩游戏，好似不知道他是在为他们祈祷，好似他们中的一个不是金斯利先生，另一个的约鲁巴名字不是以“科”结尾。我听到了预言的最后一段：“……金斯利先生，当你的这个孩子说他准备用自己的女儿做金钱仪式的祭品的时候，他会被持械抢劫的人打死，血溅自己的车窗。万军之主、撒播绿色的人说他会——”

阿布鲁还没说完，那个被他称为“金斯利先生”的男人就跳了起来，怒气冲冲地跑进平房，拎了一把大砍刀出来追他，满嘴都是恶毒的诅咒，一直把阿布鲁追到一条被埃桑草包围的小径上才停下脚步。临走前不忘警告，要是阿布鲁再敢靠近他家，他非杀了他不可。

我们悄悄地离开那里，跟着阿布鲁朝河边走去。我跟在哥哥后面，感觉自己像一个被拖去受罚的小孩，怕极了即将来临的鞭打，但又逃不脱。一开始，我们走得很慢，以免引起路人的注意，奥班比拿着包好的钓竿，我拿着手电筒；一走到挡住街道的天国教教堂附近，我们就加快了脚步。一头小山羊趴在教堂大门对面，身边是一摊用黄色尿液画成的地图。一张显然是被风刮过来的旧报纸像广告一样卡在门缝里，半张在门里，半张摊开在门外的泥地上。

“咱们就在这儿等。”哥哥喘了口气说。

我们已经差不多走到了通向河岸的小路尽头。我看得出来，他也害怕。我们从中汲取勇气的乳房已经被吸干，瘪得像老母羊的胸脯。他吐了一口唾沫，用帆布鞋把它碾进土里。我知道我们已经够接近目标了，因为我们能听见阿布鲁在河边拍手唱歌。

“他就在那儿，咱们进攻吧。”我说着心跳再次加快。

“不，”他摇头低声说，“我们得再等等，确保没有别的人过来，然后再杀他。”

“但是天快黑了。”

“别担心。”他说，他环顾四周，伸长脖子看向远处，“咱们一定要确保动手的时候没别人——那两个男的。”

我注意到他嗓子沙哑，像是哭了好久。在我的想象里，我们变成了他画的凶狠的火柴人，能够无所畏惧地杀死阿布鲁；但我怕我没有画里那些小人那么勇敢，没办法用石头、刀子和带钩的钓竿干掉疯子。正当我浮想联翩的时候，哥哥解开了钓竿，递给我一根。鱼竿很长。我们像手持长矛的古代勇士一样让它们竖立在身侧。它们比我们还高。然后我们继续等。突然，水花声、歌声和拍手声同时响起。哥哥瞥了我一眼。虽然他没说话，但我知道他在问我准备好了没有。每次听到他这么问，我就会心焦地等待哥哥的命令，我的心跳就会暂停，然后重新起跳。

“本，你害怕吗？”他递给我一根带钩的钓竿，把包在外面的裹身衣扔进灌木丛，然后问道，“告诉我，你怕吗？”

“是的，我怕。”

“你为什么害怕？我们马上就要为伊肯纳和波贾报仇了。”他抹了一把眉毛，任鱼线垂到草丛里，一只手搭着我的肩膀。

他靠近我，举起他手里的带钩钓竿，上面的裹身衣掉了下来。他给了我一个拥抱。

“听着，别害怕。”他对着我的耳朵轻声说，“我们在做正确的事，上帝也知道。我们会获得自由。”

我太害怕了，心里想说的话说不出来——我想说他应该回头，我们应该回家；我想说我怕他会受伤——只是咕哝着放了一颗言语烟幕弹：“咱们动作快点儿。”

他看着我，他的脸庞像灯笼一样慢慢变亮。我看得出来，在那值得记住的一刻，是我死去的哥哥们温柔的手点亮了灯笼。

“我们会的！”哥哥朝黑暗中喊了一句。

他等了一会儿，然后朝河边冲去。我紧跟其后。

后来，在我们抵达河岸之后，我不明白我们为什么非得高叫着扑向阿布鲁，但我们就这样做了。也许是因为我起跑的时候心脏停止跳动了，我想激活它；或者是因为哥哥在我们像古时候的勇士一般冲锋的时候呜咽起来；也可能是因为我的灵魂像皮球般在我前面滚动，滚过一片淤泥。我们抵达河岸时，阿布鲁正仰面躺在地上，大声唱着歌。河流在他身后蜿蜒，水面笼罩在黑暗中。他闭着眼睛，虽然我们冲过去的时候从内心深处发出一阵狂喊，但他似乎没意识到我们的目标是他。那一刻，我们好似神灵附身，我的理智被撕得粉碎。我们一边哭一边疯狂地用鱼钩招呼他的胸口、脸、手、头、脖子和其他所有我们能够到的部位。疯子既愤怒又茫然。他举起双臂护住自己，倒退着跑，又是高喊又是尖叫。鱼钩戳破了他的身体，血液从伤口汩汩流出，每次我们往回收鱼钩的时候都会带出碎肉。虽然我大多数时候都紧闭双眼，但每当我稍稍睁开眼睛，我就会看到碎肉飞离他的躯体，他浑身都在滴血。他无助的叫喊震撼了我。即便如此，我们还是像笼中的鸟一样，一次又一次愤怒地、狂乱地扑向他，从一根栏杆跳到另一根，从鸟笼的顶部飞到底部。疯子哇哇乱叫，声音震耳欲聋，身体慌乱地扭动。我们不断地甩竿、拉回、击打、尖叫、哭喊、抽泣，直到阿布鲁越来越虚弱，哭得像个孩子，浑身是血，倒退着跌进河里，激起一阵水花。以前我听说，要是一个人想要一样东西，不管那东西多么难以捉摸，只要他的脚不放弃追逐，他最后一定能抓住它。我们的情形就是如此。

我们看着他的身体像受伤的利维坦一样被河水卷走，血液突突地喷在越来越暗的水面上。这时，我们身后有人高声说起了豪萨语。我们惊慌地回头，看见两个男人朝我们奔来，他们手中的手电筒一闪一闪。我们还没来得及迈腿，其中一个人就扑了上来，从后面抓住了我的裤子。他身上酒气很重。他把我扑倒在地，嘴里胡乱说着我听不懂的话。我看见哥哥一边高叫我的名字一边沿着河边的树奔跑。另一个醉醺醺的男人在他后面跌跌撞撞地追。第一个男人钳着我的左臂。要是我再用力往外抽，我的手臂大概会扯断。在挣扎的过程中，我抓到了带钩的钓竿，鼓起全部勇气用带钩的那头打他。他大叫一声，痛得直跳脚。他的手电筒掉到地上，照亮了他的一只靴子。我马上认出这是一个士兵。我们之前在河边看到过一群士兵。

恐惧吞噬了我。我发疯似的往前跑，能跑多快就跑多快。我跑过一排排房屋，跑过灌木小径，一直跑到阿布鲁的破卡车附近才停下来，双手拄膝，大口大口地喘气。我想呼吸，我想活命，我想获得安宁——这些我都想。就在我弯腰屈膝之时，我看见那个追我哥哥的士兵转身往河边跑去。我俯下身子躲到阿布鲁的卡车后面，心跳加速，生怕他路过时看见我。我一动不动地等着，想象着那人突然出现，把我从卡车后面拖出去。等着等着，我渐渐放下心来：那人不可能看见我，因为卡车附近没有路灯，最近的那盏路灯坏了，灯泡从镇流器上弯下来，苍蝇绕着它飞来飞去，就像秃鹫们在腐肉上方盘旋。后来，我爬过卡车和我们家院子背后的陡坡之间的一小块林地，直起身跑回了家。

我知道母亲一定已经收摊回家，所以我穿过猪嬉戏的烂泥潭，打算翻墙进后院。月亮照亮了夜空，树木面目可怖，一个个就像安静矗立的怪物，脑袋黑黝黝的，看不清楚。我走近院墙时，有一只蝙蝠飞过。我看着它往伊巴夫家的房子滑过去，想起了伊巴夫的外祖父，那个唯一有可能看见波贾坠井的人。九月的时候，他死在城外一家医院里，享年八十四岁。爬墙时，我听到有人小声说话。奥班比站在院子里的井边等我。

“本！”他的声调变高了。他迅速从井边直起身。

“奥贝。”我一边爬一边叫他。

“你的钓竿呢？”他努力控制住呼吸。

“我……把它丢在那儿了。”我结结巴巴地说。

“为什么？！”

“它卡在那人手里了。”

“真的？”

我点点头。“他差点儿抓住我，那个士兵。所以我拿钓竿打他了。”

我哥哥似乎没听懂。我一边跟着他往后院种西红柿的菜地走，一边给他解释。之后，我们脱下染血的衬衫，抛过院墙。它们像风筝一样飘落到院子后面的灌木丛里。哥哥把他的钓竿藏在菜园后面。但他打开手电筒的时候，我看到钩子上还挂着一小片从阿布鲁身上扯下来的肉。哥哥拿鱼钩在墙上磕了磕，把肉片磕掉了。我蹲在墙边吐了起来。

“别担心。”他说，蟋蟀的夜鸣为他的话加上了标点符号，“结束了。”

“结束了。”我耳朵里有一个声音重复道。我点点头。哥哥放下钓竿，慢慢地走过来，抱住了我。

公鸡

我哥哥和我是公鸡。

这种生物像自然界的闹钟一样每天早上打鸣唤醒人们，宣告夜晚的终结，但作为对它们的回报，人类会把它们杀死并吃掉。我们在杀死阿布鲁之后变成了公鸡。不过，变成公鸡的过程从我们离开菜园，走进屋里，发现柯林斯牧师在我们家的那一刻就开始了。似乎每当有事发生，柯林斯牧师就会出现。当时他的到访已经接近尾声，他头上的伤口还贴着膏药，坐在客厅靠窗的沙发上，恩肯坐在他两腿间玩耍，叽叽喳喳说个不停。我们一进门，他就用他深沉洪亮的嗓音招呼我们。要不是牧师在场，等我们等急了的母亲早就接二连三地向我们抛出问题了，但现在，她只是在我们进门的时候古怪地看了我们一眼，叹了一口气。

“渔人们。”柯林斯牧师一看见我们就张开双手叫了起来。

“先生，”奥班比和我齐声说，“欢迎您，牧师。”

“嗯，我的孩子们。过来问候我吧。”

他稍稍起身同我们握手。他习惯同遇到的每一个人握手，包括小孩，态度极为尊敬和谦卑。伊肯纳曾经说过，虽然他很温顺，但他不是傻瓜，他因为信仰而“重生”，才变得那么谦卑。他比父亲大几岁，身材矮小结实。

“牧师，您什么时候来的？”奥班比说着咧嘴一笑，站到他旁边。虽然我们把衬衫扔到了院墙后面的垃圾堆里，但他身上仍有一股子埃桑草、汗水和其他什么东西的气味。听到他的问题，牧师高兴起来。

“我来了有一会儿了。”他回答说。他眯眼看了一下从他手臂滑到手腕上的手表。“我觉得我六点就来了，不，大概是五点三刻。”

“你们的衬衫到哪里去了？”母亲疑惑地问。

我吓了一跳。我们没有商量过怎么为自己辩护，当时看到衬衫上沾着阿布鲁的血迹，我想都没想就把它扔掉了，只穿着短裤和帆布鞋就进了屋。

“太热了，妈妈。”过了一会儿，奥班比说，“我们出了一身汗。”

“还有，”她站起来仔细打量我们，接着说道，“看看你，本杰明，你头上怎么都是泥巴？”

所有人都看着我。

“告诉我，你们去哪儿了？”

“我们一直在公立高中附近的足球场踢球。”奥班比回答。

“哦！”柯林斯牧师叫道，“这些在街头踢球的人。”

戴维开始脱衬衫，吸引了母亲的注意力。“干什么？”她问。

“热，热，妈妈，我也觉得热。”他说。

“哦，你觉得热？”

他点点头。

“本，给他开电风扇。”母亲命令道。柯林斯牧师轻声笑了。“你们两个，马上给我去卫生间洗干净！”

“不，不，我来。”戴维叫道。他急忙把一张凳子搬到钉在墙上的开关箱下面，爬上凳子，顺时针扭动开关。电风扇呼呼地转了起来。

戴维救了我们。趁其他人看他的工夫，我们溜回卧室，锁上门。虽然我们已经把短裤翻过来穿，把血迹藏在贴肉的那一面，但母亲往往能识破我们的花招，这一次，要是我们在客厅再多待一会儿，恐怕什么都瞒不过她。

进门时，哥哥开了灯。灯光让我眯了眯眼睛。

“本，”他说，他的眼里再次充满了喜悦，“我们成功了。

我们为艾克和波贾报仇了。”

他又一次热烈地拥抱我。我把头靠在他肩膀上，有点儿想哭。

“你知道这意味着什么吗？”他和我分开，但仍握着我的手。

“埃桑——复仇。”他说，“我读过很多书，我知道，如果不报复，哥哥们不会原谅我们，我们永远不会自由。”

他的目光从我身上转到地板上。顺着他的视线，我看到他左腿背面有血迹。我闭上眼睛，点头接受了他的说法。

之后，我们躲进卫生间。他在浴缸角落里放了一个桶，用桶里的水洗澡。他不时拿大勺子舀水往身上泼，冲掉身上的肥皂沫。肥皂一直泡在一小摊水里，溶得只剩原先的一半大小。为了节约使用肥皂，他先拿它在头发上搓出泡沫，然后往头上浇水，水和泡沫往下流的时候，他赶快用双手揉搓身体。直到洗完后拿我们俩共用的大毛巾裹住身体，他脸上还挂着笑容。轮到我用浴缸了。我的手还在抖。飞虫们从浴室小百叶窗后面的窗纱上的破洞涌进来，聚集在灯泡周围，在卫生间的墙上爬来爬去。那些翅膀脱落的飞虫则在灯泡旁边留下黏液。我想通过观察虫子让自己镇定下来，但我做不到。某种巨大的恐惧包围了我。我往身上泼水的时候，塑料勺从我手里滑落，摔破了。

“哎，本，本，”奥班比叫着冲过来，用双手扶住我的肩膀，“本，看我的眼睛。”他说。

我做不到。于是他用手固定住我的头，让我正对着他。

“你害怕？”他问。

我点头。

“为什么，本，为什么？我们完成报复了。为什么，为什么，渔人本，为什么你要害怕？”

“那些士兵，”我鼓起勇气，“我怕他们。”

“哦，他们会做什么？”

“我怕那些士兵会来抓我们，杀掉我们——我们所有人。”

“嘘，小点儿声。”他说。我都没意识到自己的声音有多大。“听着，本，士兵们不会来。他们不认识我们；他们不会来。别再想了。他们不知道我们住哪儿，也不知道我们是谁。他们没看见你回到这里，对吗？”

我摇摇头。

“所以，你干吗要害怕？没什么好怕的。听着，日子跟食物、鱼和死尸一样，会腐烂的。今晚也会腐烂，你会忘掉今晚。听着，我们会忘掉今晚。没事的，”他用力摇头，“我们不会有事。没人会伤害我们。父亲明天就回来。他会带我们去见巴约先生。我们会去加拿大。”

他摇晃着我的身体，想让我同意。那时我相信，他很容易就能判断出他是不是说服了我，是不是像翻转一个杯子那样完全颠覆了我的信念或者什么靠不住的知识。有时候，我需要他这么做，我渴求他那些经常会打动我的智慧的话语。

“你明白了吗？”他问我，继续摇晃我。

“告诉我，”我说，“爸爸妈妈会怎样？士兵们也不会伤害他们吗？”

“不，他们不会。”他说着用左拳撞击右掌，“爸爸妈妈会好好的，开开心心的，而且会常常来加拿大看我们。”

我点点头，沉默了一会儿，抛出下一个问题——这个问题像老虎一样跃出我思想的牢笼。“告诉我，”我轻声说，“你——你会怎样，奥贝？”

“我？”他问，“我？”他用手抹了一把脸，摇摇头，“本，我说过，我说过：我，不，会，有事。你，不，会，有事。爸爸，不会有事。妈妈，不会有事。呃，所有，一切。”

我点点头。看得出来，我的问题让他感到沮丧。

他从黑色大贮水桶里捞出一个更小的勺子替我冲洗。看到那个贮水桶，我想起了波贾。波贾自己在布永康牧师的福音大会上得到拯救后，劝说我们接受洗礼，他说不然我们全都会下地狱。后来，他挨个诱哄我们，让我们忏悔，然后就用这个贮水桶里的水给我们施洗礼。当时我六岁，奥班比八岁。那时我们比现在矮得多，所以我们得踩着空百事可乐箱子才能把头伸到水里。波贾把我们的头轮流按到水里，直到我们开始咳嗽。然后他把我们的头拽起来，满脸放光，拥抱我们，宣布我们自由了。

穿衣服的时候，妈妈大声叫我们快点儿，因为柯林斯牧师临走前想为我们祈祷。后来，牧师要哥哥和我跪下。戴维也闹着要跪。

“不行！站起来！”母亲厉声说。戴维皱着脸，一副快要哭了的样子。“如果你敢哭，如果你敢，我就拿鞭子抽你。”

“哦不，保利娜。”牧师笑道，“戴夫，请别担心。我为他们祈祷完就轮到你了。”

戴维同意了。牧师把手放在我们头上，开始祈祷，偶尔会有唾沫星子溅到我们头上。当他从灵魂深处为我们祈祷，请求上帝保护我们不受邪祟侵害时，我的头皮感受到了他的唾沫。在祷告的过程中，他开始提到上帝对子民的应许，仿佛他是在布道。祈祷结束后，他乞求上帝以耶稣之名赐予我们这些“应许之物”。接着，他请求主怜悯我们家：“我请求您，天上的父，帮助这些孩子挺过去年的悲剧。帮助他们顺利出国，赐福于他们。让加拿大使馆的官员们给他们颁发签证，哦主啊，因为您能够让凡事归于正途；您能够。”他祈祷时，母亲不时大声插一句“阿门”。恩肯和戴维立刻鹦鹉学舌，然后哥哥和我也会闷声说一句。牧师突然开始唱歌，母亲也跟着唱了起来，歌声里夹杂着嘘声和吸气声。

他能够/他有充足的能力/解救/拯救

他能够 / 他有充足的能力 / 解救 / 信他的人

同样的曲调唱了三遍后，牧师继续祈祷，比之前更有激情。他细数了申请签证所需要的文件、资金，然后转而为我们的父亲祈祷，接下来是母亲："您知道，哦主，这妇人的苦痛；她为孩子们经受了这么多苦痛。您无所不知，哦主。"

母亲压抑的啜泣声夹杂在他的祷文里，他提高了嗓门。"擦去她的眼泪，主，"接着他改用伊博语，"擦去她的眼泪，耶稣基督。永远地治愈她的心灵。让她不要再为孩子们哭泣。"说完这些之后，他一再感谢上帝的回应。最后，他要求我们高声念一句"阿门"，"声音要像打雷"。祈祷结束了。我们全都感谢他，再次同他握手。母亲带着恩肯送他到院门口。

祈祷之后，我放松下来，回家时压在我心上的负担稍稍减轻。大概是奥班比给我的保证或是祈祷起了作用，我也不知道。不过我知道，有东西把我的灵魂从泥潭里拉出来了。戴维告诉我们，"我们的豆子"在厨房里。于是哥哥和我吃了起来。母亲送牧师回来，又唱又跳。

"我主终于征服了我的敌人。"她举起双手唱道。

"妈妈，发生了什么事，怎么了？"哥哥问，但她没理他，拉着调子又唱了一遍。我们耐心地等着她告诉我们到底出了什么事。她仰头看着天花板，又唱了一首歌，才转身看向我们，热泪盈眶。她说：“阿布鲁，邪恶的阿布鲁死了。”

我手里的调羹不受控制地滑落到地板上，把豆泥撒了一地。但妈妈似乎没注意到。她告诉我们她听到的消息：“几个男孩”谋杀了疯子阿布鲁。她送牧师出门时碰到了在井里发现波贾尸体的邻居。那女人兴高采烈，正要到我们家来报信。

“他们说他是在奥米－阿拉河附近被杀的。”母亲说着紧了紧裹身衣的腰部，因为恩肯使劲拽她的腿，裹身衣有点儿松了，“你们看，你们每天傍晚去河边钓鱼那会儿，是我主保佑你们平安。虽说后果还是很严重，但至少你们都好好地从河边回来了。那条河边是一块罪恶恐怖之地。你们能想象那恶人的尸体躺在那儿吗？”她说着指指门。

“你们看，我的守护神还在，它终于替我报仇了。阿布鲁的舌头咒骂过我的孩子们，现在那条舌头要烂在他嘴巴里了。”

母亲继续庆祝，奥班比和我则努力想要弄清楚我们的行动究竟给我们带来了什么。但我们弄不清楚，因为任何预见未来的尝试都是徒劳的。预见未来就像窥探一个人的耳洞。在夜色掩护下做的事居然传播得这么快，真让我难以置信；奥班比和我都没想到。我们的打算是杀掉疯子，让他的尸体躺在河岸上，直到开始腐烂了才被人发现——跟波贾一样。

晚饭后，哥哥和我默默地回到房间。我脑海里满是阿布鲁生前最后几分钟的样子。我想到自己当时突然被一股奇特的力量裹挟，下手精准有力，每一击都深深地刺入阿布鲁的身体。我想象着他的身体浮在河面上，被鱼群包围。突然，哥哥坐了起来，放声大哭——他跟我一样睡不着，但不知道我也没睡着。

“我不知道……我是为你们做的，我们，本和我，是为了你们才这么做的，为你们俩。”他啜泣着，“妈妈、爸爸，对不起。我们这样做，是为了让你们不再受苦，可是——”接下来的话听不清楚，被一阵抽抽搭搭的哭声盖住了。

我小心翼翼地看着他，对未来的恐惧折磨着我，这个未来比我们所能想象的还要近——就是第二天。我用最轻微的声音祈祷，祈祷明天不会来临，祈祷明天跌断了它的腿骨。

我不知道自己是什么时候睡着的，但我是被远处清真寺宣礼员召唤信众祷告的声音吵醒的。时间还早，清晨的阳光透过哥哥昨晚没关的窗子流泻进房间。他正坐在书桌旁读一本卷了角的、纸张发黄的书。看不出来他到底睡过没有。我知道这本书讲的是一个德国人怎么从西伯利亚步行到德国的事，书名我忘了。他裸着上身，锁骨突出。这几个星期，他全神贯注地策划我们的行动，瘦了好多。现在，行动结束了。

“奥贝。”我叫他。他吓了一跳，迅速起身走到床前。

“你害怕？”他问。

“不，”我先否认了，然后又说，“可我还是怕那些士兵会找到我们。”

“不，他们不会的。”他摇头，“不过，我们不能出门，要等爸爸回来，等巴约先生带我们去加拿大。别担心，我们会离开这个国家，把一切抛在身后。”

“他们什么时候到？”

“今天，”他说，“爸爸今天回来，我们可能下星期就动身去加拿大。大概吧。”

我点点头。

“听着，我不希望你害怕。”他又说。

我哥哥两眼放空，陷入了沉思。后来，他收敛心神，想到自己刚才的样子可能会让我担心，于是说道：“要不要我给你讲个故事？”

我说好。他又陷入了沉思；他的嘴唇似乎在蠕动，但一个字都没吐出来。后来，他再次收敛心神，讲起了克莱门斯·福雷尔的故事。二战期间，德国军官克莱门斯被俄罗斯人俘虏，后来成了西伯利亚劳改营的苦工。他从劳改营里逃脱，踏上了通往德国的漫漫长路。故事还没讲完，街上传来一阵喧闹声，我们知道外面一定聚集了一大帮人。哥哥不讲故事了，定定地同我对视。我们一起来到客厅。妈妈正在给恩肯穿衣服，准备去市场。上午已经过去了一会儿，这时大约是九点，客厅里有一股油炸食品的味道。桌子上有一盘吃剩的煎鸡蛋。盘子一边是一把餐叉，另一边是一片炸甘薯。

我们同她一起坐在沙发上。奥班比问她外面在吵些什么。

“阿布鲁。”她一边给恩肯换尿布一边说，“他们在用卡车运他的尸体。他们还说，士兵们在搜查杀了他的男孩。我真搞不懂这些人，”她用英语说，“为什么不能让人杀了那个废物？为什么那些男孩不能杀他？要是他吓唬过他们，跟他们说过他们会遭遇不幸，又该怎么说？谁能怪他们？还有，他们说那些男孩还跟士兵们打了起来。”

“士兵们会杀了他们吗？”我说。

母亲抬头看我，眼睛里满是惊讶。“不，我不知道士兵们会不会杀他们。”她耸耸肩膀，“无论如何，在这事消停之前，你们应该待在家里，哪儿也别去。你们知道，你们早就跟那个疯子有了牵连，我不想让你们被扯进去。你们谁都不可以再跟那疯子扯在一起，不管他是死是活。”

哥哥说：“好的，妈妈。”我也哑着嗓子附和。戴维把母亲的命令一字不差地学了一遍。母亲要带两个小的出门，她叫我们跟着到门口，然后锁上院门和房门。我站起来去锁门。

“埃姆回来，记得给他开门，”她说，“他下午回来。”

我点点头，他们一走就赶紧锁门，生怕外面有人看见我。

我一回屋，哥哥就朝我冲过来，把我顶到防风门上。我的心都快跳出来了。

“你为什么在妈妈面前说那样的话，嗯？你傻吗？你想让她再发病吗？你想再毁掉我们一次？”

对他的每一句问话，我都大声回答“不”，外加摇头。

“听着，”他喘着气说，“一定不能让他们发现。听到了吗？”

我点点头，眼睛看向地板。我尿裤子了。后来，他好像又开始怜悯我，态度软了下来，像以前那样把手搭在我肩上。

“听着，本，我不是故意要弄痛你。”他说，“对不起。”

我点点头。

“别担心。如果他们来敲门，我们别去开门。他们会以为屋里没人，然后就会走开。我们不会有事。”

他拉上了家里所有窗帘，锁上了每一扇门，然后进了如今空空如也的伊肯纳和波贾的房间。我跟着他。我们坐在父亲新买的床垫上——这是房间里唯一的物品。虽然房间空了，但哥哥们的痕迹比比皆是，就像擦不掉的污点。我看到墙上有块地方特别亮，那是原先贴 M.K.O. 日历的地方。我还看到各种各样的涂鸦和火柴人画像。后来，我凝视着满是蜘蛛网的天花板。是啊，他们已经离开很久了。

我看着一条壁虎爬上被太阳照到的透明的窗帘，哥哥一动不动地坐着，一言不发。突然，我们听到院门被敲得砰砰响。哥哥慌忙把我拖到床底下。我们一起滚进这块黑乎乎的飞地。敲门声还在继续，有人喊道：“开门！有人吗？开门！”奥班比把床单往下拉，好让它垂下来遮住我们。我不小心把一个没盖子的空罐头盒推到了我身侧；透过里面的蛛网可以看到漆黑的内壁。这一定是我们之前收集的用来装鱼和蝌蚪的盒子。父亲清理房间的时候漏掉了它。

我们躲到床下不久，外面的人就不敲门了，但我们仍旧待在床下的黑暗中，屏住呼吸。我的头一跳一跳地痛。

“他们走了。”过了一会儿，我对哥哥说。

“嗯，”他回答，“但我们应该待在这儿，直到确信他们不会再来。要是他们翻墙进来该怎么办？或者要是他们——”他没再说下去，眼神茫然，似乎听到了某种可疑的动静。后来他说：“咱们就在这儿等。”

我们就一直待在那里。我拼命忍着尿意。我不想让他有任何害怕或伤心的理由。

院门再次被敲响，跟第一次隔了一个小时左右。先是轻轻的敲门声，接着一个熟悉的声音喊出了我们的名字，问我们在不在家。我们从床下爬出来，掸掉身上和衣服上的灰。

“快，快给他开门。”哥哥说着跑去卫生间洗眼睛。

我打开院门。父亲笑容满面，戴着帽子和眼镜。

“你们睡着了？”他问。

“是的，爸爸。”我说。

“哦，天哪！我儿子现在变懒虫了。好吧，这很快就会改变。”他一边往里走一边说个不停。

“人都在家，你干吗锁门？”

“今天发生过抢劫。”我说。

“什么，在光天化日下？”

“是的，爸爸。”

他进了客厅，把公文包放在身边的椅子上，坐下来脱鞋，同时跟站在椅子后面的哥哥讲话。我进屋时听到哥哥问：“路上怎么样？”

“很好，很顺利。”父亲笑着说。我已经很久没看见他笑了。“本刚才说，今天这儿发生过抢劫？”

哥哥扫了我一眼，点点头。

“哇，”父亲说，“好吧，无论如何，我有好消息带给我的两个儿子。不过，首先，你们母亲有没有给我留吃的呀？”

“今天早上她炸了甘薯，我想还有剩——”

“她给你留在你的瓷盘里了。”哥哥替我说完了。

我的声音有点儿抖，因为街上某处响起了警笛，对那些士兵的恐惧再次湮没了我。父亲注意到了。他的目光从一张脸扫到另一张脸，想看出端倪来。“你们俩没事吧？”

“我们想起艾克和波贾了。”哥哥说着流下了眼泪。

父亲茫然地盯着墙，过了一会儿抬头说：“听着，从现在开始，我要你们俩把那一切都抛在身后。为此我忙个不停，借钱，跑这儿跑那儿，绞尽脑汁想送你们去一个新环境。在那里，你们不会看到任何让你们想起他们的东西。看看你们的母亲，看看她经受的一切。”他指着光光的墙面，好像母亲就在那儿，“那个女人吃够了苦头。为什么？因为她爱她的孩子们。我是说，她爱你们所有人。”父亲快速摇了摇头。

“现在，让我告诉你们俩，从今往后，做任何事情之前，都得先想想她，想想你们要做的事会对她有什么影响，只有这样考虑过之后才能做决定。我都没叫你们想想我。想想她，听到了吗？”

我们俩都点了头。

“好，现在，谁帮我去拿吃的？冷的也行。”

我走进厨房，脑海里回荡着他的话。我把一盘食物——炸甘薯和煎鸡蛋——端给他，又递上一把叉子。父亲脸上浮起大大的笑容。他一边吃一边告诉我们他是怎么从拉各斯的出入境管理局给我们弄到护照的。他一点儿都没想到，他的船已经沉了，他愿意用生命交换的货物，他的梦想蓝图（伊肯纳当飞行员，波贾当律师，奥班比当医生，我当教授），已经没了。

他拿出用闪亮的包装纸包着的蛋糕，丢给我们一人一块。

“还有什么，你们知道吗？”他一边翻自己的包一边说，“巴约现在就在尼日利亚。我昨天给阿廷努克打电话，跟他说了几句。他下星期就来这里，带你们去拉各斯办签证。”

下星期。

这几个字把去加拿大的可能性再次拉近了。我的心都碎了。上次父亲说“下星期”似乎已经是很久以前的事了。我希望我们能去成。我想，我们可以现在就收拾行李去伊巴丹[1]，住在巴约先生家，等我们的签证办好了直接出发。没人能追踪我们到伊巴丹。我很想跟父亲提这个建议，但又担心奥班比的反应。后来，父亲吃完饭入睡后，我把这个想法讲给哥哥听。

“这等于不打自招。”他在看书，头都没抬。

我很想反驳，但反驳不了。

他摇摇头：“听着，本，别试了；千万别。不用担心，我想好计划了。”

那天晚上，母亲回家后告诉父亲有士兵在到处搜查，还告诉邻居们说是几个小孩用钓竿杀死了疯子。父亲纳闷我们怎么都没跟他提一句。

“我以为抢劫更重要。”我说。

“他们来这儿了吗？”他问道，镜片后面的眼神很严厉。

“没有，”哥哥回答，“本在睡觉，我大半时间都醒着。我没听见什么动静，只听见你叫门。”

父亲点点头。

“也许他想对那些孩子发表预言。孩子们怕预言成真，就跟他打起来了。”他说，“神灵附在那人身上，真是耻辱。”

① 尼日利亚西南部城市。

“大概是吧。”母亲说。

当晚余下的时间，我们的父母都在谈论加拿大。父亲带着同样的喜悦又跟母亲讲了一遍他的行程。我的头痛得厉害，比别人都早上床。我感觉极为难受，担心自己快死了。此时，搬去加拿大的愿望变得如此强烈，我甚至愿意抛下奥班比一个人去。我一直折腾到深夜。父亲在沙发上睡着了，大声地打着呼噜。镇静和确信逃之夭夭，一种冰冷刺骨的恐惧裹住了我。我开始害怕某种我还看不见但能闻得到的东西。我知道它会来临，在下星期前就会来临。我从床上跳起来，拍拍盖着裹身衣的哥哥。我看得出他醒着。

“奥贝，我们应该告诉他们我们做了什么，这样父亲就能带我们走——逃走——去伊巴丹见巴约先生。这样我们下星期就能去加拿大。”

这些话夺口而出，好像我事先背过。哥哥掀开裹身衣坐了起来。

“下星期。”我哽咽着说。

哥哥没回应。他看着我，又好像看不见我。然后，他又钻到了裹身衣下面。

应该已经是深夜了。我大口大口地喘着气，浑身是汗，头还在痛，突然听到有人叫道：“本，醒醒，醒醒。”有只手在摇晃我。

“奥贝。”我倒吸一口凉气。

刚睁开眼睛那几秒，我看不见他。之后我看见他跑来跑去，从衣橱里往外拿衣服，然后打包。

“来，起来，我们今晚就得走。”他边做手势边说。

“什么，离开家？”

“对，立刻就走。”他停止打包，对我发出嘘声，“听着，我想明白了。士兵们能找到我们。我从那个士兵身边逃开的时候看到了河边教堂里的老祭司，他认出我了。我差点儿撞倒他。”

我哥哥看得到我眼里浮上来的恐惧。我心想，为什么他之前不告诉我呢？

“我一直担心他会告发我们。所以我们现在就得走。也许他们今晚就会来，而且他们有可能认出我们。我一直醒着，整晚外面都有人吵嚷。要是他们今晚不来，明天，或者其他时候，他们一定会来。要是他们找到我们，我们就得去坐牢。”

“那我们该怎么办？”

“我们必须离开，这是唯一的办法。只有这样，我们才能自保，才能保护我们的父母——妈妈。”

“我们去哪儿？”

“任何地方，”他哭了，“听着，你难道不知道明天早上他们就会找到我们吗？”

我想说话，但说不出来。他转身拉开一个袋子的拉链。

“你还不动吗？”他抬头看见我还站在那儿，问道。

“不，”我说，“我们去哪儿？”

“天一亮他们就会搜查这里，”他声音嘶哑，“他们会找到我们的。”他停下来，坐在床边，不到一秒又站了起来，“他们会找到我们的。”他重重地摇着头。

“可我害怕，奥贝。我们不该杀死他的。”

“别说这话。他杀了我们的哥哥；他该死。”

“父亲会为我们请律师的，我们不应该走，奥贝。”我的话很空洞，我哽咽起来，“咱们别走。”

“听着，别傻了。那些士兵会杀了我们的！我们害得他们的人受了伤，他们会枪毙我们的，就像枪毙吉迪恩·奥卡尔[①]那样。你不知道吗？”他顿了顿，让我体会其中深意。“想想妈妈会怎样。这可是军政府，是阿巴查的士兵。我们逃走后，也许可以回老家的村子，从那里给他们写信。然后他们可以设法来接我们，带我们去伊巴丹，然后去加拿大。”

最后一句话暂时压下了我的恐惧。

“好吧。”我说。

“那就收拾东西，快，要快。”

他等着我把东西收进包里。

---

① 吉迪恩·奥卡尔（Gideon Orkar ?—1990），尼日利亚军队少校，1990 年 4 月 22 日带领一群军官发动政变，试图推翻以巴班吉达将军为首的军政府，事败后被处决。

“快，快点儿。我能听到母亲的声音，她在祈祷，她可能会过来看我们。”

他伸长脖子贴着门探听动静。我把我所有的衣服都塞进我的帆布背包，又把我们的鞋装进另一个包。接着，没等我反应过来，他已经提起包和鞋子跳出了百叶窗。我只能看见他的侧影。他的手臂依稀可见。

“把你的包扔出来！”他在窗下低声说。

我把帆布背包扔出去，自己也跳了出去，结果摔倒了。哥哥把我拉起来。我们穿过通往我们教会的那条路，路边的房子静悄悄的，夜色中，只有沿街的阳台上的灯和几盏路灯亮着。哥哥等我一会儿，跑一会儿，再等我一会儿，每次停下脚步都会低声说“来”或者“跑”。我越来越害怕。记忆从它们的坟墓中升起，奇异的幻觉阻碍了我的脚步。我不时回望我们家，直到看不见为止。在我们身后，月光透过夜空中的云层，给我们的来路和沉睡中的小镇染上了一层灰色。某处不断传来歌声和配乐的鼓声及摇铃声，甚至比远处的噪声还响。

我们跑了好长一段路。虽然黑暗中看不清楚，但我估计我们快要到我们区的中心了。这时，父亲不久前说的那番话——“从今往后，做任何事情之前，都得先想想她，想想你们要做的事会对她有什么影响。只有这样考虑过之后才能做决定。”——猛地刺痛了我，在我前行的轨道上抛下一根棍子。我像脱轨的火车车厢一样失去了平衡，我的心怦怦直跳，我摔倒了。

“怎么了？”哥哥回头问。

“我想回去。”我说。

“什么？本杰明，你疯了吗？”

“我想回去。”

他朝我走过来。我怕他要拖我走，叫道：“不，不，别过来，别过来。就让我一个人回去好了。”

他又往前走了几步。我挪动双腿，蹒跚着往回走。我膝盖上有瘀青，而且我感觉到那儿在出血。

“等等！等等！”他叫道。

我停下脚步。

“我不会碰你。”他说着举手做投降状。

他解下他的背包，放在地上，然后朝我走过来。他做出准备拥抱我的姿势，但一等他双手环住我的脖子，他就开始使劲拖着我向前走。我把一条腿插进他两腿之间，绊住了他。这一招波贾最擅长了。我们一起摔倒在地，扭打起来。他坚持要一起走，我则恳求他放我回去找父母——我不想让他们一下子失去两个孩子。终于，我挣脱了他，我的衬衫被撕破了。

“本！”我背对他跑了一段路后，他哭了起来。

我也忍不住哭了。他注视着我，嘴巴张着。他现在明白了，我已经打定主意要回去，因为我哥哥很聪明。

“如果你不和我一起走，那就告诉他们，”他的声音在发抖，

“告诉爸爸妈妈，我……逃走了。”

他几乎说不出话来，他的心悲痛欲裂。

“告诉他们，我们，你和我，是为了他们才这么做的。”

眨眼间，我就跑回到他身边，紧紧地抱住了他。他把我抱得更紧，一只手放在我脑后那块椭圆形部位，头靠在我肩膀上，哭了好久。终于，他放开我，倒退着走远了，视线一直没离开过我。他跑出去好长一段路，停下来喊道：“我会给你写信的！”

接着，黑暗吞没了他。我冲上前去，嘴里喊着：“不，别走，奥贝，别走，别离开我。”但黑暗里什么都没有，没有他的踪影。“奥贝！”我沿着他的去路往前跑，喊得更大声，更绝望了。我的左边、右边、前面、后面都没有他的踪影。没有声音，没有人。他走了。

我瘫倒在地，放声大哭。

飞蛾

我，本杰明，是飞蛾。

脆弱的长着翅膀的小东西，沐浴在光亮中，但很快，它就失去了翅膀，坠落在地。伊肯纳和波贾去世的时候，我感觉一直为我遮风挡雨的布篷被从我头顶扯走了。而等到奥班比逃走的时候，我从空中坠落，就像飞行中被拔走翅膀的飞蛾。我不能再飞了，只能爬行。

我从未和哥哥们分开过，在成长过程中，我总是观察他们，听他们指挥，重复他们小时候的生活。我从来没有在他们——尤其是奥班比——缺席的情况下做过什么事。奥班比从两个哥哥那里汲取了许多智慧，又通过读书获得了更广博的知识。我完全依赖他们。

我和他们一起生活，依靠他们，没有哪个具体的想法不曾先掠过他们的脑海直接在我这儿成形。伊肯纳和波贾死后，我的生活依然照旧，好似没有受到影响。这是因为奥班比填补了他们留下的空白，解答我的各种疑问。现在他也走了，留下我独自站在这扇门前，一想到要进去，我就不寒而栗。并非我害怕独立思考和生活，而是我不知道该怎么做，我没有准备。

我回到家，我们的卧室死气沉沉，既空洞又黑暗。我躺在地上抽泣，而我的哥哥在奔跑，背着帆布包，拎着印有"加纳必胜"的小包。阿库雷上空的夜色逐渐消退，他还在跑，气喘吁吁，汗流浃背。也许是受了克莱门斯·福雷尔故事的影响，他会一直跑下去，"只要他的脚还能走"[①]。他已然抵达寂静黑暗的街道的尽头。也许在那里，他曾停下脚步，眺望前方分岔的小路，犹豫着不知道该走哪一条，但他只犹豫了一小会儿。他就像福雷尔，害怕被抓住，这恐惧像涡轮机一样驱动他的大脑飞速旋转，想出一个又一个主意。前行途中，他一定跌倒过许多次，掉进坑洞，或者被虬结的枝叶绊倒。随着时间的推移，他一定又累又渴，很想喝水。他一定浑身是汗，肮脏不堪。他一定拼命往前跑，心中擎着恐惧的黑色大旗。也许他在为我的处境担忧，我们曾一起尝试扑灭吞噬我们家的大火，最终却遭到反噬。

当天边开始泛白，我的哥哥也许仍在奔跑，我们这条街在喧闹、

① 此处借用了根据福雷尔故事改编的电影的名字 *As Far As My Feet Will Carry Me*（2001），中文一般译为《极地重生》。

叫喊和枪声中醒来，就像有敌军入侵一般。有人大声下令，有人号哭，手臂把门敲得山响，脚凶狠地跺着地，手挥舞着枪和牛皮鞭。这些声音汇聚到一起，五六个士兵开始哐哐地砸我们家的院门。父亲刚把门打开，他们就把他推到一边，厉声问道："他们在哪里？那两个少年犯在哪里？"

"杀人犯！"另一个士兵往地上唾了一口。

家里一片混乱，恩肯哭了起来。母亲冲到我们房间门口，使劲拍门，嘴里叫着："奥班比，本杰明，醒醒！醒醒！"她还在叫，军靴跺地的声音和士兵的呵斥声已经包围过来了。我听到一句抗议、一声尖叫，然后有人摔倒在地。

"求求你们，求求你们，长官，他们是无辜的，他们是无辜的。"

"闭嘴！那些小子在哪儿？"

接着，有人开始用力敲门和踢门。

"里面的小子，再不开门我就让你们脑袋开花。"

我拨开了门闩。

他们把我带走了。我再一次回家是三个星期之后。我进入这个全新的、可怖的、没有哥哥们的世界已经很久了。我回家是为了洗澡。在巴约先生的坚持下，比奥顿大律师说服了法官，至少押送我回家洗一次澡。他们坚称这不是保释，只是缓刑。父亲告诉我，母亲担心我这三个星期都没洗过澡。那时候，每当他向我转述她的话，我都会努力想象她是怎么说的，因为在那三个星期里，我几乎没听见过她说话。她旧病复发，又变回哥哥们去世后精神恍惚的样子——伤痛中，她又看到蜘蛛了。虽然她不说话，但她的眼神、她的每一个手势都似乎包含着千言万语。她的悲痛刺伤了我，我尽量躲开她。以前我听说——在伊肯纳和波贾死后——母亲失去一个孩子，就失去一部分自我。在第二次庭审前，她把一瓶芬达倒进我嘴里。我很想伸手抱她，和她说说话，但我不能。审判过程中，她有两次失控，又是尖叫又是哭喊。第一次是在检察官指控奥班比和我犯了过失杀人罪之后。发言的检察官肤色极黑，加之身穿黑色法袍，看起来就像电影里的魔鬼。

我第一次受审的前一天，比奥顿律师来看我。他建议我庭审时把注意力集中在别的什么东西上，比如说窗户和栏杆，什么都行。穿褐色卡其布制服的狱警把我从牢房里提出来去见他。他是我的辩护律师，也是父亲的老朋友。他每次来都面带微笑、信心满满，那样子有时会让我有些恼火。他和我父亲已经进了探望室，一个初级狱警按下了计时器。房间里的刺鼻气味让我想起学校的厕所——这是陈年屎尿的气味。比奥顿律师让我别担心，他说我们会打赢官司的。他还说，司法公正会受到干预，因为我们打伤了一名士兵。他总是很自信。然而，我这个案子被要求加速审理，到了最后一天，比奥顿律师不再满脸微笑，他的脸色变得阴沉严肃。摊开在他脸上的情绪地图斑驳不清、难以辨识。父亲为了向我透露有关他眼睛的秘密把我拉去法庭的一个角落，这时律师走过来对我们说：“尽人事，听天命。”

我们乘坐柯林斯牧师的厢式车回家。他是和父亲、巴约先生一起来接我的。巴约先生把自己在伊巴丹的家人抛在脑后，一再往阿库雷跑，希望他们能放了我，然后他就能带我去加拿大，同他和他的孩子们一起生活。我差点儿没认出他来。他现在和我四岁左右第一次见到他时的样子大相径庭。他的肤色变浅了许多，两鬓已经染霜。他似乎习惯说话时常常停顿，就像开车的人换挡刹车、减速加速那样。

厢式车上用大大的字体印着我们教会的全称“神召会阿库雷分会，阿拉罗米街”和它的箴言“以你本来面目来，离去时已获新生”。他们很少同我讲话，因为就算问我，我也几乎不回答，只是点头。从我被送进监狱开始，我就避免跟父母或巴约先生交谈。我不忍心同他们面对面。我践踏了救赎的机会——在加拿大展开新生活的希望，让父亲深受打击。我常常想，他怎么还能保持镇静，就像丝毫未受影响？我对律师吐露的心声最多。他的嗓音像女人一样纤细，时常向我保证，比其他人都频繁，我很快就会被释放，“很快”会反复说好几次。

然而，在坐车回家的路上，我终于忍不住问出了那个一直在我脑海里徘徊的问题：“奥班比回来了吗？”

“没有，”巴约先生说，“但他很快就会回来。”父亲想说话，但巴约先生抢在他前面补充了一句：“我们找人去接他了。他会来的。”

我还想问他们是在哪儿找到了奥班比，可父亲说：“是的，是真的。”我等了一会儿，问父亲他的车上哪儿去了。

“在博德那里修。”他简略地回了一句。他回头时正好跟我的视线对上，但我很快就把目光移开了。“车的火花塞有问题，”父亲说，“火花塞坏了。”

他是用英语说的，因为巴约先生是约鲁巴人，不懂伊博语。我点点头。车子驶上了一条破旧的、坑坑洼洼的路。柯林斯牧师和其他经常往返于市郊之间的人一样，为了避开路上的坑，不得不把车子拐到路肩上。车子挨着一长溜灌木丛往前行驶，一丛灌木，多数是象草，碰到了车身，发出咯吱咯吱的声音。

“他们对你怎样？”巴约先生问。

他和我一起坐在后排，我们俩中间堆满了福音宣传单、基督教书籍和教会广告，其中大多数上面都印有同一张柯林斯牧师手持麦克风的照片。

“挺好。”我说。

的确，没人打过我，也没人欺负过我，但我觉得自己撒谎了，因为恐吓和口头侮辱一直都有。进监狱第一天，我伤心得眼泪止都止不住，心慌得怦怦乱跳。有一个狱警叫我“小杀人犯”，但在我被关进一间空荡荡的、没有窗子的牢房后，他就走了。透过牢房的铁栏杆，我看见许多间牢房，男人们坐在里面，像被关进笼子的动物。有的牢房除了人，什么都没有。我那间有张旧垫子，一个有盖的屎尿桶，还有一个每星期加一次水的水桶。我对面的牢房里关着一个肤色较浅的男人，脸上和身上满是伤口、疤痕和泥巴，看起来很可怕。他坐在牢房的一角，茫然地瞪着墙，表情恍惚。这个人后来成了我的朋友。

“本，你是说你根本没挨打吗？”柯林斯牧师听到我对巴约先生的回答后问道。

“没挨打，先生。”我说。

“本，跟我们说实话。”父亲回头看我，“说实话。”

我们的视线又对上了。这一次，我没有闪躲。我不说话，哭了起来。

巴约先生抓过我的手，揉搓着：“对不起，对不起。别哭了。”他很喜欢用约鲁巴语同我的哥哥们和我交谈。上次他回尼日利亚是一九九一年。那时他常开玩笑说，我的哥哥们和我，这些黄毛小子学约鲁巴语，也就是阿库雷的通用语言，学得比我们的父母好。

“本。”厢式车快驶进我们区了，柯林斯牧师柔声叫我。

“先生。”我回答道。

“你是个男子汉，现在是，将来也是。”他从方向盘上抬起一只手，“即使他们最后判你坐牢——我希望不会，以耶稣基督的名义不可能会——”

“对，阿门。”父亲插了一句。

“但万一，你要记住，没有什么比为你的哥哥们受难更伟大的了。没有！没有什么比这更伟大。我们的主耶稣说：‘世间没有一种爱比为朋友受难更伟大。’”

“对！说得真对。”父亲用假声说，同时用力点头。

“要是他们判你监禁，你不是为一般的朋友受难，而是为了你的哥哥们。”这句话一说完，父亲和巴约先生就抢着附和。父亲大声说：“对！”巴约先生带着异国口音叫道：“绝对如此，绝对如此，牧师。”

“没有什么比这更伟大。”牧师重申。

父亲用假声说“对”，但声音变了调，连牧师都不说话了。说完这句，父亲诚恳、郑重地感谢了牧师。余下的路程，车里鸦雀无声。虽然我对监禁的恐惧逐渐加深，但想到不管未来我要面对什么，都是为了哥哥们，我好受了一点儿。这是一种奇怪的感受。

回到家，我就像一只积满了灰土的破瓦罐。戴维在我周围转来转去，从远处观察我，但不跟我对视。要是我走过去拉他的手，他会猛地往后退。我在家里四处走动，像个突然发现自己身处王宫的可怜的陌生人。我小心翼翼地踩在地板上，没有进我的卧室。每迈一步都会让我想起过去，心痛不已。在牢笼般的监狱房间粗糙的地板上待了那么多天，只有一本书做伴，并没有让我感到多么难过。我难过的是我坐牢这件事对父母的影响，尤其是对母亲。另一件让我难过的事是不知道哥哥去了哪里。我一边洗澡一边思索父亲上星期在法庭上跟我透露的事。当时庭审还没开始。他把我拉到法庭的一个角落，严肃地对我说："有一件事得告诉你。"我注意到他在哭。我们走到别人听不见的地方，他点点头，为了掩盖悲伤想笑一下，但没笑出来。他再次抬头看我，用一根手指擦掉眼角的泪水。他摘下眼镜，用闭不拢的那只眼睛看着我。自从那天他回家时眼睛上包着纱布，左脸上多了个疤，他就很少摘眼镜。他头向前倾，抓住我的手小声说起来。

"阿齐克韦，"他说的是轻柔的伊博语，"你做得很好。别后悔。不过，我现在要告诉你的事，千万别让你母亲知道。"

我点点头。

"很好，"他改说英语，声音更轻了，"永远别让她知道。你瞧，我的眼睛没得白内障，是——"他停下来，盯着我的眼睛，"是你杀掉的疯子干的。"

"啊！"我叫了起来，引起了周围人的注意，连站在戴维旁边的母亲都抬起头来，她用双手抱着自己孱弱的身体。

"我叫你别嚷嚷。"父亲的语气像个害怕的孩子，眼睛直往母亲那边瞟，"你知道的，那个疯子居然来参加你哥哥们的追思弥撒，这让我非常难受。我感到很羞愧，我受够了他对我们的伤害。我想亲手杀死他，因为这些人、这个政府不会替我杀他。我带着刀子去找他。我刚一发动进攻，他就把一碗东西泼到了我脸上。你杀掉的那个人差点儿把我弄瞎。”

他双手交叠。我费力地消化着他刚才说的话，他那天回家时的样子在我脑海里依然清晰。他站起来，走到大厅另一边。我想到奥米-阿拉河里的鱼，它们怎么游泳，怎么悬浮在水中，怎么逆流而上。

洗完澡后，我用父亲的毛巾擦干身体，然后把它裹在腰间；我回想了一遍回家前父亲对我说的话。

“巴约替你们俩都弄到了加拿大签证。要是没这件事，你们俩现在都在去加拿大的途中了。”

我又一次感到悲伤，回到客厅后眼泪又涌上来了。巴约先生坐在父亲对面，双手扶膝，专注地看着父亲的脸。

“坐下吧。”巴约先生说，“本尼，今天你上法庭的时候别害怕。一点儿都别怕。你是个孩子，你杀死的人不是普通的疯子，是伤害过你的人。因为这事判你坐牢是不对的。去吧，跟法庭上的人说你做了什么。他们会释放你的。”他顿了顿，“哦不，别哭了。”

“阿齐克韦，我告诉过你，别做这种事。”父亲说。

“不，埃姆，别说了，他还是个孩子。”巴约先生说，“他们会释放你。你回来的第二天我就带你去加拿大。这就是我为什么还在这儿——我在等你。听到了吗？”

我点点头。

“那好，擦干眼泪。”

他提到加拿大，我的心又被刺痛了。以前，他给我们寄过在加拿大拍的照片。他们家住的是一栋木头房子。光秃秃的树下，他的两个女儿凯米和沙约骑在自行车上摆了个姿势。我差点儿就去了照片上的地方。我想到了“西方教育”。我曾经多么渴望得到它，这是我从小到大唯一能想到的可以让父亲开心的事。现在，它从我指间溜走了。痛失良机的感受是如此强烈，我不知不觉就跪在地上，抱住他的双腿说：“求你了，巴约先生，现在就带我走。为什么不现在就带我走？”

有那么一会儿，他和父亲不说话，只用眼神交流。

“爸爸，你让他现在就带我走，”我双手相互摩擦着恳求他，“让他现在就带我走，求你了，爸爸。”

父亲用双手抱住头，哭了起来。我第一次意识到，父亲，我们的父亲，强人父亲，没办法帮我；这头老鹰被驯服了，爪子断了，喙弯了。

“本，听着。”巴约先生开口了，但我没在听。我在想，坐上飞机，像鸟儿一样在天空中翱翔是什么滋味。过了好一会儿我才回忆起他的话：“我现在不能带你走，你知道，他们会逮捕你父亲。我们得先面对他们。别担心，他们会释放你的。他们别无选择。”

他往我手里塞了一条手帕：“擦掉你的眼泪。”

我把头埋在手帕里，这样我就可以抽身离开这个世界，哪怕只是一小会儿。这个世界已经变成了一池想要吞没我的烈焰，而我只是一只小小的飞蛾。

白鹭

戴维和恩肯是白鹭。

这种雪白的鸟儿在暴风雨后成群结队地出现，它们的翅膀洁白无瑕，它们的生命安然无恙。虽然它们是在暴风雨中变成了白鹭，但暴风雨过后，在我所知的一切都被改变之后，它们出现在天空中，展翅翱翔。

首先是父亲：我再一次见到他时，他蓄了一把灰胡子。那天我出狱，之前已经有六年没见过他和其他家人了。我好不容易等到他们，结果发现个个都变得让我认不出来了。父亲的样子让我感到难过——生命像个铁匠，把他捶打成了憔悴瘦长的镰刀形状。他的声音里也积累了一些怨艾，好似长久留在他口腔里没被说出来的那些言语的碎屑生锈了，每当他开口说话，就会散落在舌尖。我知道这些年他经受过许多治疗，尽管如此，他的变化还是难以用言语完整描述。

母亲也老了很多。跟父亲一样，她的声音后面隐藏着沉重的东西，这使得她的话语像是从泥沼里爬出来的，就像肥胖会影响一个人的形态，使他脚步蹒跚。我们坐在监狱里的一张木头长凳上，等待典狱长最后一次在文书上签字。父亲告诉我，奥班比和我离家后，母亲又在幻觉里看见了蜘蛛，不过很快就康复了。他说话时，我看着对面的墙。墙上胡乱挂着一些面目可憎、身穿制服的人的画像，还有印在廉价海报纸上的讣告。墙面的蓝色涂料褪色了，还因为湿气长了霉斑。我让自己的视线集中在挂钟上，因为我已经很久没见过钟了。当时是五点四十二分，最短的指针正在向六点靠近。

不过，在所有人当中，戴维的变化最出乎我的意料。见到他，我吃了一惊。他的身材就是波贾的翻版。两人几乎毫无差别，除了一点。波贾总是精神抖擞，而戴维给人的印象是害羞，还有点儿拘束。我们在监狱院子里打过招呼后，他一直等到我们的车快开到镇中心时才再次开口。他已经十岁了。我想起来了，就是这个孩子，在他（恩肯也一样）出生前那令人难忘的几个月里，母亲经常会唱一首歌，她相信这首歌能给未出生的孩子带来喜悦。那时我们都相信这个。她一开始唱歌跳舞，哥哥们和我就会聚集到她身边，因为她的嗓音很迷人。伊肯纳会用调羹敲打桌子，模仿鼓点；波贾会用嘴模拟出长笛的声音；奥班比会跟着曲调吹口哨；我负责喝彩欢呼，在母亲重复以下唱词的时候打拍子：

我们一起去见主教
现在是五点

我伤心是因为
我洗的衣服还没干

但我松了一口气
因为我知道肚里的孩子很欢喜

我很想把戴维拉过来抱抱，父亲突然说话了："拆房子。"好像我向他提过问题似的，"到处都是。"

他看到远处有一台大吊车在推倒房屋，周围聚集了一群人。之前，在一个废弃的公厕附近，我也看到过类似景象。

"为什么？"我问。

"他们想把这地方改造成一个城市，"戴维没有看我，只是给了个解释，"新州长要求把大多数房子都推倒。"

在狱中，唯一获许见我的人是个牧师，他跟我说过政权更替的事。考虑到我当时的年龄，法官认为不能判我无期徒刑或死刑，但因为我杀了人又不适合去少年管教所。于是，他们给了我八年刑期，服刑期间禁止家人探视或联络。关于那次庭审的所有东西都被我存在一个密封的瓶子里。在铁窗下度过的许多个夜晚，蚊子在我耳边嗡嗡，我会突然瞥见那个法庭。绿色的窗帘飘动起伏，法官坐在对面的高台上，嗓音低沉：

> ……你将会在那里待到社会认为你已长大成人、你的行为符合社会和人类文明的要求为止。有鉴于此，以尼日利亚共和国联邦司法体制赋予我的权力，根据陪审团的建议，我法外施恩——这是为了你的父母，阿格伍先生及夫人——判处你，本杰明·阿齐克韦·阿格伍，八年监禁，家人不得联系，直到现年十岁的你，长到十八岁，社会认可的成年年龄。退庭。

接着我会看到，听到判决后恐惧万分的我扫了父亲一眼，发现笑容像螳螂一样跃上他的前额。母亲则大叫一声，双手像直升机一样悬在头顶，恳求上帝打破沉默，不要听任这一切发生在她身上。然后，狱警们给我戴上手铐，推着我往后门走去，我的理解力突然降低到未成形的孩童——胎儿——的水平，觉得在场所有人都是来我的世界看我的，现在他们该离开了——好像被带走的不是我，而是他们。

按规定，监狱里允许一名牧师来探视犯人。福音传教士阿贾伊每隔两星期左右就会来看我一次。通过他，我得以了解外面世界的最新情况。在我被告知即将获释的前一星期，他告诉我，根据尼日利亚军人政府首次向文官政府交接权力的精神，以阿库雷为首府的翁多州州长奥卢塞贡·阿加古决定释放一批犯人。父亲说，我的名字在获释名单的最前面。二〇〇三年五月二十一日那个闷热的日子被定为我们的释放日。不过，并非所有犯人都这么走运。我入狱一年后，也就是一九九八年，福音传教士阿贾伊带来一个消息：独裁者阿巴查口吐白沫死了，据说是吃了一个毒苹果。正好一个月后，阿巴查囚禁的头号犯人暨死敌 M.K.O. 在即将被释放之际以几乎同样的方式死去——他是喝了一杯茶。

我们同 M.K.O. 见面后几个月，他的苦难就开始了。大家都相信是他赢了一九九三年的总统大选，但大选结果被取消了。之后发生的一连串事件让尼日利亚政局滑向了前所未有的深渊。接下来那年的某一天，我们聚在客厅里看国家电视台的全国新闻，结果看到大约两百名荷枪实弹的士兵乘坐坦克和军车包围了 M.K.O. 位于拉各斯的家，把他押上了一辆囚车；他被指控叛国，从此开始了漫长的铁窗生涯。虽然我早已知道 M.K.O. 身陷囹圄，但他的死讯还是给了我重重一击。我记得那天晚上我几乎没睡，我躺在床垫上，盖着母亲给我的裹身衣，想着那人对于我的哥哥们和我而言曾经有过的非凡意义。

车子驶过奥米－阿拉河在镇上最宽的一段。我看见有人在泥浆色的河水里划船，一个渔人在往水里撒网。路中间的混凝土分道线上竖立着一长列路灯。离家越来越近，被遗忘的关于阿库雷的记忆慢慢地睁开了死气沉沉的眼睛。我注意到路况有了很大改变，我出生并扎根于此的这个城市在这六年间也发生了剧变。道路拓宽了，两旁的商铺们退到离车辆川流不息的道路好几米远的地方。一座人行天桥连接着道路两边。小贩们此起彼伏的叫卖声惊动了入侵我心灵已久的静默怪兽。因为拥堵，我们的车停了下来。一个穿着褪色的曼联球衣的男人跑过来拍我们的车门，想从母亲那边的车窗塞进来一条面包。她摇上了车窗。差不多有一千辆车在同时按喇叭，车里的人在不耐烦地咒骂。在这些车前方，一辆庞大的半挂车在人行天桥下面笨拙地掉头。正是这头车中恐龙造成了拥堵。

在我周围移动的一切同狱中岁月形成了鲜明的对比：在狱中，我能做的只有阅读、凝视、祈祷、哭泣、自言自语、希望、睡觉、吃饭和思考。

“变化好大。”我说。

“是啊。”母亲说。她笑了。在那一瞬间，我想起了她曾经被蜘蛛折磨的日子。

我再次将目光投向街道。快到家时，我听见自己说：“爸爸，你是说奥班比这些年一次都没有回来过？”

“没有，一次都没有。”父亲摇摇头，他的声音有点儿尖利。

他回答的时候，我看向母亲，但她在看窗外。父亲的视线倒是在后视镜里同我对上了。我想告诉他们，奥班比从贝宁给我写过几封信。信里说，他跟一个爱他、把他当儿子一样疼的女人住在一起。离家后第二天，他上了一辆从阿库雷开来的大巴，去了贝宁。他说，他决定去那里只是因为想到了伟大的贝宁国王奥翁拉文抵抗英帝国统治的故事。抵达贝宁后，他看见一位妇女从小汽车里下来，就勇敢地走过去告诉她自己无家可归。她同情他，把他带回了她一人独居的房子。他在信中写道，有些事情，要是告诉我，会让我难过。另一些事情，他认为我还太小，不宜得知，知道了也不明白。但他承诺，以后一定会告诉我。他说，目前我只要知道这些就可以了：那女人是位独居的寡妇，而他已经变成了男人。在同一封信里，他还说，他已经准确计算出了我出狱的日期——二〇〇五年二月十日，他会在那一天回到阿库雷。他说伊巴夫会为他通风报信，这样他就会知道我的情况。

他的信是伊巴夫转交给我的。我哥哥在逃亡六个月后回过阿库雷，见过伊巴夫。当时他人在阿库雷，却不敢进我们家的院子。他去找了伊巴夫。后者告诉了他所有事情，还答应把他的信转交给我。接下来的两年里，他几乎每个月都给我写信。他把信寄给伊巴夫，伊巴夫再请一位初级狱警转交给我——通常得给点儿贿赂才行。伊巴夫经常坐在外面等我回信。可是，最初的三年过后，伊巴夫突然不来了，我到现在也不知道是为什么，更不知道奥班比怎么样了。我等了一天又一天，一月又一月，一年又一年，什么都没等到。后来，只有父亲偶然给我写封信。戴维也写过一封。奥班比一共给我写了十六封信。我一遍又一遍地读它们，直到注明二〇〇〇年十一月十四日的最后一封信的内容像存在椰子里的水那样存在我脑海里：

听着，本：

我现在没办法一个人面对我们的父母。我做不到。这一切都该怪我。是我告诉艾克飞机飞过我们头顶的时候阿布鲁说了什么——怪我。我太蠢、太蠢了。听着，本，连你受这些苦都是因为我。我想去见他们，但我没办法一个人面对他们。你出狱那天，我会回来，这样我们就可以一起去见他们，请求他们的原谅。等我回来那天，你一定要在。

奥班比

我咀嚼着这封信，觉得该问问伊巴夫的情况。我想也许可以从他那里了解为什么哥哥不再给我写信，于是我问家里人伊巴夫是不是还住在阿库雷。母亲满脸惊诧地看着我。

“我们的邻居？”她说。

“是的，邻居。”

她摇摇头。

“他死了。”她说。

“什么？”我倒吸了一口凉气。

她点点头。伊巴夫和他父亲一样做了卡车司机，从森林里拉木材到伊巴丹。干了两年后，他的卡车在路上打滑，掉进了路边一个因为严重风化而形成的深坑，不幸身亡。

在她讲述的过程中，我屏住了呼吸。我同这个男孩从小玩到大；从一开始，他就在。他还跟我的哥哥们和我去过奥米－阿拉河边钓鱼。太可怕了。

“这是多久以前的事？”

“大概两年前。”母亲说。

“不对！两年半以前。”戴维插嘴说。

我抬头看他，一股强烈的似曾相识的感觉涌上心头。我想了想，那是一九九二年，或者一九九三年，或者一九九四年，或者一九九五年，或者一九九六年，当时波贾就是这样纠正母亲的。但这不是波贾，是比他小得多的弟弟。

“对了，”母亲想笑又没笑，“是两年半以前。”

伊巴夫的死讯给我带来的震动甚至更大，因为我从没想过，在我坐牢期间，我认识的人可能会死。事实上，我认识的人有好些都死了。汽车修理工博德先生就是其中之一。他也死于交通事故。父亲在信里提到过这件事，我能从字里行间感受到他的愤怒。那封信的最后三行充满感情，铿锵有力，让我多年后仍然无法忘记：

> 每天都有年轻人被名为道路实为满是车辙、破烂不堪的“死亡陷阱”夺去生命。然而，阿索岩上的人声称这个国家会好起来。问题就在这儿，他们的谎言就是问题所在。

一名孕妇冒冒失失地跑上了公路，父亲赶紧刹车。那女人一边穿过公路一边挥手致歉。很快，我们转进了一个街口，我觉得就是我们家所在的那条街。之前经过的街道都被清理过了，新建筑比比皆是，好像一切都变成新的了，世界本身也重生了。熟悉的房屋突然出现在眼前，就像刚打过仗的战场尽头的风景。我看到阿布鲁的破卡车曾经占据的地方，那里只剩几块烂铁，如倒下的树木般混迹于埃桑草丛。一只母鸡带着小鸡在那里觅食。它们的喙机械地在土里一点一点。这景象让我吃惊。我不知道那卡车后来怎样了，是谁把它弄走的。我又开始想奥班比。

离家越近，我越想他。我刚刚雀跃起来的心情又要低落下去了。我开始觉得，关于阳光明媚的未来的想法不会持续很久，如果奥班比不回来的话。它会像中弹的人那样脚步蹒跚，然后倒地而亡。父亲告诉过我，母亲相信奥班比已经死了。他说，四年前，她刚从休斯主教精神病院住了一年出来，埋下了一张奥班比的照片。她说她梦到阿布鲁杀了奥班比，跟当初杀死他的亲哥哥时一样，用一根长矛把奥班比钉在了墙上。在梦里，她竭力想把他从墙上拉下来，但最终他还是在她眼前慢慢死去。她相信这个梦是真的，于是开始为奥班比哀悼，她一直哭，怎么安抚都没用。父亲虽然不信，但为了让她好起来，还是同意了她的说法。他的朋友亨利·奥比阿拉建议说，就随她去吧，争辩无益。最初，戴维和恩肯不信，他们说阿布鲁已经死了，不可能杀死奥班比，但父亲警告了他们，他们于是不再质疑。母亲强迫父亲和她一起参加一个仪式，把奥班比葬在伊肯纳身边。她威胁说，要是他不去，她就自杀。父亲去了。可她葬的不是奥班比，而是一张奥班比的照片。

父亲的改变太大了。他说话的时候不再跟人有眼神交流。在监狱接待大厅里，他跟我说母亲的事的时候，我就注意到了这一点。以前的他要强势些；因为生了这么多孩子遭人讥笑，他毫不动摇，声称这是为了在家庭里实现多元成功。“我的孩子们会成为伟人，”他说，“他们会成为律师、医生、工程师。还有，瞧，我们的奥班比已经是个士兵了。”多年来，他一直怀抱着这些梦想。他不知道，他所怀抱的不是梦想，而是腐烂很久的、生蛆的狂想；现在，它们变成了沉重的包袱。

我们到家时，天都快黑了。有个女孩出来开院门。我马上——但不是第一眼——就认出这是恩肯。她的脸跟母亲一模一样，个子比一般七岁的孩子高。她梳着及背的辫子。我一看到她就意识到，她和戴维是白鹭：暴风雨后现身的鸽子般雪白的鸟儿。虽然他俩在给我们家以沉重打击的暴风雨来临之前已经出生，但他们没有切身体会。他们像在狂风暴雨中安然高卧的人一样，一觉醒来，暴风雨已经过去了。虽说他们在母亲第一次住院时略略感受到了一些风雨，但那只是遥远的呜咽，不足以吵醒他们。

不过，白鹭们出名还有另外一个原因：它们往往是好时光的先兆。据说，它们剔起指甲来比最好的指甲刀弄得还干净。我们，还有阿库雷其他孩子，一看到它们从空中飞过，就会奔出去，朝着那些低飞的白鸟晃动手指，一遍又一遍地重复那句习语："白鹭，白鹭，停在我手上。"

手指晃动得越快，唱得就越快；你越是动得快唱得快，指甲就越白，越干净，越闪亮。我正想着，妹妹扑到我怀里，给了我一个热情的拥抱。她啜泣着一遍又一遍地说："欢迎回家，哥哥，本。"

她的嗓音很动听。父母和戴维站在后面靠近车子的地方看着我们。我抱着她，低声说我很高兴回家。这时我听到有人两次发出很响的嘟嘟声。我抬起头，看到一个模糊的人影跨过井边的院墙。许多年前，波贾就是从那口井里被拉上来的。我吓了一跳。

"那里有人。"我指着那块黑乎乎的地方说。

但他们谁都不动，好像没听见我的话。他们都站在那儿看着，父亲用手臂圈着母亲，戴维脸上绽开一个大大的笑容。他们好像在用眼睛叫我去探明那到底是什么，或者他们觉得我看错了。可是，当我再次朝我的哥哥们多年前打过架的那个方向看过去时，我隐约看到有两条腿爬上了院墙。我一步一步挪过去，心怦怦乱跳。一个想法慢慢升起。

“谁在那儿？”我大声问。

一开始，没有人搭腔，没有动静，什么都没有。我扭头问身后的家人，到底谁在那儿，但他们全都盯着我，一言不发。夜色笼罩了他们，他们变成了背景幕布上的剪影。我再次回头看向那里，结果发现那个身影靠着墙站起来，然后就不动了。

“谁在那儿？”我再次发问。

这次，那个身影回应了。我听得清清楚楚，就好像在我最后一次听见他的声音和这次之间没有任何原因，没有铁窗、手铐、障碍、岁月、距离和时间的阻隔，就好像这么多年只有一声叫喊从发出到消逝那么短。从我听到他说“是我，奥贝，你的哥哥”到我意识到是他的间隔也就这么短。

有那么一会儿，我一动不动，他的身影开始向我靠拢。是他，真的是我的哥哥，他出现了，像白鹭一样出现在我的暴风雨过后。这个念头让我的心快乐得像自由的鸟儿。他朝我走过来。我想起庭审最后一天听到判决的时候，我曾经有过他回来了的幻觉。在我上被告席之前，父亲发现我又哭了，就把我拉到法庭的一个角落，挨着一面巨大的碧绿色墙壁。

“这不是哭的时候，本，”我们一走到那儿，他就低声说，“没有——”

“我知道，爸爸。我只是为妈妈难过，”我答道，“请替我们向她说声对不起。”

“不，阿齐克韦，听着，”他说，“你要像我教你的那样站到那里去，做个男子汉。你要像拿起武器为你的哥哥们报仇时那样精神。”他用双手在空中勾勒出一个巨人的躯干，一颗泪珠沿着他的鼻子流下来，“你要告诉他们究竟发生了什么，你的语气要像我教养你、希望你长成的人的语气——要强势，要做世界的主宰。就像——记住，就像——”

他顿住了，手指无意识地划过他的光头。他似乎忘词了。

“像你们以前做渔人时那样，”他的嘴唇翕动着，终于说了出来，“听到了吗？”他摇晃着我，“我说，你听到了吗？”

我没回答。我回答不出来。我注意到外面的动静越来越大，看守我的狱警们正在靠近。更多人走进法庭，其中有些是挎着照相机的记者。看见他们，父亲提高了嗓门，语气迫切：“本杰明，不要让我失望。”

我大哭起来，我的心跳得厉害。

“你听到了吗？”

我点点头。

庭上众人就座后，公诉人—— 一条鬣狗——详细描述了阿布鲁的伤口。（“……受害者尸体上发现多个鱼钩造成的洞眼，头骨开裂，胸部血管被刺穿……”）接着，法官要求我自辩。

开口前，父亲的话——“要强势，要做世界的主宰”——在我脑海里回响。我扭头看向父母。他们坐在一起，戴维陪着他们。父亲看着我的眼睛，点点头。然后，他的嘴无声地开合。我懂了，点了点头。他笑了。接着，我开始向法庭诉说，我的声音在北极般寂静的法庭上回荡。开场白我早就想好了。

“我们是钓鱼兄弟帮。我的哥哥们和我——”

母亲大声尖叫，惊动了众人，法庭一片混乱。父亲拼命用手捂住她的嘴，低声恳求她安静，结果声音忍不住大起来。所有人的注意力都集中到他们身上。父亲先是向大家致歉：“对不起，法官大人。”然后对母亲说：“别哭了，别这样。”尽管如此，我没去看他们。我一直凝视着座位上方遮住落满灰尘的厚重百叶窗的绿色窗帘。一阵风猛地吹过，它们轻轻地飘荡开来，就像飘扬的绿色旗帜。我闭上眼睛，等混乱过去。我被黑暗包围了。在黑暗中，我看见一个身背帆布包的男人正在往家里走，就像他离家时那样。他就快到家了，我就快触摸到他了。这时，法官用小槌敲了三下桌子，咆哮道：“继续。”

我睁开眼睛，清了清嗓子，从头叙说。

后记

我写《钓鱼的男孩》有几个目的。首先，我想用它向我的哥哥们致敬——这是我写给他们的情书。我想讲述一个普世的有关亲情纽带的故事，以及这种纽带断了会怎样。二〇〇九年，我住在塞浦路斯，非常想家，不由得想起了之前父亲对我说的一件事。他说他很高兴看到我的两个哥哥之间的情谊日益深厚。我这两位哥哥是同一年出生的（一个生在一月，另一个生在十一月），从小到大什么都要争。到二〇〇九年时，他们已年近三十，都已工作，但我仍旧记得在我大约九岁时他们将彼此殴至重伤的事。我开始设想，如果当时事情恶化到极端会怎样。于是，阿格伍一家的形象在我脑海中浮现。之后，我又创造了阿布鲁这个角色，为兄弟俩之间的冲突添柴点火。

至于更为宏大的主题，我希望通过这部小说对非洲，尤其是对尼日利亚的社会政治形势加以评论。在我看来，尼日利亚是个由疯子想出来却让正常人埋单的疯狂的主意。在这里，“疯子”是英国人，而神志清明的是尼日利亚人民（三个没有共同之处的族群同居一地，形成一个“国家”）。英国人参与了非洲领土的争夺，将撒哈拉以南、西非尼日尔河附近地区据为己有。他们无视原住民的利益，一心扩大自己的势力范围。一九六〇年，英国人离开，尼日利亚独立，这时三大族群立即认识到他们之间的差异，并且认为无法共处一国。然而，这种认识来得太晚。尼日利亚境内发现了石油，南方想独立，但资源匮乏的北方不愿意放手。一九六六年，伊博人试图脱离尼日利亚，结果导致了非洲历史上最为血腥的战争。接踵而来的是北方地区的种族大清洗。于是，独立不到三年，整个国家就分崩离析了。如果当时伊博人独立成功，今天的尼日利亚这个失败的政体就可能不存在。然而，战争期间，“疯子”再次干预，帮助北方打赢了战争，将在比夫拉谋求独立的伊博人拉回了尼日利亚。鉴于上述历史背景，我用阿布鲁暗指这个渗透进他人生活、通过言语造成混乱、给人民带来苦难的实体，那有四个儿子的一家人则暗指尼日利亚的主要族群。

在西非各地，像阿布鲁那样被遗弃的人可以在街头游荡，如同野狗般觅食。他们中有许多人遭到汽车碾压，死在公路上。如果我能把阿布鲁的故事讲好，那我就有了一个平台，可以借此发起一项公共行动，给他们一个有人关怀的容身之地。

最后，我还想借此书来评点一下人类最原始的情感之一：恐惧。当恐惧——在我这本书里是对死亡的恐惧——悄悄爬上一个人的心头，结果会如何？它会怎么影响这个人和他周围的人？说到非洲人的迷信，我想通过《钓鱼的男孩》（以及我正在创作的一篇随笔）向读者展示，某些荒诞的想法是如何成为人们心中不可避免的事实的。

图书在版编目（CIP）数据

钓鱼的男孩/（尼日利亚）奇戈希·奥比奥玛著；吴晓真译.—长沙：湖南文艺出版社，2016.9
书名原文：The Fishermen
ISBN 978-7-5404-7687-8

Ⅰ.①钓… Ⅱ.①奇… ②吴… Ⅲ.①长篇小说-尼日利亚-现代 Ⅳ.①I437.45

中国版本图书馆CIP数据核字（2016）第164180号

©中南博集天卷文化传媒有限公司。本书版权受法律保护。未经权利人许可，任何人不得以任何方式使用本书包括正文、插图、封面、版式等任何部分内容，违者将受到法律制裁。

著作权合同登记号：图字18-2016-146

THE FISHERMEN：Copyright © 2015 by Chigozie Obioma
Illustrations © 2015 by Jon Gray
First published in Great Britain by ONE in 2015
This edition is published in agreement with Pontas Literary and Film Agency, through The Grayhawk Agency.

上架建议：畅销·外国文学

DIAOYU DE NANHAI
钓鱼的男孩

作　　者：[尼日利亚] 奇戈希·奥比奥玛
译　　者：吴晓真
出 版 人：刘清华
责任编辑：薛　健　刘诗哲
监　　制：吴文娟
策划编辑：许韩茹
版权支持：辛　艳
营销支持：姚长杰　仇　悦
封面设计：利　锐
版式设计：潘雪琴
出版发行：湖南文艺出版社
（长沙市雨花区东二环一段508号　邮编：410014）
网　　址：www.hnwy.net
印　　刷：北京京都六环印刷厂
经　　销：新华书店
开　　本：880mm×1230mm　1/32
字　　数：195千
印　　张：10
版　　次：2016年9月第1版
印　　次：2016年9月第1次印刷
书　　号：ISBN 978-7-5404-7687-8
定　　价：36.00元

质量监督电话：010-59096394
团购电话：010-59320018